薄暮の極東軍港に停泊のロシア精強艦隊。
日本領海へ出港か。艦砲・対潜魚雷整備充実に拍車が掛かる。

日・中・露　海軍力比較

中国（海軍）	
潜水艦	60隻
空母	2隻
主要水上戦闘艦	88隻
機雷戦闘艦	40隻
沿岸戦闘艦	140隻
支援戦闘艦	240隻
海軍航空隊	200機以上
海兵隊	3万人

日本（海上自衛隊）	
潜水艦（普通型）	22隻
ステルス機F35・B空母	2隻
ヘリコプター空母	2隻
主要水上戦闘艦（ヘリ搭載）	46隻
機雷戦闘艦	21隻
対不審船沿岸戦闘艦（時速80キロ以上）	6隻（強力武装）
輸送艦	10隻
支援戦闘艦ほか	29隻
監視・哨戒機など	69機
対潜ヘリコプターほか	93機

ロシア（海軍）	
潜水艦	50隻
主要水上戦闘艦	32隻
空母	1隻
沿岸戦闘艦	80隻
機雷戦闘艦	40隻
支援戦闘艦ほか	330隻

（国防資料2024年版参照）

徳間文庫

続 存亡

門田泰明

徳間書店

目次

第一章

一

「ヨネよ見ろや。これだけ取れたのは久し振りやで。今夜の酒は旨《うま》いぞ」

「おやまあ。ほんにこれは大収穫だわ」

「二番栈橋《さんばし》」に横付けとなった夫《おっと》専造《せんぞう》の古い漁船《ふね》「和蔵丸《わくら》」を、栈橋の上から覗《のぞ》き込むようにして、ヨネは日焼けした皺《しわ》深い顔をほころばせた。和蔵丸の和蔵は夫婦の姓だ。

今日は大漁だった。後甲板《こうかんぱん》の氷倉に入りきれない魚類が、粒氷を敷き詰めた䰀箱《せりばこ》に入れられ三段に積み上げられて、後甲板の端までその列が続いている。

「生《い》け簀《す》にもいいのが入っとんのや。順《じゅん》さんはまだ見えとらんのか」

操舵室《そうだしつ》から出た専造は、前甲板の方を顎《あご》の先でしゃくって見せた。

「来とるよ」

ヨネは直《す》ぐ後方《うしろ》にある魚市場を振り向いて「順さん、順さん、こっち、こっち……」と大声を出した。七十に近い年齢《とし》だというのに、よく澄んだ綺麗《きれい》な声だった。専造と同い年である。

白い長袖《ながそで》のポロシャツを着てジーパンにゴム長靴という五十半ばくらいの男が、「おうっ」と野太い声で答えるなり魚市場の中から駆けて来た。禿《は》げ上がった広い額《ひたい》にタオルの捩《ねじ》り鉢巻《はちま》きが似合っている。

「どうかな専造さん、今日の具合は……」

「まあ、生け簀を見てやってくれや」

「うん」

専造に促されて、順さんが桟橋から舳先《へさき》近くへ年齢《とし》に似ず身軽に飛び移った。和蔵丸が微《かす》かに揺れる。

専造が生け簀に近寄って腰を低くし、「ほれよっ」と勢いよく天蓋《てんぶた》を左右に開いた。

「お、これは凄《すご》いわ、これはええ。この花房順助《はなぶさじゅんすけ》が全部買いだ」

「よっしゃあ、そんなら安くしとこう」

「そうかね。嬉《うれ》しいことを言ってくれるねえ、専造さん」

二人の様子を、ヨネは桟橋の上でしゃがみ込んで、にこにこ顔で見守った。

もと漁師の花房順助は、今では町はずれの高台で幾人もの人を使って漁師料理の「花房」をやっている。近在の人にも観光客にも評判がよくて、なかなか繁盛していた。漁師をやめる直接の原因であった慢性疲労症候群とやらも、すっかり落ち着いている。

　中学を出てからは、ろくに休みも取らず海と闘って闘って闘い続けてきた順さんだった。

　順さんが、ヨネの方へ笑顔を向けて言った。

「昆布《こんぶ》もどっさり欲しいんだけんどなヨネさん」

「判ってるよ。あと一時間ばかり干《ほ》したら、島へ渡るから」

　ヨネはそう言って空を仰ぎ見てから、視線を落とし海の向こうへ目をやった。よく晴れた晩春初夏の土用の日だった。海から吹きわたってくる風は、土用の日らしくなくひんやりと肌に心地良い。日差しもやわらかだった。

「ほんに今日は、昆布を干すのに、ええ日やなあ」

「ああ、ええ日や。良いもんを選んで、あとで子供達に届けさせるよってに」と、ヨネは目を細め順さんは満足そうに頷《うなず》いた。

「あれ？　その子供達はどしたえ専造さん」

　順さんが気付いたように、辺《あた》りを見まわした。

「二人とも途中で島へ降ろしてきたよ。昆布の干し具合が気になるよってな」

「まったくよく働くなあ、あの二人……真っ黒だけんど」

「よく働くわさ。いい子達や」

ヨネがまだ視線を向けている海の向こうへ、専造も順さんも付き合った。

港と向き合う位置一五〇〇メートル程のところに、小さな島があった。

和蔵島と呼ばれている。

港側を向いては小高い山になっていて波打ち際《ぎわ》までびっしりと松に覆われていた。つまり港側からは和蔵島へは上がれなかった。

だが反対側——北側——には白砂の浜が島の東端から西端まで広がっていて、そこが和蔵家の昆布の干し場となっている。

専造の祖父の代までは、この猫の額ほどの島は和蔵家の所有だった。

が、専造の父親の代になってからは、島の固定資産税や荒れるばかりの松林の維持費が負担となって、町へ「何かの役に立ててくれ」と寄贈してしまった。

ただ昆布の干し場としては、和蔵家だけで無償で使わせて貰《もら》っている。

「専造さん、今夜はヨネさんと二人の子を連れて『花房』へ飲みに来なよ。儂《わし》の奢《おご》りにしとくさかいに」

「そうかえ。子達も行っていいかえ」

「いいともさ。大漁祝いや。但し子達はジュースやで」

順さんが顔いっぱいに人の善《よ》い笑いを広げたとき、魚市場から荷揚げの若い衆が三、四人小走りにやってきた。

「おい清次《せいじ》、遅いやないか。生け簀は全部『花房』行きや」

「判ったよ、親父さん」

一番に桟橋へ入った背の高い二十四、五歳が、真剣な顔つきで糶箱《せりばこ》が並ぶ後甲板へふわりと立った。

「こいつあ、えらい大漁や。おいみんな、荷揚げを急ごう」

「よっしゃあ」と若い者達《もんたち》が応じる。

和蔵丸にたちまち若い活気が満ちていった。

桟橋に立ったままのヨネは身じろぎ一つせず、目を細めににこ顔だった。どの若い衆も青洟《あおばな》を垂らす幼い頃から知っている彼女だった。

漁業組合長滝澤修三郎《たきざわしゅうざぶろう》の次男坊である清次などは、幾度となく襁褓《おしめ》を取り替えてやったことさえある。

専造とヨネの間には、子供がない。

「ヨネ、そろそろ島へ渡ってくれへんか。昆布を干し過ぎてもいかんのでな」

「あいよ、わかった」

夫に促されて、ヨネは和蔵丸から離れていった。

この漁港《みなと》には桟橋が三本並んでいて、東側が「一番桟橋」と呼ばれ比較的大型の漁船が横付け出来るようになっていた。

「二番栈橋」と呼ばれている中央の栈橋は小型漁船専用で、和蔵丸はいつもここで取ってきた魚介を荷揚げする。

ヨネは「三番栈橋」である、やけに細長い造りの西側の栈橋に係留されていた木造の猪《ちょ》牙舟《きぶね》に乗って、船尾に取り付けられている小型エンジンを皺だらけの手で始動させた。馴《な》れた手つきだった。

細長い「三番栈橋」につながれているのは、どれも猪牙舟程度のものだ。

ヨネは小舟をゆっくりと和蔵島へ向けた。

この漁港は、外洋に向かって伸びている東西の両半島が、その先端で寄り合うように口を窄《すぼ》めて日本海のうねりを防いでいるため、一年を通して穏やかな海面《うみ》に恵まれている。

湾内の深度が結構ある所為《せい》もあって、海面が白く泡《あわ》噴いて荒れ狂うことは余り無い。

ヨネはいつものように、小舟の舳《へ》先《さき》を和蔵島の西の岬付近で右へ振った。

この島の周辺は岩礁《がんしょう》に恵まれていて、非常に質の良い岩海苔《いわのり》や昆布が取れるのだった。

とは言っても小さな島のことだから岩礁の規模は広くはなく、海岸から僅《わず》かに百メートルほど先で、急激に海底に向かって落ち込んでいる。

したがって収穫量そのものは知れていた。

昆布の収穫に恵まれているのは、大体北緯三十八度以北の冷たい海域と決まっており、主産地は北海道で、青森、岩手、宮城の三県がそれに続いていた。

北緯三十八度から大きく南へ下がった和蔵島で一級品質の昆布が量はともかく安定的に取れるのは珍しいことで、大学の研究室などが調査に訪れたこともあったが、未《いま》だ原因はよく判っていない。

大自然の妙理、と言う他《ほか》なかった。

「おお、よう働いちょる」

エンジンを絞って小舟の速度を落としたヨネの老いた顔を、優しい笑みが包んだ。彼方に見えてきた白砂の浜で、二人の男が天日干しの昆布に顔を近付けるようにして検《み》て回っている。

中腰を維持しての作業となるため、ヨネのように老いた者にとってはかなり辛《つら》い作業であった。

「おーい。ポール、カーク」

ヨネがよく通る澄んだ声で、浜辺の二人の名を叫んだ。

相手が気付いて腰を伸ばし、頭の上で手を振った。黒人だ。

彼等の笑顔の中で輝いている清潔そうな真っ白な歯がヨネには、はっきりと見えた。

彼女も、舵《かじ》を取っていない方の左手を振り返した。

と、その彼女の表情に、変化が起こった。振っていた左手が、額《ひたい》に翳《かざ》す手となって、両の目が何かを見分けようとするかのように細くなった。

昆布を並べ干している白砂の浜の、ずっと東側。そこに和蔵家が獅子《しし》岩と呼んできた巨岩がある。さながら、獅子《ライオン》が空に向かって吼《ほ》えている様《さま》に似ている岩だった。

その獅子岩の向こう側に、白いテントの一部が覗《のぞ》いていた。

「一体だれや……あんな所《とこ》に」

ヨネは呟《つぶや》いて首をひねった。獅子岩の向こう側には、昆布を並べ干してある白砂の浜の残りの部分、とでも言うべき僅かな浜――それこそテントが一張り出来る程度の――がある。

その場所の窮屈さを知らぬ筈《はず》がない、ヨネであった。

中肉中背の二人の黒人が待ち構える浜に小舟を乗り上げたヨネは、むつかしい顔つきでロープを投げ渡した。

黒人の一人が、浜から突き出た棒状の岩に、手早くロープを括《くく》り付ける。

二人とも若い。

「ポール、獅子岩の向こうにテントを張っているのは誰や」

ヨネは、獅子岩の方を見たまま、手を差し出してくれた黒人に訊《たず》ねた。

「テント?」

と、彼が驚いた様子で獅子岩へ視線を向ける。

「知らんかったん?」

と、ヨネは浜へ上がった。

「はい。知りませんでした。僕達《ら》は爺《じい》ちゃんにいつもの場所で降ろして貰《もら》って、直ぐ作業にかかったので」

流暢《りゅうちょう》な日本語の彼が指差したのは、浜の西側の端だった。

あ、そうだった、とヨネは思った。和蔵丸が浜の直前まで近付けるのは、西側の一か所だけである。そこに、ちょっとした桟橋状の岩があって、深さの具合も恰好《かっこう》だった。

「僕、見てきます」

そういうポールの腕《かいな》を、「およし」とヨネは掴《つか》んだ。

「婆《ばあ》ちゃんが見てくるわ。その方がええ」

「でも悪い奴《やつ》がテントの中にいたら……」

「大丈夫や。港に近《ちこ》うて人目に付くこんな無人島へ、悪い奴なんぞ来《き》いへんよ」

とは言ったものの、ヨネの胸の内は、ざわついていた。

町へ寄附してしまったとは言え、この島は今も和蔵家のもの、という意識が強いヨネだった。

専造にしても同じである。昆布の採取権にしても、和蔵家が独占的に所有している。尤《もっと》も、島は小さいし昆布の収穫量も高《たか》が知れていたから、和蔵家のそのような認識や状況に対し、意地悪く横槍《よこやり》を入れる漁師仲間はいない。

皆、仲良く助け合って暮らしている。

ヨネは波打ち際に沿って長靴の足跡を点々と残しつつ、獅子岩に向かって足早に歩き出した。

黒人少年のポールとカークは、不安そうに婆ちゃんの後ろ姿を見送った。

二人は二年前の十六歳の時、アフリカから漁業訓練生として日本にやって来た。県の漁業振興策の一環としてである。色々な魚介の収穫の仕方、魚群探知装置や動力船の操作方法などについて学んでいる。

足早に進むヨネは獅子岩の手前で少し苦しそうに立ち止まり胸を膨らませて息を吸い込んだ。アフリカ象の二、三頭分はありそうに見える大きな獅子岩だった。

「まったく黙って和蔵島へ上がるやなんて……本当《ほんま》に仕様《しよう》ないねえ」

ヨネは呟いてから、獅子岩にそっと近付いていった。

もしや昆布泥棒ではないか、という怖さがヨネの心の片隅にはあった。

この界隈《かいわい》では、たまに密漁があったりして、そのたびウニやアワビがごっそり盗《と》り逃《に》げされたりしている。

ただ旨味《うまあじ》を引き出すため、浜の白砂をたっぷりと塗《まぶ》して天日干ししている昆布を盗《と》り逃《に》げするのは、かなり面倒だとヨネには判っている。

白砂だらけの昆布はそのままでは、たとえ一級品質のものでも簡単には捌《さば》けないだろうし、かえって買手に疑われかねない。

昆布に傷をつけぬよう白砂を綺麗に払い落とすのにも、経験によって培《つちか》われてきた手技《てわざ》というものが欠かせなかった。

ヨネは松林に触れかけている獅子岩の尾に当たるところを、回り込んだ。

（あれま……）と彼女は目を見張った。

半袖の白いポロシャツに黒の水泳パンツの男四人が、頭をこちらに向け白砂の上に仰向《あおむ》けに寝ころんでいた。四人のうち二人はサングラスをかけ、彼等の足元には一艘《いっそう》のゴムボート——五、六人が乗れそうな——が浜に引き上げられている。

四人の男、一張りのテント、丈夫そうなゴムボート一艘、それだけでヨネの立ち入る余裕がない、狭い浜だった。

獅子岩と松林の間《はざま》にあるこの狭い浜はほぼ二等辺三角形をしていて、ヨネは今いわゆる頂点に当たる位置に立っている。

その部分の獅子岩と松林の間は僅かに一メートル余。

「あんた達《ら》、此処《ここ》で何しよるのん？」

ヨネは抑え気味に、やんわりと声を掛けた。

それでも四人の男達は、驚いて跳《は》ね起きた。

ヨネはもう一度問いかけた。今度は眉間《みけん》に皺を刻んでみた。

「一体何やってんの、私《うち》の島でよう」

「えっ、この島は御婆ちゃんの島？」

サングラスを取って困惑気味に口を開いた男が、一番背が高かった。年齢《とし》は三十五、六といったところか、とヨネは読んだ。

ほかの三人も、似たり寄ったりの年恰好だった。

「あんた達《ら》どこの誰や。何をしにこの和蔵島へ上がってんの？」

ヨネは一番背の高い男の顔を、真っ直ぐに見つめた。日焼けした彫りの深い顔だった。白いポロシャツに隠された上半身は、がっしりと頑丈そうに見える。

（悪そうやないな）とヨネは感じた。

相手が頭の後ろに手を当て、申し訳なさそうに答えた。

「すみません。僕達、県立中湊《なかみなと》海洋水産大学の大学院で、地球温暖化が海流と海洋生物に与える影響について、研究している者なんですけど」

「中湊っていうたら隣の県のけ」

「はい、その中湊です」

「そうかえ。中湊海洋水産大学の大学院の研究者さんかね。なら余計に、他人の島へ上がる時は、手続きとか作法とかいうもんを、きちんと守らにゃあ」

「仰《おっしゃ》る通りです。この通りお詫《わ》びします」

申し合せたように四人が肩を窄《すぼ》めて頭を下げた。神妙だった。

ヨネは、ちょっと口元を緩めた。表情が優しくなっていた。

「何時《いっ》この浜へ上がったんね」

「三時間ほど前です。このゴムボートで」

と、背丈のある彼は、そばのゴムボートをばつが悪そうに指差して見せた。

「んで今日はテントに泊まる積もりだったのけ？」

「はい。明日の朝まで……でも無断で島へ上がりましたから、今日はもう引き揚げます」

「じゃあ、日を改めておいで。漁業組合の事務所で和蔵と訊《き》きゃあ直ぐ判るから」

「和蔵……あ、この島と同じ名前でいらっしゃいますか」

「そうじゃ。主人の専造にも言っておくからよ、次は手続き踏んで島へ上がって、ゆっくり研究したらええ」

「有り難《あがと》うございます。そうさせて戴《いただ》きます」

「あんたら何て名かね。私《うち》はヨネだけんど」

「私は前濱健夫《まえはまたけお》……」

背丈のある男はそう言ってから、仲間を目で促し頷《うなず》いた。

あとの三人が土田良平《つちだよしへい》、伊能昭正《いのうあきまさ》、矢木洋年《やぎひろとし》と次々に名乗り、そのつど頭を下げた。

「あっと和蔵さん、ちょっと待って下さい」

何かを思い出したように、背文のある男はテントの中へ入っていった。

彼は直ぐに外へ出てきた。手に名刺と判るものを持っていた。

「名乗っただけでは字が判らないでしょうから、私の名刺を御渡し致しておきます」

「そうかいね」と、ヨネはその名刺を受け取って眺めた。

「へえ、大学院の海洋生物学研究所て言うんけ。前濱さんは講師かいね。賢《かしこ》いんじゃのう」

「いやあ、賢くなんぞありません。でも学問する者として、頭脳的にも人間的にも成長を続けていかなければならないと常々考えてはいます。決して思い上がることがないよう謙虚にと」

「うん、よう仰《おっしゃ》った。その通りじゃねえ」

「その意味では、この島への上陸の仕方は、大変に拙《まず》うございました。本当に申し訳ありません」

「はははっ、もうええ」

ヨネは自分でも気付かぬうち、すっかり打ち解《と》けていた。

そのあと和蔵島と周囲の岩礁の特徴などを四人に話して聞かせ、彼女は心配して待つ二人の黒人少年のもとへ戻った。

二

ヨネと二人の黒人少年が猪牙舟《ちょきぶね》に積めるだけの昆布を積んで港へ戻ってみると、専造が「二番桟橋」で荷揚げを済ませた和蔵丸の船倉をシャワーホースで洗っていた。取った魚の鮮度を保つためにも、船倉は常に清潔にしておく必要があった。

「ポールとカーク、すまんけど『花房』のおじさん家《ち》へ昆布を届けてやってくれるかね」

「判りました。それじゃあ清次さんに荷揚げを手伝って貰ったあとで、届けます」と、目が丸くて大きいカークが頷いた。

「うん、そうしておくれ。清次が『花房』へ届ける量は大体心得とるよってに」

ヨネはそう言い残して猪牙舟から降りると、「二番桟橋」の方へ歩いていった。

「お、ご苦労さんやったな」

専造がホースの手元スイッチでシャワーを止め、ヨネに笑顔を向けた。

仲の良い老夫婦だった。子供がいないだけに、相手を労《いたわ》る気持が強い。健康にも人一倍気を付け合っている。この年齢《とし》でどちらかが倒れると、たちまち家庭が毀《こわ》れてしまうと、お互いに判っているからだ。

「あんなあ、とうちゃんよ」

「ん？」

「島へよう……」と言いながら、ヨネは桟橋から和蔵丸の舳先へ乗り移った。老いても足元のしっかりした馴れた身のこなしだった。

「海洋水産大学の大学院の研究者とかが上陸してたんで、びっくりしたよ」

「海洋水産大学の大学院の研究者があ？」

ヨネは手短に四人の〝不法侵入〟者のことを打ち明けながら、専造に前濱健夫の名刺を手渡した。

専造は険しい表情をつくって、名刺を眺めた。

「変かいね、とうちゃん」と、ヨネの顔が心配そうになる。

「警察からも海上保安庁からも、見なれない船や人物には用心してほしい、という通達が漁業組合へ回って来ているからのう」

「そうやねえ。でも県立中湊海洋水産大学の研究者やから、大丈夫と思うけんど」

「名刺になんぞ、何とでも刷《す》れるわさ」

「ほんなら一応、駐在さんへ届けとこうか」

「それがええ。そうしてくれるか。一応、漁業組合長へもな」

専造は険しい表情のまま、前濱健夫の名刺を妻の皺深い手に戻した。

ヨネは和蔵丸から降りて桟橋を急いだ。

空も海もまだ明るかったが、太陽はかなり水平線に向かって沈んでいる。

港に近い駐在所と言えば、魚市場の正面玄関前を東西に走っているバス通りだった。

ヨネは魚市場事務所の脇を通り抜け、ポールとカークが清次と真顔で話し合っているのを横目で見て、バス通りへ出た。

駐在所はバス通りの向こう正面にあった。

西日を浴びて赤く染まって見える駐在所の中で、中年の巡査が壁に貼られている地図を腕組をして眺めている。

ヨネは車の往き来に注意を払いながら通りを横切り、駐在所の三段の石段を上がった。

「や、和蔵の婆ちゃん、今日は昆布の仕事は終ったの?」

中年の巡査は如何《いか》にも人柄の優しさを思わせる笑顔でヨネを迎え入れ、パイプ椅子《いす》に彼女を座らせた。

「これから荷揚げやけどポールとカークが、よう働いてくれるんで、この年寄りは助かるわ」

「黒人少年のあの二人、評判いいね。婆ちゃんの教育がいいんで日本語も丁寧にうまく喋《しゃべ》るし、裏表が無いし礼儀作法もよう心得とる」

「今では和蔵家の子供みたいなもんや。肌の色は違うけど、可愛《かわゆ》うてならん」

「けど規則通りだと二人とも、あと一年ほどで帰国やろ。淋《さび》しゅうなるなあ」

「仕様ないこっちゃ。決まりやさかい。駐在さんは此処《ここ》へ来て、もう……」

「あっという間に、一年が経《た》ったよ」

「馴れたかいね」

「山《やま》ん中の道が、まだ覚え切らんでなあ。この前、山向こうの三輪《みわ》村へ自転車で行くのに、近道を選んだつもりが迷うてしもうてな。雨が降り出すわで、えらい目に遭《お》うたよ」

「ふうん。そら災難やったなあ」

「婆ちゃん、コーヒーでも飲むか？」

「直ぐ帰るから結構や。それよりも岡村はん……」

ヨネは上着の胸ポケットから前濱健夫の名刺を取り出して、巡査岡村悠一郎《ゆういちろう》に差し出した。

「この学者はんな、和蔵島へ仲間の三人と無断で上がっとったんで、主人がともかく駐在の岡村はんに報告しといた方がええ、言うもんで」

「和蔵島へ無断で？」

ヨネは受け取った名刺を眺める岡村悠一郎巡査に、前濱健夫たちと出会ってから別れる迄《まで》のことを打ち明けた。

「そんな事があったんかね。でも和蔵の婆ちゃん、県立中湊海洋水産大学いうたら名門やな。心配ないんと違うか」

「べつに昆布を盗《と》られた訳《わけ》でもないしのう」

「真面目《まじめ》な学生が多いことで知られた海の大学や。昆布の天日干しで大切な和蔵島の浜へ勝手に上がったんはけしからんけど、ま、大目に見たったらどうや。一応、隣の県へ明日にでも車で出向いて、前濱健夫らが実在するかどうかだけ、それとなく確かめてみるわ。それでどうかな」

「うん、岡村はんに任せる」

「見なれない船や人物には用心するように、という通達が回ってるけど、余り神経質になるのも考えもんや。ギスギスした町になってしまう」

「それもそやのう。昔は見知らぬ人とも気軽に打ち解けたもんじゃけど」

「この名刺、預かっといてええやろか。私から漁業組合長へも伝えとくけん」

「ほんなら任せるさけえ」

それで用を済ませたヨネであったが、岡村巡査が「飲んでいったらええがな」と勧めるので、コーヒーを御馳走《ごちそう》になった。

インスタントコーヒーと判る味だったが、ヨネは目尻を下げて味わった。

「この駐在所からの見晴らしも、なかなか綺麗やねえ岡村はん」

「うん、とくに西日が水平線に落ちかける頃の景色がねえ。ほら、和蔵島もよう見えるでしょうが」

「ほんになあ……」

「それにしても、四人の研究者とやらが乗ったゴムボートは、いつ、どの方角から和蔵島へ近付いたんかなあ。私は此処《ここ》から終始《しょっちゅう》、海へは目をやっとるんじゃが……そのゴムボート、エンジンは付いとりましたか」

「付いとった。小さいのが」

「小さなエンジンは、甲高《かんだか》い音を立てるもんやけんど……気が付かんかったなあ」

「そう言われてみると島へ近付く船は、ほんま、ここからだとよう見えるねえ」

「見える。和蔵の婆ちゃんの猪牙舟も、何度も見とるよ。しかし、島の反対側、北側から近付く船は松が密生する小山が邪魔して見えんけど」

「あら、和蔵の婆ちゃん……」

岡村巡査が座っている後ろのドアが開いて、顔も体つきもふっくらとした小柄な女性が、笑顔を見せた。岡村巡査の妻の晴江《はるえ》だった。

「お邪魔をしとります」

「今日の昆布の仕事は、もう終ったんですか」

「その質問なら、儂《わし》がもう済ませたよ」

岡村巡査がわざとらしく顔をしかめると、晴江は「あらま……」と声を立てて黄色く笑った。ヨネも付き合って笑った。

「親戚からの貰い物《もん》やけど、美味《おい》しいカステラがあるんよ婆ちゃん。二本あるから一本持って帰ってよ。いま持ってくるよってに」

「そうかいね。悪いねえ」

晴江が奥へ消えると、ヨネは岡村巡査に向かって言った。

「あとでなポールに、トロロ昆布持って来させるさかいに」

「あ、婆ちゃん。私は警察官やさかいに、貰い物は困るんじゃ」

「阿呆《あほ》かいな。手錠を掛けられるほど、誰が大量になんぞ持って来るもんけ。そんなこと心得とるわ」

「そ、そうですか。すんません」

岡村巡査は苦笑して、ぺこりと頭を下げ、ヨネも目を細めた。

「昔の人が言うとるやないの。巡査にあげる物は、茶なら一杯、小菓子なら一つ、本なら一冊、花なら一本てな。トロロ昆布なら小袋が一つか、せいぜい二つや。このババアのその程度の気遣いには巡査とて優しく上手に付き合うてあげなはれ、ということっちゃ。この田舎町《いなかまち》じゃあ、コチコチはあかんで」

「は、はあ」

そこへ晴江が、奥から紙包みを手に現われたので、ヨネは頃合《ころあい》と考えてパイプ椅子から立ち上がった。

「すまないねえ。貰ってええんかい」

「どうぞ。うちは夫婦二人だけですよって一本あれば充分。それに主人は辛党《からとう》ですから」

「あとでねポールに、つくり立てのトロロ昆布持って来させるよ。オニギリに合うから」

「わ、有《あ》り難《がと》うございます。婆ちゃん家《ち》のトロロ昆布て言うたらこの町では味で有名ですもんね。嬉しい」

「ビールのおつまみにしても美味しいよ」

ヨネはそう言い残して、駐在所を出た。

彼女は魚市場へは戻らず、駐在所の前の通りを二百メートルばかり東へ戻った辺《あた》りで右へ折れ、山道に入っていった。山道とは言っても、きちんと舗装されていて、軽自動車がなんとか擦《す》れ違える程度の道幅はある。

和蔵家の私道であった。山道の入口から和蔵家まではゆっくり歩いて凡《およ》そ三、四分で、緩やかな登り坂になっている。

その途中の中程に、専造の九つも下の弟時造《ときぞう》夫婦の住居《すまい》があって、ヨネの足がそこで止まった。

「おんや、久し振りやね芳弘《よしひろ》。何か月振りじゃろか」

「あ、婆ちゃん……」

雑草だらけの広い庭先——と言うよりは玄関先——で、西日を浴びながらバーベルを上げていた三十前後に見える男が、表情を崩してバーベルを足元へ下ろした。その瞬間、ランニングシャツから食《は》み出《だ》している肩や腕の筋肉が、バーベルの重さに反発するかのように膨れあがった。

彼の直ぐ背後に、錆《さび》の目立つ一台の軽トラックがある。

「仕事休みかいね」とヨネが相手に近寄る。

「今年から〝たまには実家の様子を見てこい〟という特別休暇が貰えるようになってな。帰れ、と上の人に尻を叩かれたんや」

「へえ、今の海軍にはそんな有難《ありがた》い休みがあるんけ」

「婆ちゃん、海軍やない、海上自衛隊や。何度言うて聞かせても婆ちゃんの海軍は直らんのやな」

「機関銃撃って大砲撃つんやさかい昔の海軍と同《おんな》じやないか」

「あんまり物騒《ぶっそう》なことを言うて貰《もろ》うたら困るなあ。今の海上自衛隊ちゅうのは、そう簡単には機関銃も大砲も撃ったりはせんのや」

「敵が攻めて来ても、撃たへんのかいな」

「あのなあ婆ちゃん。日本は平和国家なもんで、何処《どこ》の国に対しても敵視なんぞしとらんのや。敵なんか、広い海を走り回ったって現われも見つかりもせん。一匹もな」

「そうか。楽でええな御前《おまえ》の仕事は」

「また皮肉を言う。ま、それが婆ちゃんの元気な証拠やけども」

「今日は大漁や。あとで鯛《たい》のでかいのをカークに持ってこさせるさかいに」

「そいつあ有難い。爺ちゃんは？」

「まだ魚市場やろ。事務を済ませたら帰ってくるけん」

「なら今コーヒーでもいれたるさかいに、ゆっくりしていったらええ」

「いらん。駐在さんで飲んできた」

「それは？」

と、和蔵芳弘の視線が、ヨネの右手にある紙包《かみづつみ》に移った。

「駐在さんの奥さんから戴いてな。カステラやと」

「駐在さんて、一年ほど前に新しく赴任してきたとかいう……確か岡村さん？」

「うん、岡村さん……奥さんも気さくな可愛い、ええ人でな」

「鯛をくれるんなら、今夜は爺ちゃんと飲むかな」

「爺ちゃんも婆ちゃんも、今夜は『花房』で大漁祝いをするんでな。芳弘も来るか？」

「いや。滅多に帰って来れんので、親子三人の晩飯を楽しむよ」

「そうか。そやな、その方がええ。ところで嫁さんはまだかいな」

「うーん、今は忙しいんで、嫁探しは当分の間、お預けかなあ」

「何がそんなに忙しいのじゃ。中尉とか大尉とか、よっぽど偉《えろ》うなったんか」

「それは何処の国の階級なんや婆ちゃん」

苦笑した和蔵芳弘は所在無げに、またバーベルを持ち上げた。

「ほんじゃな……」と、ヨネは自分の家へ向かった。

三

「ふうん。兄貴夫婦は『花房』で大漁祝いてか」

時造はにこにこしながら、息子芳弘のグラスにビールを注《つ》いだ。

町役場の総務課に勤める時造は来年が定年で、そのあとは専造の漁業を手伝うことになっている。

「こんなにでかい鯛は、近頃あんまり見んなあ。よう太っとる」

台所で鯛を刺身にしている時造の妻美鈴《みすず》が手を休め、振り向いて言った。

「それみんな刺身にすると余るぜ。焼物や煮物も考えたらどや」

時造は、息子が満たしてくれるビールグラスを手に、矢張りにこにこ顔で妻に返した。

大きな鯛を貰ったことよりも、芳弘が帰宅したことが嬉しいに違いなかった。

「そんなこと、あんたに言われんでも心得とるよ。これでも給食おばさんやでな」

美鈴は半島地区給食センターという半官半民の職場で、近在全ての小中学校給食の賄《まかな》い仕事をしていた。芳弘が小学五年生の頃から給食センターで働いており、今ではパートから正規職員に格上げとなって主任を務めている。

「で、何日休めるんや芳弘」

　時造がグラスのビールを半分まで飲んで、息子の顔を見た。

「五日間……」

「なんや、短いのう」

「有給扱いで貰えるだけでも、ましと言うもんや」

「あんた、せっかく芳弘が帰って来たんやから、不平を並べたらあかんやないの」

　美鈴が、若い頃はさぞや美人であったろうと思わせる顔に綺麗な笑みを広げて、夫と息子の間に刺身を盛った大皿を置いた。

　芳弘は、どちらかと言えば、母親似だった。

「母ちゃんもビール飲まんかいの」と、息子は勧めた。

「あとでええ。焼物、煮物をつくっておかんと」

　美鈴はまた台所へ戻ってゆき、父と息子は空になったグラスにビールを注ぎ合った。父親はまだ、にこにこしている。

「で、海上自衛隊の仕事は忙しいのか」

「ま、ぼちぼち……」

芳弘は答えながら、グラスを口元へ運んだ。

「それにしても、お前は仕事について話さんなあ。とくにこの二、三年はほとんど話さんようになってしもうとる」

「生まれた家に帰って来た時くらいは、仕事の話、忘れたいのでな」

「そらそうや、のんびりしたらええ。父ちゃんは帰ってきた芳弘にいつも、あれこれ訊《き》き過ぎやで」

美鈴が刺身の取《と》り皿《ざら》と、擦《す》りおろしたワサビの小皿をテーブルの上に置いて、夫を軽く睨《にら》んだ。

「父親として、心配やからの」と、時造の顔から笑みが消えた。

と、そこへ「時造いるか」と専造が、玄関土間に入ってきた。

農家造りの古いこの家は玄関の引戸をあけるといきなり広い土間となっており、竈《かまど》が大・中・小と三つ並んでいる。その土間に向き合うようにして、今風に改装されたキッチン付の板の間があって、そこがこの家の食堂であり団欒《だんらん》室だった。

「や、兄さん。今夜は『花房』で大漁祝いじゃなかったのけ」

「それがさ、一緒に出かけることになってたヨネの姿が見当たらんもんでよ」

「婆ちゃんが見当たらん？」と、芳弘が怪訝《けげん》な顔つきでビールグラスを手放して、上がり框《かまち》に立った。鴨居《かもい》に頭が触れている。長身だ。

「魚市場で事務を済ませてたんで、少し遅くなったんじゃが、今戻ってみたら家の中が真っ暗で誰もおらんのじゃ」

「ポールとカークも？」と芳弘が訊ねた。

「おらん」と専造が首を横に振る。

「おかしいな。婆ちゃんは確かに家の方へ歩いて行ったけど」

「芳弘が帰宅している、とヨネが儂《わし》の携帯へ知らせてくれたけんど、それ切りじゃ」

「カークは夕方、此処《ここ》へ鯛を持って来てくれたよ。婆ちゃんがポールとカークを連れて、一足先に『花房』へ行ったんじゃないのかな」

「行っとらん。『花房《もん》』へは電話を入れてみた」

「真面目な働き者のポールとカークも見当たらん、というのは変やのう」

芳弘はそう言いながら、サンダルを履《は》いた。

「爺ちゃんは、ちょっと此処で待っててくれ。俺《おれ》がもう一度家を見てくる」

「そうしてくれるか」

芳弘は玄関を出ると少し立て付けが悪くなっている引戸を、うるさく言わせて閉じた。

この家はもともと和蔵家の本家だった。

が、専造がヨネを嫁に迎えると、かつて六隻《せき》の中小漁船を持っていた今は亡《な》き専造の両親は、新婚夫婦のために将来の本家となる新居を建てた。

で、弟の時造が旧本家の家を貰ったのだった。

芳弘は外灯が点《とも》っている馴れた道を、本家に向かって走った。

畑と櫟《くぬぎ》の小さな林に遮《さえぎ》られて百メートルほど離れているだけであったから、訳《わけ》もなく直ぐに着いた。

家のどの窓からも明りが漏れていた。門灯も玄関灯も点《つ》いている。専造は心配して家の内外《うちそと》を探《さが》し回ったに相違ない。

芳弘は家の中に入った。旧本家に比べて、ややモダンな造りだった。

「婆ちゃん……」

芳弘は呼んでみた。その一度だけだった。

あとは一階二階の各部屋、浴室、トイレ、押入れ、物入れ、と虱潰《しらみつぶ》しに調べて回った。

二階の一室十畳大の洋室は、ポールとカークが共同で使っている。

屋内の何処にも、不審な痕跡は無かった。

彼は庭先へ出てみた。高さ七、八十センチほどの庭園灯が東側と西側に点っていた。

西側の庭園灯の脇に、ステンレス製の丸い食器のようなものが一つ置いてある。

それが何なのか、芳弘は承知していた。

彼はその器の前まで行って腰を下げ、中に入っていた豆様《まめよう》のものを指先で抓《つま》んだ。ドッグフードだった。

彼は腕時計を見た。

「おかしいな」と、芳弘の表情がはじめて険しくなった。

ドッグフードは一日に一回、ヨネが野生の狸《たぬき》の親子《おやこ》に与えているものだった。
六、七年前頃からか夕刻になると、この庭先へ現われるようになっていた。
芳弘の「おかしいな」には、はっきりとした理由があった。野生の狸の親子が姿を見せる時刻が、午後六時から七時の間と決まっていたからだった。

これは春夏秋冬変わらない。

これまでドッグフードを食べ残したことなどはなく、「いつも綺麗にたいらげるよ」と芳弘は専造やヨネから幾度となく聞かされている。

現在《いま》は午後七時丁度《ちょうど》。ステンレスの食器に狸の親子が口をつけた形跡はなかった。全くなかった。器の中のドッグフードに〝乱れ〟がない。

つまりヨネは、狸に与えるドッグフードを器に用意してから、〝何処かへ行っているらしい〟ことになる。家へは間違いなく戻っていたのだ。

「カステラだ」

と気付いて、芳弘は腰を上げた。ヨネが家へ戻ったことを証明するもの——駐在所で貰ったカステラ——を思い出した芳弘だった。

彼は庭先から縁側へ上がり、廊下伝いに先《ま》ずリビング・ダイニングルームに入っていった。

「あった……」と、芳弘の表情が、尚のこと険しくなった。

ヨネが駐在所の岡村巡査の妻晴江から貰ったカステラは、食卓の上に包み紙が開かれた状態で、置かれていた。

芳弘は電話台の前に立って受話器を取り上げ、ダイヤルボタンをプッシュした。

呼出音が二度あって、母親美鈴が電話に出た。

「芳弘だけど、婆ちゃんはやっぱり一度家へ戻っとるな」

「じゃあ一体、何処へ行ったんけ。うちの前の道は、板の間からも土間の丸窓からも見えるんじゃけんど、婆ちゃんが下へ引き返した姿は見とらんよ」

下とは魚市場の方だ。

「ステンレスの器には狸公《たぬこう》にやるドッグフードがきちんと盛られとるから、婆ちゃんが家へ一度戻ってきたことは間違いないよ」

「ふうん。狸公《たぬこう》の餌《えさ》が用意されとるんなら、確かに家へ一度戻っとるねえ。いつも午後五時半過ぎに、新鮮なドッグフードを器に入れてやっとるからな……あれ？　芳弘、この時刻に餌《えさ》がまだ器に残っとるのかね」

「うん、そうなんだ。婆ちゃんはいつも、午後六時から七時の間には綺麗にたいらげる、と言っていたのに、餌に口を付けた形跡が無いのさ」

「それは妙だわ」

「だろ。野生動物は異変を敏感に捉えるというから、少し前に、この本家で何か騒動があったのかも知れんで」

「それで狸公《たぬこう》が怖がって、餌に近付かんかったと?」

「ともかく母ちゃん、俺は御稲荷《おいなり》さんまで行ってみるよ」

「そうか。気い付けてな」

芳弘は本家を出た。家の前を北から南に向かって緩《ゆる》い登りとなっている和蔵家の私道《しどう》は、六、七十メートル行った辺りで御稲荷さんの小さな社《やしろ》に突き当たるかたちで切れる。

ただ、人一人がやっと通れる急坂の山道が、麓《ふもと》の町《ちょうそん》村協同病院への近道として社脇《やしろわき》から下《くだ》ってはいたが、ほとんど使われていない。

御稲荷さんはこの町の漁師達によって大漁を祈願する対象として、古くから大切にされてきた。季節の献花と油揚《あぶらげ》は絶やしたことがない。漁師達が当番として順に、お供えの役を負っている。

だが社《やしろ》の油揚は何故《なぜ》か一度として、野生の狸に食われたことがなかった。

「婆ちゃん……」

芳弘は外灯の明りの下にある御稲荷さんの、背後の竹林に向かって大声を張り上げた。

彼にとって婆ちゃんは、母親代わりでもあった。実の母美鈴が給食センターへ勤めに出ていたので、小学校の時も中学校の時も学校から帰ると必ず婆ちゃんの世話になった。婆ちゃんに勧められ夕食を済ませてから帰宅することも珍しくなかった。

芳弘は社《やしろ》の前に立って、辺りを見回した。

外灯の明りが及ばぬところは、何一つ見分けがつかぬほど真っ暗だった。

「厄介《やっかい》な事にならなければいいが……」

芳弘は呟いて、来た道を走って自宅に戻った。

専造と時造と美鈴が玄関の外に不安そうに立っていたので、芳弘は「おらん」と首を横に振った。

「一応、駐在さんに言っといた方がいいかもね」

母親の言葉に、「俺が行ってくるから」と芳弘はまた駆《か》け出した。

専造が何か言いかけたが、芳弘の後ろ姿が離れていく方が早かった。

坂道を走り下《くだ》って人の行《ゆ》き来が絶え、ひっそりとしたバス通り——本数は少ない——に出た芳弘は、そこでも立ち止まって「婆ちゃん」と叫んでみた。

婆ちゃんの声は返ってこなかった。

「一体何があったと言うんや」

芳弘は舌打ちをしてから、駐在所に向かって走った。

岡村巡査はいた。ヨネが訪れた時のように、矢張り壁に貼られた地図の前に立って眺めていた。

「こんばんは」

「はい」と、岡村巡査は我に返ってランニングシャツにブルージーンズという芳弘に、ちょっと身構える顔つきをして見せた。一年ほど前にこの駐在所へ赴任してきた岡村巡査は、帰宅することが少ない芳弘とまだ一度も交流が無い。

「あの私、和蔵の分家の芳弘と言いますが……」

「あ、分家と言うと、役場に勤めている時造さん家《ち》の……」

「はい。時造の息子です。今日は本家の婆ちゃんがカステラを有り難うございました」

「いやなに。貰い物《もん》なもんで御裾《おすそ》分《わ》けに婆ちゃんに一本ね」と、岡村巡査はそこで相好《そうごう》をくずした。芳弘の口から〝カステラ〟が出たので、和蔵の者と信じることが出来たのだろうか。

だが芳弘の次の言葉で、岡村巡査の表情はまた固くなった。

「その婆ちゃんなんですが、姿が見当たらんのですよ」

「え……どういうこと？」

「はあ、それが……」

芳弘はバーベルを上げている時にヨネと出会ってから以降のことを、岡村巡査に打ち明けた。

「それはいかんな」

「婆ちゃん、此処へ来た時に何か心配事ありそうでしたか」

「いや、いつもの婆ちゃんらしく明るくて元気だったよ。あ、それとね……」

岡村巡査は何かを思い出したように、机の引き出しをあけた。

「こいつを婆ちゃんから預かっとるんじゃが」

彼は前濱健夫の名刺を芳弘に差し出した。

「この名刺を婆ちゃんからですか？」と、芳弘は名刺《それ》を受け取った。

「この名刺の人物について、何も聞いとらん？」

「ええ、何も聞いておりません」

「じゃ、婆ちゃんも大《たい》した事はないと考えて、話さんかったんだ。実はね……」

岡村巡査は前濱健夫ら四人が和蔵島へ〝不法上陸〟したこと、四人が中湊海洋水産大学に実在することについて三十分ほど前に現地警察の協力で確認できていること、などを話して聞かせた。

「そうですか。そのようなことがあったのですか」

「真面目な研究者らしいので、婆ちゃんの姿が見当たらん事とは関係ないと思うが」

「この名刺、爺ちゃんの手に渡しておきたいので、戴《いただ》いて宜《よろ》しいですか」

「構わんよ、婆ちゃんのものだからね。それよりもミニパトでその辺りを走り回って、ともかく婆ちゃんを見つけなきゃあ」

「ひとつ御願いします」

「芳弘さんも来るかね」

「いえ、自分は家へ戻って、再度その辺りを探してみますから」

「あ、その方がええね。分家と本家へは私もあとで行きますよ」

「面倒をお掛けします」

「なあに、これも私の仕事じゃから」

芳弘は駐在所脇のミニパトに岡村巡査が乗るのを見届けてから、家に向かって引き返した。今度は走らず、辺りを注意して見回しながら歩いた。

(これが時代の流れか……、町に何となく活気が無くなったなあ)

と、芳弘は思った。子供の頃は日が沈んでも、通りの至る所に大人や子供の姿が目立っていた記憶がある。ところが今ではこの時刻――午後八時前――何処へ視線を向けても、人が往き来する姿は無かった。シンとした中に、早々と明りを消した魚市場や車も走らない黒いアスファルト道路の存在が、町の著しい過疎化、高齢化を象徴しているようで、芳弘の気持を淋しくさせた。

「いいいい、それにしても……」

芳弘は外灯の明りの下で足を止め、ジーパンのポケットから取り出した前濱健夫の名刺を改めて眺めた。

「昆布干しの和蔵島へ、エンジン付のゴムボートで四人が上陸……か」

芳弘はちょっと首をひねってから、バス通りを横切った。近付いてくるヘッドライトの明り一つさえ無い通りだった。

彼は魚市場の横を抜けて、栈橋三本が並ぶ岸壁に立った。

この時、足下が不意にグラリときた。

大きな横揺れだった。

（いやな時に、いやな地震だな……）

と、芳弘は尚のこと婆ちゃんを心配した。

横揺れは直ぐに鎮まった。しかし、「海の町」の者としては、津波を忘れる訳にはいかない。

芳弘は、海面をじっと眺めた。

波は静かで、どうやら心配なさそうだった。

夜空で大きな雲が流れ去り、ようやくのこと月が出て、芳弘のまわりが青白く染まった。

彼はそれでも海面に注意を向けながら、三本の栈橋の先端まで行っては引き返すことを、三度繰り返した。

視力には自信のある芳弘だったが、目の届く範囲の海面に異常を見付けることは出来なかった。

彼は岸壁で腕組をして月を仰ぎ、溜息《ためいき》を一つ吐《つ》いてから、その視線をゆっくりと下ろした。

和蔵島が視野に入った。

芳弘は何気なく視線を少し左へ振って見た。

蛍か、と一瞬見紛《みまが》う無数の小さな明りが、西側半島の中ほどに広がっていた。

「突貫作業か……いいのを造ってくれよ」

芳弘は呟いた。其処《そこ》——中湊町——に護衛艦や潜水艦を建造する新日本重工業三奈月《みなづき》造船所がある事を、知らぬ筈がない芳弘であった。**日本最大の造船所**であり、世界でも五指に入る規模である。

「戻るか……」

芳弘は踵《きびす》を返した。善良で話し好きな婆ちゃんは、自分達の気付かぬうちに、どこかの話し友達の家を訪ねているのではないか、と思いたかった。

しかし、そう思わせぬ材料が二つあった。黒人少年のポールとカークの姿も見当たらぬこと、夫と黒人少年を加えた四人で料理屋『花房』を訪ねる予定になっていたこと、である。

第二章

一

翌朝、和蔵家は本家も分家も、いつもと変わらぬ中にあった。

ヨネは庭に出て、鈴なりと言う程によく実を付けている茄子《なす》を鋏《はさみ》で切り取って、腰からぶら下げた麻袋へ入れていった。二十くらいは入るだろうか。

朝食の味噌汁《みそしる》と漬物に使うためだった。

「婆ちゃん……」

と、芳弘が庭に入って来た。口元を綻《ほころ》ばせている。

「あ、おはよう芳弘」

「母ちゃんが味噌汁に入れる茄子を、二つ三つ欲しいって」

夫婦共に働いている分家では、庭に畑をつくって面倒を見る余裕がない。茄子や胡瓜《きゅうり》やトマトは、たいてい本家から分けて貰っている。

「いいよ。これ持ってけ」

ヨネは腰からぶら下げた麻袋ごと、芳弘に差し出した。

「こんなには要《い》らんよ」

「いいから持ってけ。漬物にも出来る」

「そうか。じゃあ貰ってくわ。それから婆ちゃん、俺が家に居る間は何でも頼ってくれよ。足元のよくない夕方にあの急坂道を下るなんて、怪我《けが》の元だから」

「判ったよ。心配かけたね」

ヨネは笑って頷《うなず》いた。

昨夜、病院の正面玄関を出たところのヨネを見つけたのは、ミニパトで町中《まちなか》を探し回っていた駐在所の岡村巡査だった。

分家へ鯛を届け、本家へ戻ってきたカークが右下腹部の痛みを訴え始めたので、ポールと共に急ぎ町《ちょうそん》村協同病院へ連れて行ったのだという。あの稲荷の社《やしろ》の脇から急坂の近道を下って。

虫垂炎だった。県の漁業振興策の一環として公的に受け入れた漁業訓練生のポールとカークだから、健康保険にはきちんと入っている。

「カークに付き添っとるポールには、朝飯を届けてやらんといかんじゃろ。分家《うち》で握り飯でもつくって俺が届けるさかい、婆ちゃんは朝飯食ってゆっくりしてから病院を訪ねたらええ」

「そうかね。ほんじゃ芳弘に甘えるか」

「うん。任せてくれ」

芳弘は庭から足早に出ていった。

ヨネは伸ばした腰を拳《こぶし》でポンポンと叩《たた》きながら、「逞《たくま》しゅうなったなあ」と芳弘の広い背中を見送った。頭の上でカラスが一鳴きする。

ポールの虫垂炎は深刻なものではなかった。四、五日で退院できる、とヨネは執刀医から聞かされている。ただその間は人手が一人不足するので、(頑張らにゃあいかんなあ……)と思っている彼女だった。

茄子を四つ五つ胸に抱くようにして、ヨネは勝手口から台所へ入り流し台にそれを転がした。

「芳弘が来たんけ?」

食卓の上に新聞を広げているのに、それには目をやらずテレビを見ていた専造が、老眼鏡の上から覗《のぞ》くようにしてヨネを見た。

「ああ来た。茄子を持たせてやった」と、ヨネは夫と目を合わせた。

「首相やけどな、また辞意を表明しよったぜ」

専造がテレビへ視線を戻した。

「え……」

ヨネの表情が、そのまま固まる。

「首相が突然辞《や》めると言い出したらしいんや。近いうちに辞めるんだとよ。就任して一年も経《た》たんのになあ」

「あれまあ。えらい急やないの」

「前の首相も一年そこそこで逃げるようにして辞めたし、日本の政治は一体どうなっとんのや」

「**軽い首相**やなあ。まるで**風船会社員**みたいや」

「何を言うか。会社員の方が生きるために、もっと真剣に一生懸命働いとるわ」

「それもそうや。毎日が精一杯の会社員に叱《しか》られてしまうなあ。**風船は政治家の方**か。しかも**ドブ臭いカネで汚れまくっとる政治家**どもや。で、首相が辞める理由は、新聞に何《なん》て載《の》ってるん？」

「辞意を表明したらしいことはテレビのニュースで、たった今知ったんや。新聞にはまだ載っとらん」

「それにしても、なんでまた、そんなに急に辞《や》めるんや……」

「知らん。まるで脳味噌《のうみそ》が不足しとるママゴトみたいな政治じゃ。ドブ臭いカネだけでなく、**反日的な宗教団体に洗脳されまくっとる馬鹿政治家どもが政権党には多い**らしいわ。もう、うんざりじゃわ」

専造が腹立たし気にリモコンでテレビを消して、ヨネの方へ向き直った。

「ポールに朝飯を持っていってやらんといかんのう」

「病院へは芳弘が行ってくれるって。分家《あっち》で握り飯つくって」

「そうか……日本で虫垂炎にやられるとは、カークも災難やったな」

「ちゃんと面倒見てやらんと」

「うん、見てやらんといかん。きちんとな」

そう言いながら専造は、食卓の上に広がっていた朝刊を折りたたんで、また話の矛先《ほこさき》を変えた。

「日本の政治、しっかりして貰《もら》わんと、今のままじゃあ国土がだんだん縮まっていくぞ」

「日本のあっちこっちの島を指《さ》して、俺の領土じゃ俺の領土じゃ、と外国さんが言い出しとるんじゃろ？」

「あと五十年もせんうちに、日本が日本でなくなるかも知れんなあ。こんな**赤ん坊みたいな首相**とか**馬鹿議員**ばっかりが、雁首《がんくび》ならべとったら」

「外国に占領されてしまうということ？」

「うんにゃ。占領やのうて、気が付いたら外国の属国《ぞっこく》になってた、ということっちゃ」

「若い者《もん》の方が大きいからのう」

「若い者《もん》が可哀想《かわいそう》じゃ。阿呆《あほ》政治が長く続くと犠牲になる部分は若い者《もん》の方が大きいから
のう」

「ほんに若い者《もん》がなあ……」

「次の選挙は、わしら年寄りの一票は、若い者《もん》のためにも真剣に考えて考えて投票せにゃあ」

「うん、誠にその通りじゃのう。外国の属国になどなったら、今の若い者《もん》は悲惨《ひさん》じゃわな」

顔をしかめて流し台に向き直ったヨネは、茄子を水洗いして庖丁《ほうちょう》で輪切《わぎ》りにし、ガスコンロの上で沸騰し始めた鍋にそれを入れた。

「冷蔵庫に昨日《きのう》取れた伊勢《いせ》エビが入っとるやろ。それも味噌汁へ入れてくれ」

「朝からかえ」

「やけくそじゃ。今のうちに、旨《うま》い物《もん》はどっさり食っとかにゃあ」

「伊勢エビを、やけくそで味噌汁に入れても、立派な首相が登場する訳《わけ》でもなし」

ヨネがブツブツと小声で言った。

聞こえたのか聞こえなかったのか、専造が皺《しわ》だらけの顔で、ちょっと笑った。

錆《さび》の目立つ自家用軽トラックで五個の握り飯と、古い魔法瓶に入った味噌汁をポールに届けた芳弘は、案外に元気な術後のカークに安心して病院を後《あと》にした。

乗り心地の悪い錆《さび》た軽トラックのハンドルを握る芳弘は、自宅への入口である私道の前を速度を緩めることなく通過し、駐在所の前も走り過ぎて、西へ向かった。念のために中湊海洋水産大学へ行ってみる積もりだった。ブルージーンズのポケットには、爺ちゃんに手渡す積もりだった前濱健夫の名刺が入ったままになっている。

魚市場の長大な建物が切れた辺りから道路は湾岸に沿うかたちとなって、和蔵島も湾曲している東西の両半島もよく見え出した。

昨日に続いて、今日も快晴で海は穏やかだった。

突然、芳弘のポロシャツの胸ポケットで携帯が振動した。

彼は軽トラックを路肩《ろかた》に寄せると、うるさいエンジンのスイッチを切って、携帯を開き耳に当てた。

「はい」

芳弘は名乗らずに答えた。野太い声になっていた。

「私だ。いま話せるか」

「大丈夫です」

「首相が辞意を表明した」

「朝のテレビのニュースで知りました。朝刊の記事にはなっておりませんでしたが」

「このところ我が国の政治の足元が不安定だ。国際的地位は下降を続けており首相がまたしても突然辞意を表明したことで、国の内外《うちそと》で何事が起こるか判らん。別命が生じる恐れがあると心得て、待機しておいてくれ」

「了解しました」

「そちらで特に変わった事、気になる事はないか。実家は新日本重工業三奈月造船所に近いという事だが」

「はあ、実は……」

芳弘は和蔵島へ中湊海洋水産大学の研究者四名が、無断で上陸したことを手短かに打ち明け、その島から三奈月造船所がよく見えることを付け加えた。

「ちょっと待て。確かめてみる」

電話の相手はそう言って、受話器を置くコトリという音を芳弘の耳に伝えた。

が、相手は直《す》ぐに電話口へ戻った。

「なるほど。壁に貼られている島嶼《とうしょ》地図で見たが和蔵島の北西凡《およ》そ九・五キロ先が三奈月造船所だな」

「はい。高性能な双眼鏡を用いれば艦船の建造ドックの三分の一が、かなり鮮明に見えますが、残りの三分の二は岩山に隠れております」

「その和蔵島だが今では町へ寄贈されている、と何時《いっ》だったか話してくれたことがあったな」

「ええ。島の使用権は和蔵家にありますが……」

「うむ」

「とは言っても米粒程度の島なので、使用権が認められているとは言え、大《たい》した利益につながっている訳ではありません」

「自宅に双眼鏡はあるか」

「ありますが、倍率がよくありません」

「判った。倍率のいいのを、これから尾旗《おばた》に届けさせよう。昼過ぎには着かせるから、どの程度見えるか覗いてみてくれ」

「それでしたら申し訳ありませんが午後の遅め、四時か五時頃に着くようにして戴《いただ》けませんか。自分はこれから中湊海洋水産大学を訪ねる積もりでいます」

「やはり気になるのか。その〝不法上陸者〟の四人というのが……」

「地元警察の調べで身元は確認されているようなのですが、一応、和蔵家の者という立場で、四人に会えれば会っておこうかと」

「そうか。和蔵家の者、という立場でな……よかろう」

「ご異存ありませんか」

「心穏やかに会うよう心がけてくれよ。職務上の身分立場は伏せてな」

「心得ております」

「よし。尾旗《おばた》は午後四時に着かせよう。彼と共に和蔵島へ渡って、高倍率双眼鏡で三奈月造船所の艦船建造ドックがどの程度に視認できるものなのか、注意深く確かめてみてくれ」

「承知致しました」

「では切るぞ……身辺に気を配ることを忘れるな」

「はい」

相手が交信を絶った。

携帯を閉じた芳弘はさり気なくバックミラーで後方を見、そして左右前方にも視線を走らせた。

次に彼は腕時計を見て、尾旗が来る迄《まで》に充分以上の時間があることを確認し、軽トラックのエンジンを始動させた。

ギアを入れると車体の下で金属が擦《こす》れ合うような甲高《かんだか》い悲鳴が生じて、錆の目立つ車体がうるさく走り出した。

海のそばの、とくに軽トラックは錆やすい。それでなくとも、荷物の頻繁な積み下ろしで車体には無数の細かい傷が付いている。

四、五十分海岸沿いの道路を走り続けて、軽トラックは中湊町の一つ手前の町へ入った。内山錦町《うちやまにしきまち》といって、干物《ひもの》生産で知られた町であったが漁港はなかった。海と町とがごつごつとした岩山で遮《さえぎ》られており、しかも海岸は漁港には不適な絶壁状となっているので、干物にするイワシ、サンマ、アジなどの魚類は主に芳弘の町から仕入れている。

芳弘は干物の匂《にお》いが漂っているこの町のガソリンスタンドで、軽トラックの燃料を満タンにした。

彼が出た県立高校は「中湊臨海高等学校」と称したが、中湊町にはなく内山錦町の役場に隣接してあった。

なぜ内山錦臨海高等学校ではなく中湊臨海高等学校なのか、その理由を芳弘は未《いま》だ知らない。また、知る必要もないと思ってきた。

ただ、中湊の町の規模も人口も経済力も内山錦町とは比較にならぬほど大きいからではないか、との見当はついている。

中湊町には、何と言っても新日本重工業三奈月造船所があった。

世界でも屈指の巨大造船所だ。

芳弘は燃料満タンの軽トラックを走らせた。

「**紙切れみたいに薄く軽い**のう。日本の首相や大臣や国会議員と言うのは」

彼はいきなり、腹立たし気に口にした。顔をしかめている。

「俺の立場で言ってはならんことなのだが……それにしても情けない」

今度は溜息を吐《つ》いた、芳弘だった。
十四、五分走ると、前方に如何《いか》にも古いと判るトンネルが見え出した。狭いトンネルであったから、入口の頭に信号機が付いていて、上り下り交互に通行することになっていた。トンネルの全長は凡《およ》そ四百メートル。交互通行のトンネルにしては結構長い。
芳弘は、信号が青になっていたので、速度を落とさずそのままトンネルに入っていった。排気設備の無いトンネルだったが、海側に向けて大きな開口部が三か所にあったから、トンネル内の空気は悪くはない。

軽トラックがトンネルから出た。初めてこのトンネルを出た者は、その雄大な海と山の景色に「わあっ」と声を上げるところだろうが、芳弘にとっては幼い頃から見馴れた景色だった。

此処《ここ》まで来ると、外海に対して口を閉じるように湾曲している東・西両半島の向こう側に、点々と散らばっている小島がよく見える。漁師村がある島もあれば、カモメや少数の信天翁《あほうどり》だけの島もある。

その数を著しく減らしている信天翁《あほうどり》は、ニホントキに次いで絶滅が心配されている国の特別天然記念物だ。いや、絶滅の心配は信天翁だけではない。最近では全国の何処《どこ》にでも当たり前に見られた**ミツバチやスズメまでが、その数を激減させている**。原因は農薬・殺虫剤ではないかと推量《すいりょう》されている。とくに日本人は殺虫剤好きと諸外国から見られているらしい。

道路の左側には、美しく造成され青々とした農作物の展《ひろ》がりを見せている段々畑が、山の中腹以上にまで続いていた。

「やっぱり綺麗な町だな、此処は」

芳弘の表情が緩んだ。中湊町へ入ったのだった。

市街地は少し先の道路を左へ急カーブすると、一気に迫ってくる。

軽トラックは、そのカーブを曲がった。

次第に道幅を広げる道路を挟《はさ》んで海と向き合う位置――山を背にして――に、青瓦に白壁という木造三階建の建造物が、切れることなく長く続いていた。

その中央あたりに、やはり青瓦に白壁の高い尖塔《せんとう》があって、帆船《はんせん》を白く染め抜いた紺色の旗が塔の頂《いただき》ではためいている。

創立八十七年になる県立中湊海洋水産大学であった。海洋水産大学という性格の他に商船大学としての特徴をも併《あわ》せ持っている。

三階建の木造学舎は、補強工事、耐震工事を加えられてきたものの、創建当時のままだった。

〝最も美しい大学の建造物〟と、建築家たちから絶讃されてもいる。

「俺も憧《あこが》れたなあ」

芳弘は軽トラックの速度を落として、一時は夢にまで見た学舎の前を走り抜け、広さを増した道路を町中《まちなか》へと入っていった。

よく整備されている印象の都市型の町であった。新日本重工業が町へ落とすカネの威力であろうか。道路は四車線――片側二車線――と広く、人も公園も目立ち、低層ビルを主体とした新しい町並、木造民家が占める古い町並、そして繁華街、の分離が整然となされていた。

「町の発展が止まっていないなあ。良うなっとる」

久し振りに町中《まちなか》を車で走り、そうと知る芳弘だった。

海洋水産大学を訪ねる、と**携帯で話した何者か**に打ち明けた筈《はず》の彼が、その大学からどんどん遠ざかりつつあった。

中湊町の市街地は幹線道路を間に挟むかたちで、海と山に沿って細長く伸びている。

その市街地がまたしても、トンネルにぶつかった。

だが、今度のトンネルは見るからに新しいと判り、しかも内部はゆったりとした四車線だった。それに短い。トンネルの出口が二百メートルほど先に見えていた。

軽トラックが、トンネルを抜けた。

瞬間、町の雰囲気はガラリと変わった。それまでの道路は広大なロータリーと化し、真正面に高さも幅もある格子状の門扉《もんぴ》を閉ざしたいかめしい門があって、その両脇に**警察官の詰所《つめしょ》**を置いていた。守衛の詰所ではなく警察官の詰所であった。

新日本重工業三奈月造船所の正門である。

その正門の右手かなり奥に、幾つかのドックと判るものが見られ、そのうちの二つが外部から窺《うかが》えないよう完全に遮蔽《しゃへい》されていた。

ただ、鋲《びょう》打ち銃の音らしいのは、間断《かんだん》なくやかましく聞こえてくる。

芳弘はロータリーの左にある公園の前へ軽トラックを寄せて、エンジンを切った。

「へええ、いつの間にかドックを一基増やしたのう」

彼は様子を窺《うかが》うようにして目を細めた。此処へ来るのは実に久し振りだった。いま遮蔽されている二つのドックで、何が建造されているか芳弘は具体的には知らない。知る立場にもなかった。

しかし、海上自衛隊の艦艇に違いない、とは思っている。

彼は門内の左手へ視線を向けた。

そこには従業員の家族寮、独身寮、保育園、医院、スーパーマーケットなどが一つの巨大な団地を形成しており、背後の山の二合目あたりまで広がっていた。守秘義務が欠かせない仕事が少なくないだけに、なるべく造船所敷地内で生活できるように、という会社の方針だった。

むろん、団地内に居住することは強制ではない。

「団地も大きくなったなあ。とうとう山の中にまで広がっていったか」

芳弘は軽トラックから降りて、両手を頭の上にあげ「う、う、う……」と思い切り背筋を伸ばした。

気持が良かった。彼にとって中湊町は隣の県ではあったが、高校時代に内山錦町と並んで青春を謳歌《おうか》した地であるため、故郷《ふるさと》意識は強かった。

白波吼《ほ》える　青い空
行くぞと水平線へ　漕《こ》ぎ出せば
男児《だんじ》の魂《たましい》　沸《わ》き立ちて
ああ臨高《りんこう》の気合　大海《うみ》を打つ
我ら世界をかける　侍《もののふ》ぞ……

芳弘は靴先で調子を取りながら、男子校だった中湊臨海高等学校のなつかしい校歌を口ずさんだ。仲間達と過ごした色々な光景が脳裏に甦《よみがえ》る。

と、造船所正門の両脇にある警察官詰所から、若い警察官が打ち合わせたように二人現われてこちらへ向かってきた。

芳弘は穏やかな真顔をつくって彼等に備えた。

「失礼ですが、造船所に何か御用ですか」

先に芳弘の前に立った、やや肥《ふと》り気味な警察官が訊ねた。疑い深そうな嫌な目つきだ、と芳弘は思った。

「いや、今日は公休日なもので、ぶらぶらと造船所を訪ねて来ただけです。これといった用はありません」

「この造船所にはなるべく近付かないで戴きたいのですよ。このロータリーは町のものですから〝トンネルの向こうへ出て行ってほしい〟と言う権利など我々警察官には無いのですがね」

「判りました。トンネルの向こうへ去りましょう」

「すみませんが、勤め先の身分証などお持ちですか」

「持っておりません。運転免許証ならありますが」

「この町の会社へ、お勤めですか」

「いいえ、少し遠方です」

「会社の名前と所属を念のため聞かせて下さい」

「**海上自衛隊の隊員**です」

「海自の……あ、それでこの造船所のドックを見に来たのですね」

「ですが海自の隊員とは言え、ドックでいま何が建造されているのか、私は全く知りません。完成までは防衛機密ですので」

「正門の警備に付いている我々県警の者も、いまドックで何が建造されているのか判らんのですよ……そうですか、海自の隊員さんですか」

「ご心配をお掛けしました。それではトンネルの向こうへ消えます」

「そう願えますか。申し訳ありません」

二人の警察官は挙手をすると、芳弘に背を向けて離れていった。

(此処《ここ》では、もう少し厳しく嫌われ役に徹してほしいな……優し過ぎるよ、御巡《おまわ》りさん)

芳弘は二人の警察官にそう感じながら、軽トラックの運転席に座った。

二

中湊海洋水産大学正門そばまで引き返した芳弘は、筋向かいにあるコンビニエンスストア横の広い空地《あきち》に軽トラックを乗り入れて窓を閉め、運転席から出た。

(さてと……前濱健夫に先ず電話を入れてみるか)

彼はブルージーンズのポケットから彼の名刺を取り出し、続いてポロシャツの胸ポケットから携帯を取り出そうとして、手の動きを止めた。

コンビニエンスストアから出て来た紺のスーツを着た二人の男が、店前の駐車スペースに止めてあったシルバーボディのクラウンの運転席と助手席に乗り込んだからだ。

（この辺りの者でない……）と、芳弘には直ぐにピンとくるものがあった。

二人の男は共に三十七、八歳。均整のとれた体つきの精悍《せいかん》な印象の人物だった。しかも決して古くはないシルバーボディのクラウンや紺のスーツが、妙に似合っている。

二人の男はクラウンを駐車スペースから出す様子を見せなかった。運転席と助手席に身じろぎもせず座って、海洋水産大学の正門を凝視している。

（まさか……公安刑事）

そう想像して、芳弘は軽トラックの運転席へゆっくりとした動きで戻った。

根拠の無い想像だった。直感、としか言い様《よう》がなかった。

いや。会社員にも教員にも銀行員にも見えない印象が、根拠と言えば根拠だった。

芳弘は二人の公安刑事？　を視野の端から逃さず、出来るだけ手の動きを抑え、ポロシャツの胸ポケットから用心深く携帯を取り出した。

相手も視野の端で、こちらを捉《とら》えているかも知れないからだ。

芳弘はダイヤルボタンをプッシュすると、大形《おおぎょう》な笑顔をつくって携帯を耳に当てた。

「私だ」

重々しい声の応答が直ぐにあった。「私だ」という名乗り方に、芳弘が「和蔵です」と返す。控え目の声だったが、表情は笑ったままだ。

「どうした。何かあったのか」

「いま中湊海洋水産大学に近い空地に駐車させた軽トラックの運転席から電話していますす」

「それで？」

「大学正門の筋向かいにコンビニエンスストアがあるのですが、その店からこの辺りの者でなさそうな三十代後半の男二人が現われ、店の駐車スペースに止めてあるクラウンに乗り込みました。大学正門を凝視して車を出す様子がありません」

「和蔵は二人を不審者、と読んだのか」

「逆です」

「逆？」

「公安刑事ではないか、という印象なのですが」

「ほう……」

「昨年、A二号事案で警視庁公安部の刑事三名が我々の元へ協力要請で訪れた事がありましたが」

「その時の公安刑事達に、いま君が捉えている男二人の雰囲気、印象が重なるという訳だな」

「はい」

「クラウンの特徴は?」

「ボディはシルバーの単一カラーで、二、三年前のモデルと思われます。ここから見る限り綺麗に使用されています」

「ナンバーは?」

「この位置からは見えません」

「その二人、海洋水産大学から現われるかも知れない何者かを、張り込んでいるのかな。思想関係の何者かを」

「そうかも知れないと考えて、電話を差し上げたのですが」

「よし。和蔵はこの電話を切って、さり気なくコンビニエンスストアへ行き適当な品を買うんだ。そして店を出る時にクラウンのナンバーを確かめろ」

「判りました。ナンバーは携帯のメールで報告します」

「そのあとは、和蔵の判断で行動することを許可する。但《ただ》し、逐一報告するように」

「了解」

芳弘は電話を切って顔から笑いを消すと、しかし柔和《にゅうわ》な表情で運転席から出、コンビニエンスストアへ向かった。

海苔《のり》を巻いた握り飯の弁当と朝刊二紙を買って店を出た彼は、尻をこちらへ向けて駐車しているクラウンのナンバーを、視野の端でしっかりと捉えた。

品川ナンバーだった。

(矢張り東京者《もん》だったか……)と思いながら軽トラックの運転席へ戻った芳弘は、左手に持った握り飯を頬張《ほおば》りながら、携帯を右膝《みぎひざ》にまで下げて右手でメールを送信した。

三、四十秒が経つか経たぬうちに、返信があった。

(手元の公用車両のデーターで調べたところ、当該車両の所属は警視庁公安部と判明)

芳弘は自分の判断が間違っていなかったことを知って、安堵《あんど》すると同時に背筋にヒヤリとするものを感じた。

彼は(メール着信しました)とだけ返信して、携帯を閉じると軽トラックのエンジンを始動させた。

左手にまだ残っていた握り飯を口の中へ押し込んで、芳弘が軽トラックを空地から出す。そのうるさいエンジン音に、クラウンの運転席の人物が芳弘の方へ顔を向けたが、ほんの一瞬のことだった。直ぐに大学正門へ視線を戻した。

芳弘はクラウンの前を横切るかたちで、軽トラックを内山錦町方向へと走らせた。道路は右へ緩くカーブを続けており、コンビニエンスストアが間もなくバックミラーから消え去った。

彼は、この時点で前濱健夫ら四人に今日会うことを、すでに諦めていた。自分の職務上の立場は、とくに警視庁公安部刑事などの近くで目立ち過ぎるような行動があってはならない、と心得ている。

ただ、背筋のヒヤリとした感触は消えていない。その原因が何処にあるか、摑《つか》めていない筈がない芳弘だった。彼の頭の中では、前濱健夫ら四名と警視庁公安部刑事の二人が、重苦しい感じでつながっていた。

（米粒程の和蔵島へ海洋水産大学の研究者ともあろう者が無断で上陸したことが俺は、どうも素直に納得できないなあ。その気になれば作法上も手続上もごく簡単に済ませて和蔵島へ渡れるというのに……）

芳弘は胸の中で呟いた。それに海洋生物学の研究に適した島なら、和蔵島ではなく湾外に幾つも浮かんでいる、と思うのだった。

（和蔵島の一大特徴は、上質な少量の昆布が取れる事の他に、北西凡《およ》そ九・五キロ海の向こうに新日本重工業三奈月造船所が実によく見えるという事だ。まさか連中は……）

高倍率の双眼鏡などで三奈月造船所を検《み》ることが目的だったのではないか、と考えてしまう芳弘だった。

軽トラックは内山錦町に入った。

「寄ってみるか……」と、芳弘はハンドルを静かに右へ切って幹線道路からはなれた。

昔からのままの古い商店街が続いたが歩道に人の姿は少なく、ここも町の過疎化、高齢化を窺わせた。

それでも芳弘は、久し振りに見る商店街を懐しく感じた。学生仲間とよく通った小さな御好《おこの》み焼屋《やきや》や饂飩屋《うどんや》が無くならずに在《あ》った。

「お……『白馬車』も健在かあ」

芳弘は軽トラックを路肩に寄せて止め、通りの向こうの「**喫茶・白馬車**」の看板を目を細めて眺めた。古い民家を少し改造しただけの、喫茶店には不似合いな店だった。

が、夜にはバーに変身するため、中湊臨海高校では「喫茶・白馬車」への立ち入りを厳しく禁じていた。それでも芳弘と仲間達は、放課後に商店街を見回ることを忘れない剣道七段空手六段の学監の目を盗んでは、「白馬車」でハイボールを慌《あわ》ただしく飲んだものだった。

「ワルだったなあ……江崎《えざき》学監は御元気だろうか」

懐しくてたまらない、という優しい遠い目つきになって、彼は「ふふっ」と笑った。青春、の二文字が脳裏に浮かんでは消えた。

もう二度と戻ってはこない、切ない時間であった。

芳弘は小さく溜息を吐いてから、軽トラックを出した。

商店街を抜けると左手に木造二階建の町役場があって、その敷地内に鉄筋コンクリートの小造りな新庁舎が建設中だった。

芳弘が青春を謳歌した中湊臨海高等学校は、町役場の右手に並ぶかたちで校門を構えていた。

軽トラックを役場の駐車場へ入れた芳弘は、母校の校門の方へ歩いていった。まだ午前の授業中の時刻である。

門衛に氏名と卒業年度を明かして挨拶《あいさつ》を済ませ校門を入ると、直ぐのところに航海術科で使っていた純白の実習帆船がその役目を終えて展示されていた。

芳弘の卒業前年に新帆船と入れ替わって引退したものだった。

「大事にされて元気そうだな、お前も……」

帆船のそばに立った芳弘は、塗装し直されたばかりらしい純白の船体を両の手で撫《な》でた。

芳弘が在籍当時の臨高は、普通科、航海術科、英語科の三科から成っていて、彼は航海術科だった。

彼は展示帆船に背を向け、少しも変わっていない校舎を眺めた。

県立中湊海洋水産大学が青瓦に白壁の木造三階建の学舎なら、臨高は緑色の瓦に白壁の木造二階建の校舎だった。しかも校舎の中央付近には、海洋水産大学と同じく高い尖塔《せんとう》を持つ。

「海洋水産大学に負けん、いい校舎じゃあ」

芳弘がそう言いながら、腰の後ろに両手を当て背筋を伸ばした時、校庭の彼方にある体育館から、白い帽子に白い体育衣を着た学生の一団が無言で飛び出してきて、素早く二列に並んだ。女生徒達だ。

「遅いっ」

最後に体育館から出て来た、竹刀《しない》を手にした矢張り白い帽子に白い体育衣の教員らしいのが怒鳴りつけた。広い校庭に響きわたる嗄《しわが》れた太い大声だった。

「江崎学監……」

芳弘は呟いて破顔した。

彼が卒業した年の春、生徒数の減少を続けていた名門私立中湊女子商業高等学校が、臨高に吸収されるかたちで統合された。官立私立が一つになる珍しいかたちの統合だった。それを可能にしたのは、私立中湊女子商業高校に臨高に劣らぬ創立七十五年の優れた伝統があったからだ。

という訳で、臨高は現在《いま》では普通科、航海術科、商業科、英語科の四科から成っている。女子商高との統合が正式に発表されたのは、芳弘の卒業の前年春のことで、その発表を聞いた臨高男子生徒達が、鼻血を垂らさんばかりに興奮したことを、芳弘は今でも覚えている。

江崎学監の顔が偶然こちらを向いたので、芳弘はすかさず一礼した。

かたちの決まった美しい一礼であった。

江崎学監が体全体で「お……」という様子を、示して見せた。

芳弘が足早に近付いていくと、学監も女生徒達に何事かを告げて、小駆けで芳弘に向かってきた。

女生徒達が、校庭にしゃがんだ。

芳弘と江崎学監は向き合った。

「久し振りやなあ和蔵」

「七、八年前の同窓会の時に、お目にかかって以来です。ごぶさた致し申し訳ありません」

「ますます頑健そうな体格になってきたのう。その様子やと海上自衛隊での勤めはまだ続いておるな」

「お蔭様で続いています」と、芳弘は笑った。

「今は、どんな任務に就《つ》いておるんや。同窓会の時は確か、糧秣《りょうまつ》補給部門と聞いたように思うが」

「現在は部隊消耗性部品の調達管理部門で頑張っています」

「そうか。護衛艦にはまだ乗っておらんのやな」

「はい。一度も」

「立派な体格をしとる和蔵が護衛艦に乗っておらんというのは、少し惜しい気もするが、ま、しかし消耗性部品の調達管理部門も非常に大切な部門や」

「ええ。極めて重要な任務と心得ています。消耗性部品の調達がなければ部隊の任務に支障が生じますから」

「うん。その通り……」

「先生も変わらず御元気そうですね。こうして間近で向き合いますと、学生の時のように圧倒され足が竦《すく》みます」

「ははは。でもなあ、私も年や。来年は定年でな。とうとう引退だ」

「え……定年なんですか」

芳弘は驚いた。母校からこの気力あふれる先生を失うのは惜しい、と心底から思った。

「仕方のないこっちゃ。人生は流れるのが常じゃ和蔵。**努力不足な首相や大臣や国会議員ども**が、まるで紙切れのようにヒラヒラと、安っぽく辞《や》めて行く情《なさ》けない世の中やからのう」

「は、はあ……」

「よし。手を検《み》てやろう。見せてみろ」

「お願いします」

芳弘は両手を、甲を上にして江崎学監の前に差し出した。

「うむ。よう手入れされている。これでいい。手入れは忘れるなよ」

「先生から受けましたお教えは、身に染《し》み付いております」

「それでええ。忘れたらあかん」

「忘れません。卒業式の日に、お約束したことです」

「さてと、あんまし女生徒を放っておく訳にもいかんのでな。ここまでにしとくか。体に気を付けて元気で頑張り続けてくれ」

「先生も、どうか御元気で……」

「ありがとう」

江崎学監は芳弘の肩を軽く叩いて背を向けた。

芳弘は学監に向かって「先生、近いうちに何処かで一杯……」と言えないことを、心から悔やんだ。民間人の誰彼とうっかり日時の約束が出来ない、今の自分の立場であった。休暇も、ままならなかった。

芳弘は、学監の後ろ姿に深々と頭を下げてから、自分の手の甲を見、そして踵《きびす》を返した。

三

中湊海洋水産大学の筋向かいにあるコンビニエンスストア。

その店前の駐車スペースに止まっていたクラウンの車内に、小さな変化が生じていた。

「出て来た、彼だ。確かめてみろ」と、運転席の人物が漏らして、それ迄の姿勢をそっと低くした。

彼よりも少し若く見える助手席の男が、紺のスーツの内ポケットから一枚の写真を取り出しながら、やはり姿勢を下げた。

いま海洋水産大学の正門から、ノーネクタイのワイシャツの上に薄いグレーのブレザーを着た背の高い男が、出て来たところだった。

「間違いありません。大学院海洋生物学研究所の前濱健夫です」

手にした写真と見比べて、助手席の男が断定的な口調で言った。

和蔵島へ無断で立ち入った四人の内の一人、和蔵ヨネに連れの三人を紹介した、あの前濱健夫だった。

彼は正門すぐそばのバス停に立った。バス停には先待ちの乗客が男女あわせて五人いた。

「バスの時刻を見計らって出て来たのだろう。多分バスは間もなく来るな」

と、運転席の男が言った。

「どうします?」と、助手席の男は写真をスーツの内ポケットに戻した。

「古河《こが》、お前は上着をここへ置いて、ワイシャツの袖口をめくり上げたラフな恰好でバスに乗れ。さり気なくな」

「後藤《ごとう》警部は？」

「俺はこの車で、バスに付いて走るよ。少し間を空けてな」

「判りました。私は前濱と同じ停留所で降りますか？」

「いや。それは拙《まず》い。前濱が降りる停留所は、恐らく教員の借上住宅がある中湊本町だろうから、その一つ手前で降りバスの進行方向に向かって、ゆっくりと歩いてくれ。この車で拾うから」

「中湊本町の一つ手前というと……」

「なあに。運転席の頭の上に、路線の停留所の名前は出ているさ」

「あ、そうでしたね……」と言いながら、助手席の男——警視庁公安部外事第二課　古河敏文《としふみ》警部補——は紺のスーツを脱いだ。

「バスが来たぞ。前濱健夫の姿がバスの向こうに隠れたら、この車から飛び出せ」

「はい」

古河敏文警部補は、左手をドアの開閉レバーに触れて、飛び出しに備えた。

路線バスが速度を落として、その車体前部《フロント》が中湊本町の停留所標識《ポールスタンド》を隠した瞬間、古河警部補はクラウンから飛び出した。

その後ろ姿が、停車したバスの車体後部《リア》を回り込むようにして消えるのを見届け、後藤——夏彦《なつひこ》——警部はクラウンのエンジンを始動させた。

バスが動き出し、停留所には誰もいなくなった。

後藤夏彦警部は、クラウンのアクセルを静かに踏んで、コンビニエンスストアから離れ道路へ出た。最後部の座席に座った古河の肩から上が見える。

と、ワイシャツの胸ポケットで携帯が振動したので、後藤警部は舌打ちをし、車を路肩に寄せた。

二台、三台と後続車がクラウンの脇を走り抜けてゆく。

(前濱と、まともに視線が合ってしまいました。気付かれていないとは思いますが)

古河がメールを送って寄こした。

後藤は返信をせず、バスを追い始めた。タクシー一台、軽トラック二台がバスとの間に入っていた。追う側にとっては、むしろ楽だった。

ある確信のもとに、後藤も古河も前濱健夫を尾行している訳ではなかった。時と場合によっては相手の基本的人権を侵すことになりかねないと恐れつつ、任務に就いている二人だった。半ば手さぐりの任務である。

後藤警部はバックミラーに視線をやった。単なる確認のためだ。
五、六十メートル後方を、白いライトバンが一台走っているだけだった。
「後藤警部、車内なら応答を頼む」

無線が入った。

後藤は右手でハンドルを操り、左手を無線の送受話器へ伸ばした。

「こちら後藤。現在走行中です」

「応答しなくてよい。聞くだけにしてくれ。了解か」

「了解です」

「港区南麻布《みなみあざぶ》の在日機関から日本海の彼方《かなた》へ頻繁に暗号打電されていたマエハマタケオ先生なる国内在住の人物のうち、ABCDEFの六名については、各担当捜査チームによって所在及び素姓の確認がとれ、無関係もしくは無関係に近い、と判断出来た。したがって残るは後藤チームが追うマエハマタケオGのみだ。これについては慎重かつ早急《さっきゅう》に結果を出して貰いたい。但し、絶対に近寄り過ぎるなよ。こちらの動き次第で相手は豹変《ひょうへん》し危険になることもある。以上」

プツンと無線が切れ、後藤は送受話器をフックへ戻した。

「近寄り過ぎず慎重かつ早急にか……難しいなあ」

後藤警部は呟いて、前の軽トラックに近付くようにして速度を少し上げた。軽トラックの前のバスが停留所で止まったのだ。

そのままバスを追い抜いて直前へ出た後藤のクラウンは、ブレーキに頼らずギアーダウンで速度を緩《ゆる》やかに落とした。後方にいるかも知れない〝不審な目〟への用心を考え、ブレーキランプを点灯させないためだった。

第三章

一

和蔵芳弘は雑草だらけの庭先で、竹刀《しない》の素振り五百回をこなすと、そばの木の枝にポロシャツと並べて掛けてあったタオルで、顔や首筋に噴き出た大粒の汗《あせ》を拭《ぬぐ》った。ランニングシャツは汗をたっぷりと吸い込んで、まるで水をぶっかけられたようだった。渾身《こんしん》の力の素振り五百回である。

「うむ、気持がいい……」

芳弘は海の方から吹いてくる潮の匂いを含んだ風を浴びて、筋肉をほぐすため軽く柔軟体操を始めた。

この庭からは、鬱蒼《うっそう》と繁る木立が邪魔をして海は見えない。

だが海の上に広がり出している夕焼け空は、彼方《かなた》まで眺めることが出来た。

「芳弘、訪ねて来るとかいう御友達、少し遅いんやないけ」

台所で、美鈴の声がした。庖丁で何かを刻んでいる音もしている。

「なあに、そのうち来るよ」

体を休めず芳弘がそう答えたとき、「ただいま……」と時造が帰って来た。

「お帰り。もうじき同僚がやって来るんで一晩、厄介になるよ」

「なんじゃ。またえらい急やないか」

「急ぎの仕事の打ち合せがあるんや」と、芳弘は柔軟体操を中止した。

「そいじゃあ、母さんに何ぞ御馳走《ごちそう》つくらせんと」

「いや。晩飯は外で適当にとるから」

「それで済む相手なんかい」

「大丈夫」

時造は「そうか」と、玄関を入っていった。

芳弘はランニングシャツを脱ぎ、もう一度タオルで汗を拭ってから、素肌の上にポロシャツを着た。少し汗くさいか、と気になった。

「芳弘、お客さんはシャワーで体の汗を流してから出迎えるもんやで」

台所の窓から、また美鈴の澄んだ声が聞こえてきた。コトコトという庖丁の音はまだ続いている。

「なんぼ仲が良うても、礼儀作法を忘れたらあかんよ」

「わかった」

芳弘は雑草に踏み込んで「明日は草抜きでもしてやるか」と思いながら、裏庭に面してある風呂場へ向かった。

古い五右衛門《ごえもん》風呂だったが、シャワーは真新しかった。

彼が、全身をシャワーで清めて浴室から脱衣室へ出ると、脱衣籠《かご》に母親が用意したに決まっている着替えが、きちんと折りたたまれ入っていた。

(俺はまだ母ちゃんっ子やのう)

着替えの準備もせずに風呂場に入った己《おの》れに、芳弘は苦笑《にがわら》いするのだった。

アイロンが当たったグレーの半袖シャツに腕を通したとき、美鈴の「おやまあ、ようこそ……」とか「遅くなりまして……」といった男の声が、脱衣室まで伝わってきた。

「来たか……」

芳弘は身繕《みづくろ》いを急ぎ脱衣室を出ると、薄暗い廊下伝いに土間と向き合う位置の広い板の間——食堂兼団欒室——へ入っていった。

食卓の上に新聞を広げていた時造が芳弘と目を合わせ、板の間と続きになっている和室を黙って指差した。

頷《うなず》いて芳弘は板の間と和室を仕切っている障子へ近付いていった。

この家で芳弘が飲み馴れているインスタントコーヒーの香りが、漂い始めていた。台所で忙《せわ》し気《げ》に動き回っている美鈴が用意しているのだろう。

芳弘は、障子を勢いよく開いた。が、敷居の上を滑る障子の背が、戸当《とあ》たりにぶつかる寸前で、彼の手指はその滑りを止めていた。

「よう、遅かったな」

「申し訳ありません」

丸い座卓を前にして姿勢正しく正座をしていた青年——二十六、七か——が、真っ直ぐに立ち上がって頭を下げた。

「ま、座れ。何かあったのか」

芳弘は穏やかに言いつつ障子を閉め、白い長袖のワイシャツに青いネクタイを締めた一見会社員風の青年と向き合って座った。

「はい。実は司令から出発指示がありました直後……」

と、青年も腰を下ろした。

「突然、予告なく河越卓也《かわごしたくや》群司令が基地へお見えになったのです」

「なに、山陰中央基幹基地の群司令がか……」

「何用でお見えになったのかは判りませんが、出発は少し待て、の再指示が司令から出ました……」

「ふうん……」

「それで結局、一時間遅れの出発となりました。隊のヘリで島を出る予定が、群司令のヘリで山陰中央基幹基地まで送って頂くことになり、かなり緊張しました」

「そんな事があったのか。群司令に顔を覚えて貰《もら》う、よい機会になったじゃないか」

「和蔵一等海尉《かいい》（海軍大尉相当）は元気にしとるか、と搭乗したヘリの中で群司令から訊かれて驚きました。群司令は和蔵一等海尉をよくご存知だったのですね」

「で、尾旗一等海曹《かいそう》（海軍下士官・軍曹相当）は、群司令にどう答えてくれたんだ」

「ヒグマだって殴り倒せるくらい御元気で我々部下の憧れの的です、と答えておきました」

「おい尾旗一等海曹、ヒグマを殴り倒せるとは少し言い過ぎだ。言葉には気を付けろ」

と、厳しい口調で言った芳弘であったが、表情には笑みがあった。

尾旗も微笑《ほほえ》んだ。

「尾旗は優秀な頭脳と体力、それに真面目な勤務態度が高く評価されて、四か月前にわが隊へ抜擢《ばってき》されたんだ。頑張ってくれよ」

「頑張ります。また一時間以上も到着が遅れたことについて連絡出来なかったことを、お詫《わ》び致します。携帯などで連絡することは避けて、確実安全に和蔵一等海尉の許《もと》へ着くことを優先しろ、と隊長から厳命されましたので」

「隊長が、そのような言い方をなさったのか」

「なさいました」

芳弘は（河越群司令の突然の来訪が、何かを齎《もたら》したな……）と推測した。

自分達の直属上官である隊長、西尾要介《にしおようすけ》一等海佐（海軍大佐相当）が組織のため部下のため常に用心深く先を読む人格者であることを知っている芳弘だった。

「尾旗がヘリの中で河越群司令から話しかけられたことは、和蔵一等海尉は元気にしとるか、だけか？」

「いいえ。あと一つあります」

「何と仰《おっしゃ》ったんだ」

「そのうち時間を見つけて一杯やろうと伝えておいてくれ、と言われました」

「群司令は御元気そうだったんだな」

「御元気そうでした。静かな気力が全身に満ちているという感じで」

「そうか。何よりだ」

「ですが……」

「ん？」

「表情からは、固く険しい印象を受けました。何だか近付き難いような」

芳弘は、聞いて返事をしなかった。ひとり（矢張り何かある……）と思った。

そこへ「お邪魔しますよ」と、美鈴がコーヒーを盆にのせて入ってきた。

「有り難《あがと》うございます。あとは自分が致します」

尾旗一等海曹がほとんど反射的に立ち上がって、美鈴に近寄った。

「おやまあ」と、美鈴の美しい笑みが、浅黒く日焼けして皺《しわ》が目立つ顔いっぱいに広がった。給食センターが休みの日は、ヨネの和蔵島での浜仕事を手伝っているから、彫りの深い美鈴の顔もヨネに負けず劣らず日焼けして皺深い。だからという訳でもなかろうが、ヨネと美鈴の仲は極めて良かった。

コーヒーカップを座卓の上に置いた尾旗が、「いい香りです」と言いながら再び姿勢正しく正座をした。

「いただきます」

「うん」

尾旗が先にコーヒーカップを口へ運び、その彼を芳弘は黙って眺めた。

「うまいです」と、ひと口すすって尾旗が、ホッとしたように表情を休める。

「わが家の伝統である安物のインスタントだ」

「上物《じょうもの》は香りも味も重くて、自分は苦手です」

「こいつ」

「本当です。自分は貧しい百姓の家に生まれ育ちましたから、何事についても上物《じょうもの》とか贅沢《ぜいたく》とかは苦手です」

「ところで、尾旗」

「はい」

尾旗一等海曹は手にしていたコーヒーカップを、座卓の上に戻した。

「西尾隊長から高倍率双眼鏡を預かってきただろう。見せてくれ」

「預かってきました。小型デジタルカメラ付です」

そう言いながら、尾旗は脇に置いてあった革製のショルダーバッグを開け、取り出した双眼鏡を和蔵芳弘に手渡した。

芳弘は、手にした双眼鏡を眺めた。使い馴れたものであった。左右のレンズの中央に、名刺の三分の一ほどの小さなカメラが付いている。シャッター音なし、最速で秒速七コマ連写、撮影枚数五百枚、昼夜兼用、という特徴を知り尽くしている芳弘だった。

「着いたばかりで悪いが尾旗、行くぞ。西尾隊長から聞いているな」

「西尾隊長からは、和蔵島という和蔵一等海尉に関係深い島へ渡ることになる、とだけ聞いておりますが」

「その通りだ。コーヒーは、そこまでにしろ」

「判りました」

尾旗一等海曹は敏捷《びんしょう》に腰を上げ、芳弘は双眼鏡を首から下げてゆっくりと立ち上がった。二人の表情は、これから酒でも飲みに行くかのように、穏やかであった。

「父ちゃん、母ちゃん。ちょっと出かけるから」

障子を開けながら芳弘は言った。

「あと三、四十分で夕食の用意が整うのに……」

「いや。夕食は外で取るよ」

芳弘は母親の言葉を途中で遮《さえぎ》るように、やわらかく言った。

二人は時造と美鈴に見送られて玄関を出た。

空は夜空というには、まだ微《かす》かに仄明《ほのあか》るさを残していた。その仄明るさが西方の空へいくほど僅《わず》かにだがオレンジ色に強まっている。

二人は軽トラックで桟橋《さんばし》へ向かった。

「あ、島へ上がるの、婆ちゃんに一声かけておくべきだったかな」

ハンドルを握る芳弘は、冗談口調で言って笑った。

「婆ちゃんと言われますと？」

「親父の兄、つまり本家の伯父《おじ》の妻……俺を幼い頃からよく面倒を見てくれた伯母さんだよ。いや、二番目の母親、と言うべきかな」

「和蔵島へ上がるには、その伯母さんの許しが必要なのですね」

「島は現在《いま》は町の資産になっているが、かつては本家が所有していたんだ。島の管理や維持費が本家にとっては負担だったらしく、先代が町へ寄附してしまってな」

「そうでしたか」

「本家は古くからその島で、ささやかにだが上質の昆布を採取し続けていたんだ。今でも使用権だけは継承させて貰っている」

「なるほど。それで伯母さんは、大切な島へ勝手に上がることについて、うるさいのですね」

「そういうことだ」

「先程も申しましたが私は西尾隊長から、和蔵島という統括に関係深い島へ渡ることになる、とだけしか聞いておりません。統括の本家と和蔵島とのつながりを知ることが出来まして、何だか身が引き締まる気分です」

統括という言葉が、はじめて尾旗一等海曹の口から出た。

「その和蔵島へ俺達二人が何故《なぜ》、渡らねばならないかだが……」

「是非お聞きしたいと思っておりました」

和蔵芳弘は「うん」と頷きながら、軽トラックのブレーキを軽く踏み込んで速度を落とした。

坂道を下り切ってバス通りへ出る所で、軽トラックは止まった。

「静かだろう」

「静かですねえ。猫一匹歩いておりません」

「俺が子供の頃は夜遅くまで賑《にぎ》わっていた通りなんだが」

「へええ。そうとは思えないほど、ひっそりとしています」

「町全体が高齢化に入っておってな、その上、若い者《もん》が次から次へと大都市を目指すものだから」

「この辺りだと、大阪を目指す者が多いのではありませんか」

「東京も多い……」

芳弘はそこで軽トラックをバス通りへ出し、内山錦町の方角へエンジン音うるさく二百メートルばかり走らせてから、ハンドルを右へ切った。

「あのう、統括、和蔵島へ渡る理由ですが……」

「待っとれ。いま話す」

「失礼しました」

尾旗一等海曹は、芳弘の横顔に向けていた視線を、前方へやった。

魚市場の横を抜け出ると、暗い海が二人の目の前に広がった。

「降りようか」

芳弘は「三番桟橋」の手前の外灯の明りの中で軽トラックのエンジンを切り、尾旗を促した。

「はい」と、尾旗が素早い動きで、車の外に出て岸壁に立つ。

「魚の匂いがします」と言う尾旗に、笑みで応《こた》えつつ肩を並べた芳弘は、「あれだ」と月下の海の彼方に浮いている小さな島を指差した。

「和蔵島ですね」と、尾旗が周囲《まわり》を用心してか声を抑え気味にした。

「うむ」

「推定目測距離一五〇〇メートル前後といったところですか」

「さすが尾旗だな。この岸壁から、まさに一五〇〇メートル前後だ。和蔵島の左手約四十五度の彼方、凡そ九・五キロ先に見えている半島の中央付近に多数の明りが点《とも》っているのが見えるな」と、和蔵芳弘の声もここで低くなる。

「ええ、見えます。それにしても、何と沢山《たくさん》な」

「あれが新日本重工業三奈月造船所だよ」

「えっ、三奈月造船所が、あの位置に？」

「そうだ。ともすれば我々は、艦艇の造船所位置についての認識を怠りがちだろ。海自の主力造船所とも言うべき新日本重工業三奈月造船所が、和蔵島の北西約四十五度の位置に見えることを、先《ま》ず覚えておいてくれるか」

「判りました」

「同僚の誰彼に伝える必要はない。君のこととして覚えておけばよい」

「はい。そう致します」

「で、和蔵島へ渡る理由だがな……」

和蔵芳弘はそう言うと、「第三桟橋」の一番手前に係留されている櫓漕《ろこ》ぎ舟の前の方に近付いてゆき、桟橋から身軽に乗った。

小さな舟は揺れたが、芳弘はバランスを失うことはなかった。

続いて尾旗が舟の後部に、これも身軽に飛び移って直《す》ぐに櫓《ろ》に手を伸ばした。

芳弘が艫綱《ともづな》を解くと、尾旗は和蔵島に向け櫓を漕《こ》ぎ出した。

力強い漕ぎ方であった。小さな木造舟がみるみる桟橋から離れてゆく。

「満月ですね統括」

「この町の上で輝く満月は綺麗だぞ。肉眼でクレーターまで見える」

「私は目がいいですから、確かに見えています」

「君の故郷《ふるさと》は島根県の……」

「阿方郡花岡町です。深い山の中のやはり満月が美しい町で、アメジストがよく採《と》れる事で知られていましたが、乱掘《らんくつ》が祟《たた》ってさすがに最近は採掘量が激減しているようです」

「すると町は廃《すた》れ出しているのか」

「はい。若者は町にたった一つある高校を出ると、大阪などの巨大都市へと流れ出し、ガランとした淋《さび》しい町になりつつあります」

「やっぱり、そうなるか」

「ところで統括……」

「判ってる。いま話そう」

そこで和蔵芳弘は双眼鏡を覗《のぞ》き、「この位置からだとドックは余り見えんなあ」と呟《つぶや》きながら写真を先ず七連写した。

「実はな尾旗……」

芳弘は前方へ向けて座っていた姿勢を、船尾で櫓を漕いでいる尾旗と向き合うかたちにして口を開いた。

「昨日《きのう》の事なんだが、隣の県にある県立中湊海洋水産大学の若い学者四人が、無断で和蔵島へ上がるという出来事があってな」

「中湊海洋水産大学と言えば、名門として知られた水産大学ではありませんか。なかでも大学院海洋生物学研究所の活動が、よく知られている筈《はず》ですが」

「それだよ。その海洋生物学研究所の若手学者四人が島へ勝手に上陸した、という訳《わけ》だ」

芳弘は昨日のそれから始まって、今日の公安刑事の目撃までを時間を追うようにして詳しく話して聞かせた。

櫓を漕《こ》ぐ尾旗一等海曹の表情は、満月の下ではっきりと固くなっていた。

「警視庁公安部の刑事二人が、大学正門そばに張り込んでいたとは只事《ただごと》ではありませんね」

「只事ではない。ただ、誰を対象として張り込んでいたのかは、判っていない。推測はしているがな」

「まさか和蔵島へ無断で上がった四人の若手学者、あるいはその内の誰かを狙《ねら》っての張り込みではないでしょうね。思想関係、というやつで」

「どうして、そう思う?」

「和蔵島からは、護衛艦や潜水艦の建造で知られる、新日本重工業三奈月造船所が北西約四十五度の方角に窺《うかが》えるではありませんか」

「その通りだな。しかし四人は名門大学の若手研究者だぞ」

「名門大学の研究者であろうが、博士であろうが、教授であろうが、そんな肩書で人間の本性や本質を保証できる訳がありません。**人格に欠けた無能で傲慢《ごうまん》な教授や博士**が珍しくない世の中ですから」

「うん、全くだな。よく言った。その判断、間違ってはおらんよ。俺も公安刑事二人の狙いは、四人の学者全員かその内の誰かではないか、と睨《にら》んでいたんだ」

「和蔵島からは三奈月造船所が高倍率双眼鏡で、どの程度見えるのでしょうね」

「それを確かめるために、島へ渡るのさ」

「いま三奈月造船所では何を建造中なのでしょうか」

「さあ、解《わか》らんなあ。西尾隊長に訊《き》いても恐らく教えては下さらんだろ。あるいは隊長さえ御存知ないかも」

「とくに最新鋭のイージス艦や高静粛《せいしゅく》性の高速潜水艦の建造ともなると、厚いベールに包まれるでしょうからね」

芳弘が上体をねじって言った。

「おい尾旗、船首を左へ振ってくれるか。島の左側から回り込んで直ぐのところに、岩礁《がんしょう》が波で削られて出来た自然の船着き場があるんだ」

「了解」

和蔵島が次第に近付いて来つつあった。芳弘はねじった上体に下半身を従わせて、体の姿勢を和蔵島へ向けた。

「統括……」

「なんだ」

「いやに海面が静かですね」

「穏やかだなあ。俺もこれほど静かな故郷《ふるさと》の海は久し振りだよ」

「妙に薄気味悪いです」

「ふん。**残酷な任務**を帯びた**赤い色の国**の潜水艦が突然、目の前に浮上するとでも言いたいのか」

月明りを浴びて和蔵芳弘は口元に笑みを見せたが、目は笑っていなかった。

尾旗の返事はなかった。

二

和蔵芳弘一等海尉と尾旗真吾《しんご》一等海曹は島へ〝上陸〟した。

「へえ、素晴らしく綺麗な浜ですね。月明りで、ぼんやりと青く染まって見えますが、昼間だと真っ白な浜なのではありませんか」

「真っ白だよ。この浜ではな尾旗、婆ちゃんが二人の黒人少年に手伝わせて昆布を干すんだ」

「黒人少年？」

「県の漁業振興策の一環として二年前にアフリカから受け入れた職業実習生なんだがな、老いた婆ちゃんを助けて真面目に真剣によく働いてくれている。実に、よくなあ」

「そうだったんですか」

和蔵芳弘は二人の黒人少年の内の一人が、昨夜から虫垂炎で入院中であることは話さなかった。今の自分と尾旗の間には、必要ないことだとの判断だった。

「浜の向こうに、なんだか吼《ほ》えるライオンに似た大きな岩がありますね」

「獅子岩といってな、あの辺りでこの浜は尽きるんだ」

「この浜、開放されると、いい海水浴場になるのではありませんか」

「無理だな。島は岩礁で取り囲まれているし、その岩礁の向こうは急激に落ち込んでいる。深い海底に向かって、ほぼ垂直にな」

「それじゃあ、一般の人達には危険ですね」

「危険だ。さて、三奈月造船所を先ず君から見てみろ」

「はい」

芳弘は暗視装置付の高倍率双眼鏡を、尾旗真吾一等海曹に手渡した。

尾旗が双眼鏡を覗き込み、芳弘は何故か反対側――白浜の背に当たる松林――へ体を向けた。白浜はほぼ平坦だったが、松林は南側の海へ向かうかたちで緩《ゆる》く高度を上げていっている。

「いかんなあ」

尾旗が呟いた。

「どうした？」と訊《き》く芳弘であったが、体の向きは変えなかった。穏やかなまなざしを松林の東から西へと、ゆっくり動かしている。何かを求める、いや、警戒でもするかのように。

「この和蔵島で双眼鏡を用いると、三奈月造船所が見え過ぎです」

「写真を撮っておいてくれるか」

「撮りました」

「代《か》わろう」

芳弘が双眼鏡を受け取り、打ち合わせた訳でもないのに今度は尾旗一等海曹が松林と〝対峙《たいじ》〟した。両脚を軽く開いて立ち拳《こぶし》を握りしめているところは、先程の芳弘のやわらかな姿勢に比してどこか固く挑戦的だった。

「なるほど、こいつあ見え過ぎだな。あれは何番ドックなのかは知らんが、三分の二が写真に撮れるぞ」

芳弘はそう言いながら、シャッターボタンを押し数枚を撮った。音はしない。

「うまく遮蔽《しゃへい》されているので何が建造されているのか此処《ここ》からは判らないが、カメラ付きのドローンを飛ばせば上空から簡単に撮《と》られるのではないかなあ」

芳弘は双眼鏡を下ろすと、造船所の上空あたりを心配そうに眺めた。

「確かに上空は夜といえども危ないかも知れません。近年のドローンは夜間飛行にもすぐれています。ドックそばの海上には、巡視船がパトロールしてはいましたが」

尾旗の言葉で、芳弘はもう一度、双眼鏡を顔に近付けた。

僅かに顔を右へやると、なるほどレンズが船を捉えた。彼には、海保の船と判る船型だった。

「あれは……どうやら海上保安庁の、つるぎ型巡視船だな尾旗」

「自分も、そう思いました」

「船体は軽合金、総トン数二二〇トン、公表速力四〇ノット以上、搭載兵装は二〇ミリ多銃身機銃一基……だった」

「はい。それに乗組員は全員、サブマシンガンと拳銃で武装しております」

「いい船だ」

「いい船です」

「あ……しかし、去っていくぞ。もうパトロール終了か……こんなこっちゃあ、まるで仕事になっとらんぞ」

「いまの時代、何事にも、時間というのは付きまといますから……特に**働き方改革**とかいう**熱性弾力**を欠いた宜しくない政策を政府が発してから、**人で構成されていた組織**の基盤的機動性に、何処《どこ》も彼《か》もヒビが入り始めています」

「言える。よう言うた。そういう事だな」

「それにしても、三奈月造船所の何番ドックかが見え過ぎですよ統括。この和蔵島からは」

「うん。見え過ぎだ。対応を速《すみや》かに考えねばならんだろう」

芳弘は双眼鏡を下ろして、「ここまでにしとこう。戻って一杯やるか」と尾旗に肩を並べた。

その尾旗が、呟くようにして言った。

「ねえ統括、左手四十度の辺り、どうも気になります」

「何かを感じたのか」と、和蔵芳弘も声を落とした。

「上手《うま》く言えませんが、指先が微弱な電流に触れたような感じが……」

「判った。お前は此処にいろ」

「了解しました」

芳弘は双眼鏡を手渡した尾旗から離れ、仄《ほの》かに青白い砂浜の上を、左手四十度の辺りに向かって歩き出した。

その芳弘が、三、四十メートル進んだところで立ち止まり、靴を脱いだ。慌ててはいない。ゆっくりと。

それを見て尾旗の表情が変わり、彼も手にしていた双眼鏡を足元に置いて靴を脱いだ。

和蔵芳弘は更に進んだ。それまで開いていた両手十本の指を握りしめている。彼の後ろ姿を見守る尾旗も、拳をつくっていた。

と、この時、尾旗の後方二、三十メートルの海面に、人の頭と判るものが二つ浮き上がった。音一つ立てることもなく。

そして次にそれは、穏やかな波に全身を任せるようにして、岩礁の上を浜に向かって近付き出した。急ぐことなく、ジリッと。

　一方、芳弘の足は、更に二、三十メートルを歩んで再び止まった。松林は、もう目の前だった。

「そこにいるのは何処《どこ》の誰かっ」

　芳弘が大声を発した。キレの鋭い迫力ある大声だった。言葉の用い方も力加減も明らかに、一般人のものとは違っていた。

　海側から尾旗に向かってジリッと近付きつつあった人の頭二つ、それが遂に背後数メートルの岩礁の上に立ち上がった。月下に露《あらわ》な肉体は黒のフェイスマスクで顔を隠す他は全裸であった。肩、胸、大腿《だいたい》部の筋肉が、まるで名匠の手によって刻まれた彫像の如《ごと》くに、盛り上がっている。不自然なほど。

　だが尾旗はまだ気付かない。

　和蔵芳弘はと言えば、前方の松林から、矢張りフェイスマスクで顔を覆った三人の男が芳弘の行く手を塞ぐかのように現われた。但《ただ》し三人は、スピード社の水着か、と思わせる真黒なものを着ていた。今や、世界の一流水泳選手のほとんどが、このメーカーの競泳用水着を使っていると言われている。

　が、この和蔵島へ、夜、世界の一流水泳選手が訪れる筈もない。しかも無断で。

「お前ら、何処《どこ》の誰か名乗れないという訳か」

芳弘は数歩退《さ》がって足場を選んだ。

「統括――」

「そこにいろ。お前も周囲《まわり》に気を抜くな」

黒い水着の男三人に対峙《たいじ》しながら言った統括の言葉で、尾旗は後ろへ注意を向けた。

「あっ」

叫ぶか叫ばぬうちに、尾旗の目の前に光る物が迫った。

尾旗は反射的に後ろへ飛び退《さ》がって避け、そのまま後ろ向きに倒れざま一回転して立ち上がるや、和蔵芳弘一等海尉めざして走った。

海から現われた全裸の男二人が、尾旗を追う。

尾旗は俊足であったが、手に光る物を持つ全裸の男二人も速かった。

それは、月下の異様な光景という他《ほか》なかった。

「海から二名です」

そう伝えつつ尾旗は統括と背合わせで立ち、迫り来た全裸の二人と対峙した。

「統括、こいつら若《も》しや――」

「どうやら大事な目的でこの島へ上がったらしいな。俺達が余程に邪魔らしいぞ」

「どうしますか」

「此処は本家が使用権を有する島だ。何処の何者か判らん不法侵入者の好き勝手にさせる訳にはいかない」

「では対処の許可を求めます」

「対処してよし」

「はいっ」

和蔵一等海尉と尾旗一等海曹を取り囲む五人の男の手には、大型ナイフがあった。

（べつだん珍しい型ではないな……）

と和蔵にも尾旗にも見抜けていた。そうと、しっかり識別できる彼等二人であった。

「殺さずに、打ち倒せ」

黒い水着の一人が野太い声で言った。英語でも中国語でも韓国・朝鮮語でもなく日本語だった。ただ、いささか妙な訛《なまり》がある。

「やってみろや」

和蔵芳弘が応じ尾旗真吾も身構えた。リングへ上がった、ボクサーのような身構え方だった。二人共に、力《りき》みはなく、ふわりとした身構えだ。

取り囲む五人が、輪を縮める。

「傷つけるな。ナイフはしまえ」

野太い声がまた命じた。やはり不自然な日本語だった。男達がナイフを腰のケースに収める。

和蔵の目つきが、きつくなった。

(身構えた俺達二人を見て、素手《すで》捕りが出来ると読んだとすれば……こいつら)

鍛え抜かれた赤い色の国の特殊工作員か。和蔵はそう推測した。

えらい事になってきた、と思った。背筋に汗が噴き出していた。

和蔵は、男達に指示を放った野太い声の男の、右手の甲に視線を集中させた。視線の向きを察知されぬよう、目を細めて。

手から大型ナイフを放した五人の男の身構えも、やはりボクサーのファイティングポーズだった。

だが、ボクサーとは全く違った形の暴力が、一気に和蔵と尾旗に襲いかかった。

「行けっ」

野太い声が命じた瞬間、男達は〝静〟から〝動〟へ豹変した。

和蔵は真正面から向かってきた相手の顔ではなく、足先を見た。

その一瞬に、まさに〝一瞬の判断〟をせねばならなかった。

踏み込んで襲いかかってきた相手の左足が、足裏全体で土——白砂——を噛《か》んでいる。

(上段回し蹴り)

そう読んだ刹那《せつな》、相手の右足の甲が唸《うな》りを発して、側頭部に飛んできた。

「傷つけるな」どころではない殺人技だった。

和蔵は腰低く相手に踏み込みざま上体を左へひねって、眼前に迫ってきた相手の膝《ひざ》へ半円を描くように正拳《せいけん》を叩き込んだ。

まるで、豪快な精密機械であった。拳が吸い込まれるように膝側面に炸裂《さくれつ》。

相手の右足の甲が、和蔵の頭の直ぐ後ろで空《くう》を打ってバシンッと凄《すさ》まじい音を立てるのと、相手が横転して膝頭を抱え転げ回るのとが、ほとんど同時だった。悲鳴はあげない。

無言対無言、秒速対秒速の勝敗だった。

和蔵は野太い声の命令者に向き直った。

尾旗も和蔵の背後で、ようやく一人を倒していた。相手は、仰向《あおむ》けに昏倒《こんとう》している。

ただ、尾旗の息はかなり荒い。

「大丈夫か」

「はい、この程度の連中なら」

聞いて和蔵は、月下で白い歯を覗かせて笑顔をつくった。

「ぬかせっ」

二人目の男が、吐いた言葉に不似合いな物静かな表情で、和蔵と野太い声の命令者との間に割り込み、一メートル余の至近で動きを止めた。

だが、和蔵の注意は、二人目の男の背後で体の右半分を見せている野太い声の命令者に向けられていた。

その命令者が、再び野太い声を発した。

「そこを退《ど》け。竹村《たけむら》」

竹村――初めて彼等の間で用いられた、日本人らしき名であった。

「こいつは、自分にやらせて下さい」

自分の主張を強めようと、竹村とやらが注意を僅かに命令者へ振り分けた瞬間、和蔵の足の裏は白砂を叩いていた。

飛燕《ひえん》であった。中空に浮いた直後、縮んでいた彼の右脚が、バネ仕掛けのように直線的に伸び、相手の顔面に向かってシュッと音立て迫る。

相手は驚かず、左腕を立て右へ回り込むかたちで防禦《ぼうぎょ》に入った。

素晴らしく速い身のこなしだった。自信にあふれているかに見えた。

だが、その防禦が、彼を奈落の底へ突き落とした。

彼の顔面に達する直前でまだ中空にあった和蔵の右脚が縮み、代わって伸びた左脚が体全体を軸として右へ回転した。秒を置かぬ鮮やかな激変。

和蔵の左足の甲が相手の右の頰《ほお》を、まともに打つ。

平手打ちのような鋭い音がして、相手が横向きのまま二、三メートル吹っ飛んだ。強烈な左右の連続蹴りだった。

「その蹴り技……お前ら一体」

野太い声の命令者が、ようやく今迄《いままで》とは違った顔つきになった。

「俺達二人が何者であるか、ようやく気になり出したか」

「水上警察の者だな」

「あいにく水上警察なんて気の利《き》いたものは、この界隈《かいわい》には無くてな」

「…………」

「海上保安庁ってのはあるが、それも半島の向こうだ」

「…………」

「それも知らないとは貴様ら、どうやら地元の者《もん》でも日本人でもねえな」

「…………」

「まだ続ける気か。それとも足元で苦しんでいる仲間を連れて、大人しく引き揚げるか、二つに一つを選んでくれ」

「俺等《おれら》は魚介の密漁に来た**正真正銘の日本人**だ。大騒ぎをする積もりはない」

「ふん。面《つら》を隠して何を言いやがる。すでに大騒ぎになっているじゃないかよ。ま、正真正銘の日本人というのは認めようか。さ、素直に消えてくれ」

「捕まえる気は無いようだな」

「ない。警察関係者じゃないのでな。此処は俺の島だ。この綺麗な白砂の上に採取した昆布を干して、細々と生計を立てている貧乏人《びんぼうにん》だ。判ったら、さ、早く立ち去ってくれ」

「お前ら二人とも、本物の漁師なのか」

「ああ漁師だよ。貴様ら五人と同様に正真正銘のな」

そこで双方の言葉は、途切れた。

重苦しい睨《にら》み合いが月明りの下で続いた。

尾旗と対峙していた残った全裸の一人が、回り込んで命令者の横に立った。急所は小さく縮みあがっていたが、右手は腰の大型ナイフに触れ、闘志を失っていない凶暴な目つきだった。青白い月明りが、フェイスマスクで隠した面《つら》に陰翳《いんえい》をつくって尚のこと薄気味悪い。

「承知した。大人しく消えよう」

やがて命令者が野太い声で、そう呟いた。三、四十秒が経っていた。彼自身その言葉で小さな安堵《あんど》を得たのか、全身から力みが消えていった。

和蔵は頷いて見せた。黙って。

「行くぞ。いつまで寝転んでいやがるんだ馬鹿野郎っ」

汚ない言葉を残して、命令者は獅子岩の方へ歩き出した。

残った全裸の一人が、苦悶している仲間を助け起こした。

尾旗は、うち一人のフェイスマスクが吹き飛んだ素顔を、月明りの下はっきりと見て驚愕《きょうがく》した。

そいつの顔面は下半分が、ずれるようにして斜めに歪《ゆが》んでいた。和蔵の強烈な蹴りの一撃を、顔側面に浴びた奴だった。

命令者が獅子岩の手前で立ち止まり、腰の大型ナイフに右手をやった。

「後をつけるようなケチな事はしねえ。安心して好きな場所から好きな方法で消えりゃあいいい」

和蔵は、やわらかな調子で告げた。

すると相手は、大型ナイフからはなした右手を、額《ひたい》の辺りまで軽く上げた。

挙手のようにも、単なる「わかった」の意思表示のようにも受け取れる、右手の動きだった。

和蔵と尾旗は、五人全員が獅子岩の向こうに消えるまで、身じろぎ一つしなかった。

「去りましたね。その辺りまで、そっと見てきましょうか」

「いや、必要ない」

「奴等を正真正銘の日本人と信じなさいましたか」

「奴等は……おそらく近隣独裁国家の潜入工作員だ。九十パーセント以上の確率でな」

「ではなぜ寛大に奴等を……」

「我々二人が危険だったからだよ」

「えっ」

「気が付かなかったのか。奴等の所持していた大型ナイフは、当たり前のナイフじゃない」

「なんですって……」

「柄《つか》の部分に、二つの銃口と撃発装置らしい突起が認められた」

「す、すみません。全く気付きませんでした」

「仄明《ほの》るいとは言っても、この月明りの下ではな」

「申し訳ありません。不覚です」

「気にするな。これが一つの経験として尾旗に加わるんだ」

「はい。それにしても統括……」

「ん？」

「五人の内の二人は、なぜ全裸だったのでしょうか」

「二人が現われたのは、どの辺りだ？」

「あの辺りの岩礁から、いきなりでした」

尾旗は、全裸の二人が現われた辺りを指差して見せた。

「なるほど。連中は事前に念入りに、この辺りの潮流をよく調べていたと見えるな。あの辺りの岩礁の先端は、ほぼ垂直に海底へ落ち込んでいてね。湾外から流れ込んでくる潮流と西半島の中央付近から湾へ流れ込んでくる白瀬川の急流とが、岩礁の沖合で激しくぶつかり合って海中に渦が生じ、海面潮流というやつが極めて複雑になっているんだ」

「するとウェットスーツを着用していると、海中で体の自由がきかない恐れが出てきそうですね」

「その通りだ。全裸の方が明らかに体の自由はきくな」

「連中が日本海の向こう、独裁国家から来た潜入工作員だとすれば、潜水艦か潜水艇でこの湾内へ送り込まれたことになります」

「そう見るしかないな」

「狙いは三奈月造船所でしょうか」

「俺達二人は三奈月造船所で何が建造されているかは知らないが、連中はそれを把握しているのかも知れんぞ」

「その上で連中が和蔵島へ不法上陸したということは……」

「ここで準備を整え、三奈月造船所で建造されている〝何か〟を、破壊する積もりなのかも知れない」

「統括。急ぎ基地へ戻りましょう。いや、この場から携帯で今の騒動を隊長へ報告した方が宜《よろ》しいのではありませんか」

「残念ながら、この島は携帯の圏外位置にあって更に電波状態もよくない。それに周囲にも充分以上に注意を払う必要があるから、自宅へ戻ってから固定電話で隊長に報告を入れ、それから基地へ引き返した方がよいな」

「そうですね。その方がいいかも知れません」

「しかし、今直ぐに船を漕ぎ出すのは危ない」

「ええ。奴等を迎えに来るか湾のその辺りに潜んでいるかも知れない潜水艦か潜水艇が、魚雷か水中ミサイルをぶっ放せば、櫓漕《ろこ》ぎ舟なんぞ、ひとたまりもありませんからね」

「なら、泳いで帰るか尾旗」

「異存ありません」

「よし。番小屋を、ちょっと覗いてみよう」

二人の間近に、プラスチックの波板で屋根を葺《ふ》いた、三、四坪の小さな番小屋があった。この小屋でヨネや黒人少年たちは昼食をとり、また休憩《きゅうけい》をとったりする。

番小屋へ、二人は入っていった。

透明なプラスチックガラスを嵌《は》め込んだ窓から、月明りが射し込んでいて小屋の中は思いのほか明るい。少なくとも、何かにぶつかったり、つまずいたりする心配はなさそうだった。

「あった……」

壁のフックに、刺身庖丁に似た捌《さば》き刀《とう》が三本、透明なプラスチックの鞘《さや》に収まって、ぶら下がっていた。

「婆ちゃんはな、今でも時々、こいつを腰に帯びて海へ潜《もぐ》るんだぞ」

と、和蔵はその一本を尾旗に手渡した。

「へええ、今でも潜っておられるんですか」

「この湾には、獰猛《どうもう》な飛びつき鱓《うつぼ》が多いのでな、この捌き刀は欠かせないのさ」

「飛びつき鱓？」

「人間を見たら、キバを剝《む》いて凄いスピードで襲いかかってくるのさ」

「うへえ……」

「この捌き刀はよく切れる。ダマスカス積層鋼に玉鋼《たまはがね》を打ち込んであるんだ。婆ちゃんは、これまでにこの捌き刀で、数え切れないほど鱓と格闘し、干物にしてきたよ」

「す、凄い婆ちゃんですねえ。何だか頭が下がります。この湾には鮫《さめ》はどうですか？」

「たまあに現われるかな。じゃあ、行くか」

「行きましょう」

二人は頷き合って、番小屋を出た。

三

翌朝七時三十五分。

在日米軍司令官ウィリアム・ラーセン中将は、司令部建物に間近《まぢか》い俗にケニー・コートと呼ばれている区画の自宅を出たところで、両手を腰に当てハンサムな顔をしかめて朝空を仰いだ。

東京の五市一町にまたがる総面積七一四万平方メートルという途方もなく広大な横田飛行場（横田基地）は、陰気な灰色の雲で覆われ霧雨が降り出していた。

「おはようございます」

出迎えの、如何にもエリートという印象の若い中尉の挙手に、ラーセン中将は朝空を見上げた姿勢のまま軽く挙手を返し、「何だかいやな雨だな」と呟いた。

「本格的な梅雨入りではないでしょうか」

「おいペリー中尉。先週降った雨から、この国はすでに梅雨に入っとるんだ」

ラーセン中将は見上げていた視線を下ろして、相手と目を合わせた。

「あ、はい。申し訳ありませんでした。不勉強で」

「本国から司令官付として着任し、まだ一か月だから無理もないが、しかしこの国の季節の変わり目を覚えることは大事だぞ」

「一層、勉強します」

「そうしろ。五か国語をマスターしたようにな」

ラーセン中将はちょっと笑うと、相手の若い中尉の階級章を指先でチョンと突ついて大《おお》股《また》に歩き出した。

ラーセン中将は黒人で長身。しかも偉丈夫《いじょうふ》と言ってよい体格だった。

彼の後を足早に従うペリー中尉は金髪の白人。ほっそりとした中背で、どこかひ弱に見える。

このペリー中尉に、まもなく大変な任務が待ち構えるなど、当の本人もラーセン中将も予想だにしていなかった。

二人は、基地中心部に近い司令部建物の玄関を、ＭＰの挙手に迎えられ少し前かがみに勢いよく潜《くぐ》った。

在日米軍の総帥《そうすい》が詰めるオフィスにしては、いくぶん質素で貧相な印象の、コの字型をした淡い白塗りの鉄筋コンクリート二階建だった。

「おはようございます」

「や、おはよう」

幾つかの朝の挨拶と挙手が、玄関を入って直ぐの所で、ラーセン中将と部下の将校達との間で飛び交った。

将校達は足を止めて姿勢を正すが、ラーセン中将は動きを止めない。

この司令部建物の入って左側は、極東有事の際に兵站《へいたん》任務を担《にな》う第5空軍統括部になっていて、ラーセン中将が司令官を兼務していた。

在日米陸軍、海軍、空軍、海兵隊の精鋭四軍を総督する司令部は、建物に入って右側にある。

ラーセン司令官は建物玄関と向き合うかたちの階段を、重要会議に遅れた者のように小駆けに、執務室がある二階へと駆け上がった。

彼は五十歳。強靭な体力が欠かせない空軍パイロットから登り詰めてきたプロフェッショナルだけに、この年になっても常に体を動かし、体力の低下を防ぐことを忘れなかった。

在日米軍司令官の椅子には、**空軍出の三つ星**つまり**中将**が座る、という不文律《ルール》が既に固まっている。

「おはよう。何か変わった報告は入っていないか」

執務室へ入る手前からラーセン司令官は大きな声を出し、勢いよくドアーを開けた。いつも、それが彼の日課のはじまりだった。

執務室に詰めるスタッフ達が一斉に起立して、「おはようございます」とだけ返す。

それが、何か変事の報告が執務室に入っていない証《あか》しだった。ちょっとでも引っ掛かる報告が入っておれば、「おはようございます」抜きでラーセン司令官に伝える約束事になっている。

むろん、重要・緊急と判断されるものは、深夜であろうと早朝であろうとラーセン司令官のケニー・コートの自宅へ報告が入ることにはなっていた。

「今日は嫌な感じの霧雨が降っているぞ。何かが起こりそうな霧雨がな」

ラーセンが大きな執務デスクを前にして、巨体を椅子に沈めると、そばに掲げられている星条旗の裾《すそ》が、ほんの微《かす》かに揺れた。

アメリカ人の多くは**星条旗**——**国旗**——を、誇りを持って大切にする。何処其処《どこそこ》の外地で激しい闘いがあって兵士の間に犠牲者が出たとしても、それを国旗の責任にして疎《おろそ》かに扱うようなことは無い。

何故ならアメリカ人の多くは、**星条旗**を疎かに扱うことは母国を踏み躙《にじ》ることに等しい、という認識に優れているからである。

ラーセンは巨体を預けている椅子をギシッと小さく鳴らして少し斜めに向けると、映像を二十四時間絶やすことのない薄型テレビに視線をやった。

と、執務デスクの上で電話が鳴り、ラーセンが素早く巨体を前に倒して電話を摑《つか》んだ。パンチを繰り出すような速さだった。

「判った。直ぐに行く」

彼が電話口で話したのは、それだけだった。しかも言葉を終えない内に立ち上がり、デスクを回り込んでいた。そして受話器をやや乱暴気味に音立てて戻す。

自分のデスクに座っていたペリー中尉は、直ぐさま起立していた。

「君はいい」

ラーセンは彼と目も合わさず、そう言い残すと、それが癖である精一杯の大股で巨体を執務室の外へ運んだ。

そこで彼は危うく、Ｊ０１とＪ０２の二人にぶつかりかけて、「おっと……」と背中を反らせた。Ｊ０１とは在日米軍ナンバー２の副司令官ロイド・ケーン、Ｊ０２はナンバー３の参謀長オーク・ウェイン、のコード番号であった。因《ちなみ》にウィリアム・ラーセン司令官はＪ００である。

「お二人さん、朝のミーティングは後回しだ」

ラーセンはそう伝えて右手人差し指の先を下に向けると、二人の間を押し開くようにして歩き出した。

海兵出の**二つ星**ロイド・ケーン少将と、陸軍出のオーク・ウェイン大佐の顔色は、ラーセン司令官の指先が下を向いた瞬間に変わっていた。

「何事かがありましたか」

と副司令官ロイド・ケーンも、参謀長オーク・ウェインも訊ねなかった。

二人とも、司令官が指差した場所——地下室——へ下《お》りないことには判らないことを理解していた。

在日米軍**副司令官**と**参謀長**。この二つの地位に**海兵出身の少将**と**陸軍出身の大佐**が就くことは、不文律《ルール》として固まっていた。

ケーン副司令官の任務は主として、在日米軍基地の総括的な管理および対日折衝などである。

ウェイン参謀長は、六名の佐官級を「長《ヘッド》」に置いて構成されている司令部の主要六組織――J Heads Formation――の管理を任されていた。

司令部の主要六組織とは、マネジメント統括J1、情報統括J2、策戦戦略統括J3、補給兵站統括J4、攻略政策統括J5、電算・通信・機器統括J6、の六統括組織を指している。

ラーセン司令官J00が会議を招集する時、ケーン副司令官J01、ウェイン参謀長J02の他に、彼らJ Headsが必ず加わるのだった。

地下一階にある区画識別コード番号7―4の〝その部屋〟の前まで来たラーセン司令官は、ドア右側の壁にある掌紋識別装置に、紛失や置き忘れの心配がない右掌《てのひら》を当て、続いて左掌を当てた。この装置の上部にある直径五ミリ程の小さなレンズは、同時に彼の顔をもドアの向こうへ「顔紋」として伝えている。

誰もが決して自由に出入り出来ることのない統合司令センター―JOC《ジョック》(Joint Operation Center)の扉がピッと小さな音を発して開き、ラーセン司令官は副司令官と参謀長を従え、その部屋へ入っていった。例によって大股で。

二十四時間厳重なセキュリティシステムの管理下に置かれているこのJOC《ジョック》に立ち入れ

るのは、ラーセン司令官たちトップ級の他は、情報統括J2および策戦戦略統括J3に所属する者、そして**日本の防衛省統合幕僚監部で厳選された出向者たち**《エリート》——情報部門上級幹部——に限定されていた。もっとも**府中市**《ふちゅう》**にある自衛隊の「航空総隊司令部」**が、近日中に此処へ移ることについては既に日米政府が合意している。「日米緻密作戦」展開のため だ(平成二十四年に横田へ移動済み)。

「どうした」

薄暗い部屋に入ったラーセン司令官は、先《ま》ず大きな声を出した。

部屋の中央付近に設けられている大きな液晶《えきしょう》スクリーンを眺めていた三、四人が一斉《いっせい》に振り向いた。

その内の一人、年輩の人物が挙手を省いて、素早くスクリーンのセンターエリアを指差した。

「二分ほど前から慌《あわ》ただしい動きがあります」

彼の最初の言葉は、それだけであった。液晶スクリーンの淡《あわ》い明りが、彼の空軍少佐の階級章を浮き上がらせている。

名をロール・ペインと言った。この薄暗い部屋JOC《ジョック》ではナンバー2である。最高責任者は、むろんラーセン司令官だ。

彼も、副司令官も参謀長も、ペイン少佐が指先で示したスクリーンのセンターエリアに視線を集中させた。

それは、日本海の凡《およ》そ一〇〇〇キロ彼方《かなた》にある、扱い難《むつか》しい独裁国家の首都《しゅと》の東に位置する空港を中心とした、映像であった。アメリカの定点偵察《ていさつ》衛星の映像で、駐機場の飛行機も車両も人物も建物も、二百メートルほど上空から眺めているかのように鮮明だった。

その映像が空港に近付くかたちで切り変わって更に拡大され、「凡そ二分前からの再生です」と、ペイン少佐の短い説明が付いた。

と、滑走路に大型のジェット機が着陸し始め、遥か高高度に浮かぶ定点偵察衛星が恐るべき精度でラーセン司令官たちの目に、重要な拡大映像を提供し始めた。

ジェット機の翼に、くっきりと描かれた緑・白・赤の三色を縦に並べたマークは、見誤りようもない欧州の国家のものだった。

「どういう事だ。イタリアのアリタリア航空機ではないか……チャーターだな」

副司令官ロイド・ケーンが眉間《みけん》に皺《しわ》を刻んで呟く。

「ペイン少佐。駐日アメリカ大使の存在を飛ばして申し訳ないが、急ぎストレートにワシントンへ問い合わせしろ。鎖国状態のこの独裁国家へ……」

とラーセン司令官は液晶スクリーンを指差しながら、続けた。

「今日この時刻に、イタリアからの直行便で政府の大物が訪れる予定になってはいないか、とな」

「了解」

「それから、この独裁国家の弾道ミサイルの発射台の様子はどうだ」

「四基ある発射台すべてが静かです。弾道ミサイルは搬入されていません。画像を発射台記録画の方へ切り替えますか」

「いや。いい。ワシントンへの問い合わせの方を急いでくれ」

「はい」

ペイン少佐が、スクリーン前の計器カウンターの上にある白い受話器を取り上げた。

ラーセン司令官は振り向いて、コンピューターやレーダースクリーン、各種通信機器などをのせて、ズラリと並んでいるオペレーションデスクの一番奥へ視線をやった。

「高橋一佐。君も首相官邸へ問い合わせしてくれ。但し、驚ろかさぬようさり気なく穏やかにな」

自分の名を呼ばれて直ぐに起立した四十前後に見える防衛省からの出向者が、「了解」と着席して受話器に手を伸ばした。

ラーセン司令官は、液晶スクリーンに向き直った。

滑走路上で減速したアリタリア航空のボーイング737機に、三台の新型ベンツと判る乗用車が並走していた。

出迎えの——それも相当に慌ただしい——公用車であることは明らかだった。飛行機から降りてきた者を乗せるや否《いな》や、急いで何処かへ向かうのだろう。そうとしか思えない光景だった。

「あ、ラーセン司令官。次の飛行機が着陸態勢に入りました」

陸軍出のウェイン参謀長が言い、海兵出のケーン副司令官が「無茶だ。アリタリアの尻に、ぶつかるぞ」と呻《うめ》くようにして呟いた。しかし、操縦技術の低下を防ぐために五十歳の現在もF16戦闘機のコクピットに座って日本の空を飛び回ることを忘れないラーセン司令官の表情は、静かに冷めていた。「大丈夫。ぶつかりはしない」と、読めているのであろうか。

「中国の政府専用機のようですね。一体何事でしょう」

ウェイン参謀長が、滑走路に車輪を接した二番機を、軽く指差しながらラーセン司令官を見た。

「こいつあ何事か……大事《おおごと》があったようだぞ」

ウェインがそう言った時、ペイン少佐が白い受話器を戻し、「ワシントンは何も摑んでおりません。驚いています」と早口で報告した。

続いて高橋一佐――防衛省情報本部首席航空情報官――がペイン少佐と同じ内容を、流暢《りゅうちょう》な早口の英語で喋《しゃべ》った。

ウェインは二つの報告に黙って頷いたまま、スクリーンを見続けた。

アリタリア航空のボーイング737が――おそらくエンジンの甲高い音を立てたまま――滑走路の先端近くで停止し、降りてきた白人の男六名、女四名の計十名を、待ち構えていた三台のベンツがまるで引き摺《ず》り込むようにして乗せ、猛スピードで走り出した。

「なんという無作法な出迎《でむか》えですか」

ウェイン参謀長が、呆《あき》れ顔で言った。

「でかい図体《ずうたい》のボーイング737を、ローディングエプロンまでゆっくりと誘導する時間的余裕など無かったのかもな……つまり、それ程に時間を惜しむ大事《おおごと》があった?」

ウェインが腕組をし、考え込むような表情を、ほんの二、三秒だが見せた。

アリタリア航空のボーイング737が機首を振って、動きを再開した。後続の中国機に〝道〟を譲る積もりなのであろう。ローディングエプロンへは向かわず、そのまま――エンジンを噴かし――離陸滑走路へと、かなりの速度で入っていく。

が、中国機は滑走路先端の充分に手前で速度を絞ると、機首をローディングエプロンの誘導路へ向けて静かに振った。

「こっちは落ち着いた着陸だな」とケーン副司令官が呟き、ウェイン参謀長が「ええ、出迎えの車も無さそうです」と返した。

二人のそれを聞き流したラーセン司令官は、五、六歩体を横へ移動させ、これも巨大なオペレーションスクリーンの前に立った。

そのスクリーンの前の長大な操作カウンターには五名の将校が座っていたが、ラーセンが近寄ってきたことで一人が機敏に立ち上がった。三十前後であろうか。黒髪の、彫りが深い、ひきしまった面立ちだった。如何《いか》にも辣腕《らつわん》将校という印象の。

「ローレス大尉。横須賀の第7艦隊旗艦ブルーリッジの正確な現在位置は？」

「はい、此処です」

オペレーションスクリーンの一点――船の形をした微細な――が即座に赤く点滅した。その周囲《まわり》に矢張り微細な非点滅の白い船の形が幾つも散開している。

「東経百三十度、北緯三十九度付近か……いい位置だ」

日本列島と大陸に挟まれた日本海を、数秒の内に隅々まで見まわして、ラーセン司令官は針の先程の時間さえも惜しむかのように大股で液晶スクリーンの前へ戻った。

ローディングエプロンに停止した中国機の乗降扉が、開けられた。実に鮮明な拡大映像だった。アメリカの軍事衛星技術力の凄さ、そのものだ。

司令部の誰もが、固唾《かたず》をのんでその拡大映像を見守った。

第四章

一

同日、午前八時三十六分。

ほぼ北緯三十九度線上に在《あ》る〝白亜の殿堂〟とでも呼べそうな、四階建――一部六階建――のビルの正面玄関に、三台のベンツが縦一列に並んで滑り込んだ。

何の施設であるかを示すものが何一つない、その建物《ビル》の玄関前で待ち構えるようにして出迎えたのは、軍服をきちんと着こなした何《いず》れも六十を越えて見える人物六名だった。

彼等は三台のベンツが停止するや、二台目のベンツに只事《ただごと》でない顔つきで歩み寄った。

その二台目のベンツの後席のドアが開いて――他のベンツも同時にドアを開いたが――豊かな白髪まじりの黒髪を丁寧に七・三に分けた六十半ばくらいに見える長身の白人男性が先《ま》ず降り立った。

出迎えた六人の軍人の一人が、その彼に右手を差し出す。

「や、イースト先生。遠路ようこそ御出下《おいで》さいました。感謝いたします」

「お久し振りです参謀総長」

共に英語を口にして握手を交わす二人に、笑顔はなかった。お互い目つきは暗く険しい。

「で、ご容態は？」

「深刻です。わが医師団は一刻を争う状態であると見ております」

「とにかく行きましょう」

「宜《よろ》しく御願いします、イースト先生」

六名の軍人たちに先導されるようにして、イースト先生を含めた白人の男女——十名——はビルの正面玄関を潜《くぐ》った。

静かで無機質なビルの外側とは、様相が一変した。左右の壁に沿って、サブマシンガンを胸に引き付けた兵士達が、直立不動の姿勢で並び立っている。どの兵士の視線も、訪れた〝客〟と目を合わせないように命令でもされているのか、やや上向きだった。

「総統閣下の直属警護部隊は、いつ見ても精強な印象ですな。左胸の狼《おおかみ》の徽章《きしょう》には圧倒されます」

イースト先生が低い声で言い、参謀総長は余り話題にしたくなさそうに「は、はあ」とだけ曖昧《あいまい》に答えた。

イースト先生は「いつ見ても……」と言った。ということは、この国を訪れるのは今日が初めてではないのだろう。玄関前では参謀総長に「お久し振りです」とも言っている。

「途中、飛行機は揺れませんでしたか」

参謀総長は、さほど関心なさそうな口調で訊ねた。

「気流が悪かったせいか、何度もかなり揺れましたね。アリタリア航空のパイロットは優秀なので皆安心して乗っていましたが」

「空軍のパイロット出身が多いのでしたね」

「え、そうなんですか？　私はそこまでは知りませんでしたよ。さすが参謀総長、よく御存知です」

「あ、いや……」

参謀総長は言われて、少し不快そうに表情を固くした。

皆の足がエレベーターホールで止まった。

三台のエレベーターの内の二台が、扉を開いて待っていた。

「さ、どうぞ。イースト先生」

促されてイースト先生は、エレベーターの乗降口に近付きつつ、扉を閉ざしたままの一台へチラリと視線を流した。

銀色のその扉の表面に浅く彫り込まれている図形は、風に翻《ひるがえ》るこの国の国旗だった。

（昨年二月に訪れた時は、何の彫り込みも無い、銀色の扉だったが……）

イースト先生は、そう思いながらエレベーターに乗った。その銀色の扉のエレベーターには、この国の総統とその家族しか乗れないことを、彼は知っている。

彼の姓名《フルネーム》はエルウィン・アドル・イースト。年齢は六十六歳。ミラノ神教博愛総合病院最高顧問の地位にあって、脳神経外科及び血管外科の分野では、ヨーロッパで五指に入る名医として知られていた。

エレベーターが二階で止まった。昇降自動調整装置に不具合でもあるのか、足元からかなりの衝撃《ショック》が突き上がってくるような止まり方だった。

（ドン底経済のこの国では部品の調達も、儘《まま》ならぬか……）

そう気付かされつつ、エルウィン・アドル・イーストは参謀総長のあとからエレベーターの外に出た。

そこには医師と思われる白衣を着た五十年輩の三人が横に並んで待っていて、エレベーターから降りた一団に向かって先ず、うやうやしく頭を下げた。頭の先は軍人達に向けられている。

次に、三人の内の中央にいた白髪の人物がエルウィン・イーストに歩み寄り「お久し振りでございますイースト先生」と英語で告げつつ、もう一度丁重に頭を下げた。

名医イーストは黙って――少し口元をやわらげ――右手を差し出し、二人は握手を交わした。相手の医師としての苦労を知り尽くしているイーストは、しっかりとその手を握りしめた。ねぎらいの気持を込めて。

「これを見て下さいますか先生」

握手を解いた白髪の医師は、左腋《わき》に挟《はさ》むようにして持っていた角形B3号くらいの茶封筒を、イーストに差し出した。

頷《うなず》いて受け取ったイーストは、茶封筒の中から何枚ものフィルムを取り出した。CTスキャンで撮《と》った大判のフィルムだった。

「リスーリ君……」

エレベーターホールの天井照明に一枚目のフィルムを翳《かざ》して、彼は誰かの名を口にした。

「はい」と返答があって、一団の中から進み出た四十半ばくらいの見事な金髪の人物が、イーストと肩を並べた。

その彼に「ひど過ぎる」と小声で告げ、一枚目のフィルムを手渡すイーストだった。

リスーリと呼ばれた金髪の彼が、受け取ったフィルムを見て、

「こ、これは……急ぎませんと」

と呟き、イーストが「うむ」と応じて、二枚目をリスーリに差し出した。二人とも、しげしげとフィルムを眺めてはいなかった。見た瞬間に眉間《みけん》に皺《しわ》を刻んでいた。

CTフィルムには、それほど深刻な状態が写っていた、ということなのであろうか。

「で、院長先生、総統閣下は今、どちらの病室に？」

あと三枚のフィルムを残して名医イーストは、一歩後ろに控えていた白髪のこの病院の院長――心臓血管外科医――に振り返って訊ねた。

「中庭の向こうに見えます、あの病室にいらっしゃいます」

「え……」

自分の背後を指差されて、イースト医師は体の向きを変えた。こちら側の窓よりも左へずれるかたちで、白いレースのカーテンが引かれた大きな窓が広い中庭の向こうにあった。

こちら側の窓と重ならずに、ずれているのは万が一の事態たとえば反逆者による狙撃《そげき》などを防ぐためだろう、とイースト医師には見当がついた。

また、窓にはさぞかし厚い防弾ガラスが嵌《は》まっているに違いない、とも思った。

「ええと、院長先生。あの病室は以前に私が訪ねた病室とは……違っていますよね」

違うと判ってはいたが、イーストは確認した。

「はい違います。この五月に新しくしつらえた、各種治療機器を備えた総統閣下の専用病室です」

「なら、私にとっては初めて見る病室だ」

「はい。総統閣下が昨年二月にイースト先生の検診を受けました病室とは別でして、新しい専用病室は、**第一制限区画・第七特別棟・第一特別病室**に当たります」

「と言われても、私には何処《どこ》の何を指しているのやら、さっぱり判りませんな」

イーストがはじめて微《かす》かに、苦笑を漏らした。

「ともかく案内して下さい院長先生。容態に猶予《ゆうよ》が無さそうなCT画像でしたから」

そう言いながらイーストは、茶封筒を院長の手に返した。

「ご案内しましょう。どうぞ」

一団は院長と参謀総長を先頭にして再び動き出した。足早だった。

目的の新病室の前まで来た時、参謀総長が黙って右手を軽く上げ、それによって一団の足が止まった。

彼はイーストに近寄り、小声で、しかし重々しく言った。

「総統閣下の病室へ入れるのは、私とイースト先生、それに院長の三人にして戴《いただ》きます」

「いいえ」と、イーストは首を横に振った。参謀総長の言葉を予期していたかのような、早い反応だった。

「リスーリ医師は病室へ入れさせて下さい。彼は私の右腕であり、優秀な血管外科医です。CT画像を検《み》る能力も抜群でしてね」

「口の固い人だと保証できますか」

「どういう意味でしょう?」

「守秘義務について、お訊ねしているのです」

「医師として当然心得ています。彼の口は決して軽くはありません。それに人間的にも非常に信頼できる人柄です」

「判りました。ではリスーリ先生も病室へ入って戴きましょう」

参謀総長はそう言って頷くと、後ろに控えていた六十前後に見える背の高い軍人に「参謀次長、他の皆さんには少し休んで貰いなさい」と告げた。

「了解しました」と、参謀次長が答える。すべて英語による会話であった。

一団は二つに分かれて動き出した。

参謀総長は「それでは、どうぞイースト先生」と促しつつ、病室のドア中央の目の高さに付いている数字と記号のボタンをプッシュしてドアを押し開けると、自分から入っていった。

内部を見てイーストもリスーリも驚いた。

中には、もう一つの幅広い廊下とドアがあって、サブマシンガンを胸に当てて直立不動の兵士が二人、ドアを挟んで立っていた。左胸に狼の徽章《きしょう》がある。

「外に出ていなさい」

参謀総長が穏やかに言うと、二人の兵士はビシッと音立てるような無言の一礼を残して出ていった。

参謀総長は二つ目のドアに矢張り付いている、数字と記号の開閉装置をプッシュした。

ドアが今度は、左へ自動的に作動して開いた。一見、木製ドアのように見えるが、スチール製と判るずっしりとした印象の動きだった。むろん防弾ドアなのであろう。

総統閣下専用の新しい病室が、この国の者でない二人の医師に、はじめてその全貌《ぜんぼう》を晒《さら》した。

参謀総長は、エルウィン・アドル・イーストに（さ、御遠慮なく……）というような表情を見せて体を横に開いた。

イーストはゆっくりと、一歩を踏み出して足を止めた。

広い病室の中央にある大きなベッドの上で、身じろぎ一つせず天井を見つめている人物がいる。三人の女性看護師《ナース》が控えているベッドの周囲は、医療機器だらけだった。

「眠っては、いらっしゃいません」

参謀総長が、イーストの耳のそばで囁《ささや》いた。

と、ベッドの上の人物が体にかかった毛布の下から右手を覗かせ、弱々しく手招いた。

イーストは静かな足取りで、ベッドに近付いていった。その後を、リスーリ、参謀総長、病院長の順で続く。

三人のナースが隣室へ退がった。

「参りましたよ総統閣下」

イーストは英語で告げながら毛布の下から出ている、この国の最高指導者の右手を、己れの両手でやわらかく包んで、相手と目を合わせた。

「ありが……とう。イースト……先生。左手が……全く動……きません」

か細く聞き取り難い英語だった。イーストは「うん、うん」と頷きながら最高に優しい笑みを繕《つくろ》うように努《つと》めた。

すると相手の両の目から、大粒の涙がぽろぽろと零《こぼ》れ落ちた。悲しい、と言うよりは、くやし涙なのであろうか。

イーストはベッド脇のパイプ椅子に腰を下ろした。

「大丈夫ですよ。もう大丈夫です。この私が参りましたからね」

まるで幼児《おさなご》をあやすようなイーストの口ぶりだった。

「体に……ほとんど力が……入りません。ものを……考えるのも……面倒です」

イーストは相手の口元に耳を近付けて、その弱り切った声を辛《かろ》うじて聞き取った。

昨年二月に行なった検診時の元気さを知るイーストにとっては、余りにも変わり果てている相手の姿だった。もっとも、その検診時の各種検査数値は、決してよくはなかったが。

米国《アメリカ》の大統領に「世界で最も厄介《やっかい》な国の、世界で最も厄介《やっかい》な独裁者《どくさいしゃ》」と言わせた激しい姿は、いまベッドの上には無い。

「参謀総長、参謀総長……」

彼が呟き声をやや力ませて参謀総長へ気《け》だるそうに視線をやり、右手で力なく手招いた。

「はい」と、参謀総長がイーストと向き合う位置へ慌て気味に回り込む。

「私は……イースト先生と……二人だけで話が……したい」

「ですが総統閣下」

「病人に……同じことを……二度言わせるな。命令……だ」

「判りました」

ここでイーストは「あ、参謀総長。リスーリ医師は残して下さい」と告げた。

参謀総長は黙って頷き、ベッドから離れて隣室のナースに退出するよう声を掛けると、院長を伴なって出ていった。

病室が、シンとなった。

イーストは病人の目を見つめた。(聞き耳を立てている目だ……)と思った。いま病室から出ていった参謀総長ら五人が、本当に内廊下の外側へ出たかどうか心配しているな、とも思った。

「見てきましょう」

イーストは病人に笑いかけると、足音を忍ばせるような素振りを見せて——病人に——ドアに近付いた。

彼は先ずドア・スコープを覗き込み、人の姿が視界に無いのを確かめてからドアの開閉装置を探した。だが無かった。そこで当たり前にそっとドアに手を触れてみると、右へ自動的に開いた。内側からこのドアを開ける場合は、開閉装置のスイッチに頼る必要はなかったのだ。

内廊下には誰もいなかった。

彼は病人のそばへ戻り、「大丈夫です」とパイプ椅子に腰を下ろした。

ドアは微かな音を立てて自動的に閉まった。

「イースト先生」

低いが先程までとは違った、驚くほどはっきりとした声だった。

(やはり、そうだったか……)と、イーストは気付かされた。だがベッドの上の人間は相当に重症、という医師としての認識に変化はなかった。

「空港に着いてから、この病室に至る迄《まで》の途中で、何か不審な雰囲気などはありませんでしたか」

流暢な最高指導者の英語であった。言葉切れも、淀《よど》みも皆無だった。

「不審な雰囲気、と申されますと?」

相手が何を心配しているか見当がついているイーストであったが、敢《あ》えて問い返した。

「たとえば先生を出迎えさせました参謀総長ほか軍人達の素振《そぶ》り……」

そこで病人は言葉を詰まらせると、ちょっと考える様子を見せ、そのあと溜息を吐《つ》いた。

「あ、いや、大変失礼しましたイースト先生。先生には医師としてこの国に来て戴いたんだ。その先生に余計な事を訊ねてしまいました。許して下さい」

「気になさることはありません」

「院長からCTフィルムを見せられたと思いますが」

「ええ、拝見しました」

「で、どうなんでしょうか。私の病状は」

「そうして、しっかりした英語で滑《なめ》らかに話しておられること自体が奇跡、と申し上げてもいい病状です」

「そんなに悪いのですか」

「院長は手術を勧めなかったのでしょうか」

「勧めました。軍の最高幹部たちも熱心にね……だが決心がつきませんでした。不安で」

「手術というのは、不安が付きものです」

「いいえ、手術そのものに対する不安ではありません。手術中に故意に起こされるかも知れないアクシデントに対する不安です」

「あなたは、この国の強力な最高指導者ではありませんか。しかも身近には総統閣下直属の精強な警護部隊が存在します。恐れるものは何一つない指導者の筈です」

「だからこそ恐れるのですよ先生。私以外の全てのものを」

「………」

「イースト先生。ご覧になったCTフィルムでは私のどの部分が最も深刻なのですか」

「何か所もあります。何か所も深刻だということです。とくに頸動脈《けいどうみゃく》狭窄《きょうさく》は今すぐにでも手術しなければ、という状態です」

「院長も、そのようなことを言っておりました。でも院長は、この国にはその手術が万全に出来る外科医がいない……と」

「はい。非常に難しい手術です。だからこそ、私が参りました。それからアジアにも、頸動脈狭窄に対応できる卓越した技量の持主がいます」

「どこの国ですか。中国？」

「日本です」

「………」

とたんに目つきを変えた病人を見て、イーストは口元に笑みを浮かべた。

「相変わらずの日本嫌いなんですな、総統閣下は」

「イースト先生は今回、その手術を実施できる御自分のチームを、引き連れて来て下さったのですよね」

「ええ。優秀なチームを連れて来ております。私に任せて下さいますか」

「成功の確率は？」

「なんとも申せない、というのが本心です。ですが私には経験からくる自信というものがありますー」

「自信……ですか」

「ご不満ですか。自信だけでは」

「先生、私はまだ死にたくありません。やらねばならぬ事を、山のように残しているのです」

「日本を叩き潰す?」

「それについては、まだ言えません。陸・海・空軍は五年前とは比較にならぬほど強化することに成功しましたが……」

「そうですか……ま、治療には全力を尽くしますから御安心ください。けれど、こういう話を交わしている間も危険な病状なのですよ。決して油断してはなりません。よろしいですね総統閣下」

病人の決心を促すように、イーストは相手に顔を近付けた。

その間《かん》、有能な血管外科医リスーリは、病人の足元からかなり離れた位置にひっそりと立ち、黙って二人の様子を観察《かんさつ》していた。

(この手術、相当に難しいぞ……)

胸の内で、彼がそう呟いた時、上司イーストがこちらを見た。

「リスーリ君」

「はい」

「総統閣下の、おそばへ」

「承知しました」

リスーリにとって、この国の最高指導者と会うのは、今回が初めてだった。

彼は固い表情で、ベッドに歩み寄った。喉仏《のどぼとけ》が上下した。

二

午前十時。

第一制限区画・第七特別棟にある中央手術室の内と外は、慌ただしく緊張した雰囲気に包まれていた。

手術室を固い表情で出たり入ったりしているのは、この病院の院長をはじめとする医師や女性看護師《ナース》たちだった。彼等は手術室の斜め前にあるミーティング室で今、名医イーストを筆頭とする「西側」のチームが、手術開始に備えた打ち合せに入っていることを知っている。

そのミーティング室と向き合う位置の部屋では、大型のテレビを前にして十名を超える**人民軍最高幹部**たちが、ソファに体を沈めていた。

いや、一人だけ落ち着きなく怖い顔つきで、室内をゆっくりと歩き回っている幹部がいた。

参謀総長である。

ソ連空軍大学を優れた成績で出た彼は、ロシア語、英語、ドイツ語、日本語を完璧にこなす。

また**人格者**としての評価も高かった。

「**矢**は放たれたんだ。少し落ち着かんかね参謀総長」

参謀総長とはソ連空軍大学の同期で年齢《とし》も同じ、**党中央委員会の作戦部長**が、美しい白髪を右手で軽く撫《な》で上げ少し笑った。

「その**矢**が上手《うま》く的《まと》に当たってくれればいいのだが」

参謀総長は呟《つぶや》いた。他の者には聞き取れない呟きだった。

間もなく、この部屋の大きなテレビは、手術の模様を映し出すことになっている。

「それにしても、イースト・チームだけで手術に当たり、この国の医師は一人も手術室に入れないとは……実に不満だな」

そう吐き捨てた、髪の薄い目つきの鋭い軍人がいた。ソ連陸軍大学を矢張り優秀な成績で出た**人民武力部総政治行政局長**であった。

「総統閣下が、そう申されたんだから仕方がない。その強い御意思は私も直接確認したんだから……それとも君は私を疑ってる？」

参謀総長が足を止め、真っ直ぐに総政治行政局長を見据えた。

「そうは言っていないし、思ってもいませんよ」

総政治行政局長は苦笑気味な顔の前で、右手を横に振って見せた。

参謀総長が「ふん」というような顔つきを残して、部屋から出ていく。

「いかんな。人格者で知られる彼ほどの人間が、気を苛立《いらだ》たせている……苛立ち過ぎだ」

作戦部長が腕組をし、小さな溜息を吐いた。

部屋を出た参謀総長の目が、手術室の真向かいに備え付けられている長椅子を見て、ギラリと光った。少し眉《まゆ》が吊《つ》り上がっている。

その長椅子に一人の軍人が、姿勢正しく座っていた。作戦部長に劣らぬほど美しい白髪に恵まれている。高齢だが端整な顔立ちだった。

その彼が参謀総長に気付いて立ち上がり、一礼した。

参謀総長は彼に近付いていった。格下の者に対する近付き方だった。

「此処で待機していろとの、総統閣下の命令かね」

「はい」

「間違いないね」

「間違いありません」

「宜しい」

参謀総長は踵《きびす》を返し、ミーティング室へ足を向けた。

その後ろ姿へ、白髪の軍人は冷ややかな薄ら笑いを送った。

参謀総長は、彼に対する指揮命令権を持っていない。

十三万五千の精強を擁《よう》する総統閣下直属の警護部隊「狼」の副司令官兼第6局統括司令。それが彼、白髪の軍人の地位だった。第6局とは「狼」の中の最精鋭三万を指す。要するに人民軍の如何《いか》なる高級幹部の干渉も受けない立場であった。

彼の上司である「狼」最高司令官は——明日をも知れぬ病状に蝕《むしば》まれている総統閣下、その人である。

ミーティング室のドアが開いて、エルウィン・アドル・イーストが出てきた。続いて、リスーリ医師や白人の女性——イーストの下で何件もの手術に携《たずさ》わってきた経験豊かなナース達。

「イースト先生、ちょっと……」と、参謀総長が近寄りつつ小声を掛けた。

イーストは「はい？」と立ち止まって、参謀総長と目を合わせた。

二人の両脇をイーストの手術スタッフ達が足早に通り抜け、手術室に隣接した部屋へ入っていく。その部屋で全身を清め、術着に着替えるなど準備を整えるのだ。

「ひとつ総統閣下をくれぐれも宜しく御願いしますよ先生」

参謀総長は慇懃《いんぎん》に頭を下げた。囁くような低い声だった。

「ええ、全力を尽くします。無事に終ることを、どうか祈っていて下さい」

イーストも小声で応えた。

「万が一ですよ先生。万が一、手術中にトラブルが生じて重大な事態に陥ったとしても、われわれ軍部は先生とスタッフの皆さんに、必ず無事に母国へ帰って戴きますから、ご安心下さい」

「…………」

この時になってイーストは、自分を見る参謀総長の双眸《そうぼう》が射るような光を放っていることに気付き、思わず背筋を凍《こお》らせた。喉の辺りが固くなって、声が出なかった。

「もう一度申し上げますよ先生。今回の難《むつか》しい手術の最中に、万が一大変な事態が生じたとしても、われわれ軍部は充分以上の報酬を先生とスタッフの皆さんに御支払いする事を保障し、無事に母国へ帰って戴くことを約束致します」

「…………」

「だから御安心下さい。宜しいな」

最後の「宜しいな」の一言で、イーストは生唾《なまつば》を飲み込んだ。

(手術に失敗しろ、というサインなのか……)と思い迷った。

「頼みましたよ……わが国民のためにも」

参謀総長はイーストの肩を軽く叩くと、人民軍最高幹部たちが顔を揃《そろ》えている部屋へ、戻っていった。

イーストは大きく息を吸い込んでから、歩き出した。

手術スタッフ達が入った部屋から院長が現われ、イーストは足を早めて彼との間を詰めた。

「イースト先生。準備万端、整いました。お願いします」

「総統閣下の御様子は?」

「状態はよくありません。お急ぎ下さいませんと」

「任せて下さい。手術はきっと成功させますから」

「はい」

「手術に立ち会われませんか院長先生」

「いいえ。総統閣下の御指示が出ておりませんので」

「そうですか……そうですね。この国では、自分勝手はいけないのでした」

「それでは私は、別室のモニターで拝見させて戴きます」

二人は肩と肩を僅かに触れ合わせて、〝前と後ろ〟に分かれた。

部屋の中では、イーストのスタッフ達がすでに準備を整え終えて、リスーリを除く全員が手術室へ移動していた。

「どう致しましたイースト先生。顔色がよくありませんが」

リスーリ医師が心配そうに言った。

「少し緊張しているが大丈夫だ。手術室で待っていてくれるか。直ぐに行くから」

「承知しました」

リスーリ医師が離れていった。

体を清め、手術着に着替えながら、イーストは考えた。

（この国には今、劇的な変化が起きようとしている。そう判断して間違いない。となると我々は、手術に成功しても失敗しても……故国《ここく》には帰れないかも知れない）

イーストは、そう思って、ぐっと下唇を嚙みしめた。

暗い気持に陥って、彼は手術室へ入っていった。

彼の手術スタッフ達と、総統閣下の特別病室にいたこの国の三人の美しいナース――マスクで顔の半分は隠しているが――に見守られて、患者は手術の開始を待っていた。

全身の血管が、plaque《プラーク》粥状硬化板《じゅくじょうこうかばん》に蝕まれているこの国の最高権力者の顔は土気色だった。いつ何時《なんどき》、脳虚血発作、心臓発作に見舞われるか知れない。一刻の猶予《ゆうよ》も無かった。

「ご苦労様。あとは我々でやります」

イーストがマスクの下から三人の美しいナースに告げると、彼女達は一様に頷いて手術室から出ていった。院長でさえ最後まで手術室に留《とど》まれなかった事から見て、三人の美しいナースは総統閣下にとっておそらく〝特別な女性《ひと》〟なのだろう。

そう想像しつつ、術者の位置に立ったイーストは、室内及びスタッフ達の顔を見回した。

この手術室の機能と準備状態については、全員の目で事前のチェックを済《す》ませてある。

患者に対する全身麻酔はすでに、スタッフの手によってなされていた。

「ミーティングで詳しく打ち合わせた通りにやる。皆、頑張ってくれ」

スタッフ達は、黙って頷いた。

参謀総長の先程の言葉が、まだイーストの耳の奥に残っていた。

(スタッフ達を伴《とも》なわず、私ひとりで来るのだった。そうすれば最悪の場合でも犠牲《ぎせい》は私一人で済《す》んだ)

術者イーストの気持は揺れた。

彼は大きく息を吸い込んだ。第一助手の位置にあるリスーリ医師が、不安そうな視線をチラリと上司に流す。

総統閣下は頸部を三十度ほど向こうへ曲げて、つまり術者であるイーストに対し耳朶《じだ》と胸鎖関節《きょうさ》を結ぶ線——首の右側面《そくめん》——を見せていた。

その皮膚の下の太い血管を、最悪状態でプラークが塞《ふさ》いでいた。先《ま》ずそれに対処すること、それが最初に実施すべき緊急課題だった。

第二の緊急課題として、心臓の血管が待っている。

「さてと……始めようか」

イーストのその言葉で、全員の間に緊張が広がった。

患者は世界中の情報機関から、扱《あつか》い極めて難《むつか》しい国家の最高指導者として注目を浴びている人物である。しかも、この指導者、近年になって〈**統率学**、**支配学**、**権限学に非常に優れる人物**〉と高く評価され始めてもいる。つまり独裁者であっても、極めて有能なリーダーなのだ。

その人物へ、「西側」の医師がメスを入れようとする瞬間が迫っていた。

イーストの右手が、掌《てのひら》を上にして静かに上がった。無言だった。

その掌《てのひら》に最初のメスをしっかりと置いて握らせたのは、イーストの信頼厚い金髪の手術専任ナースだった。ベテランだ。

「行きます」と、イーストは自分に対し、穏やかに言って聞かせた。

メスの先が胸鎖関節の五、六センチ上から、胸鎖乳突筋《きょうさにゅうとつきん》の前縁に沿うかたちで、耳朶《じだ》の下あたりまで迷わず一気に滑った。

切開線に沿って血玉がジワリと湧き上がる。

「思った通り……少ないな」

滲《にじ》み出す血液量の少ないことを、予想していたイーストの呟きだった。細い血管まで、プラークで塞《ふさ》がれていたという事なのであろうか。

リスーリ医師が「ええ、少ないですね」と答える。

が、彼等の動きは、一秒の時も惜《お》しむかのように止まらなかった。

名医イーストが剝離剪刀《はくりせんとう》を用いて、胸鎖乳突筋の内側に一体的に付着した筋膜《きんまく》の剝離を開始した。

「見えた……サーン君、よく見ておきたまえ。有能な若い君がベテランの域へ登りつめるのは、これからだから」

第二助手の位置に立っている銀髪の医師に告げるイーストだった。

しかし開かれた術野《じゅつや》からは視線をはずさない。

サーンと呼ばれた医師がマスクの下から「しっかりと見ております」と答え、リスーリが上司《いい》に代わって「うん」と応じた。

術野には、胸鎖乳突筋、顎二腹筋《がくにふくきん》、肩甲舌骨筋《けんこうぜっこつきん》に囲まれるかたちで、早くも頸動脈が露出していた。

その頸動脈にまとい付くようにして、舌下《ぜっか》神経、舌咽《ぜついん》神経、迷走《めいそう》神経、脳神経など幾つもの重要な神経が走っている。

どれを損傷してもならない神経だ。

「予想以上に悪いですね先生。この頸動脈は」

物静かな、意外に物静かなリスーリの声だった。

「悪いな。まるで乾燥しきった罅割《ひびわ》れ寸前のゴム管だ」

「下手をすると先生……」

「うむ。破れるな。下手をしなくとも」

「ええ」

「皆《みんな》、破裂大出血に備えてくれ。なんとしても頸動脈へ、バイバルーンシャントを挿入《そうにゅう》したい」

イーストのその言葉で、チームの緊張が〝爆発的に〟極限まで高まった。

三

ほぼ同時刻、東京。

新宿区市谷本村町《いちがやほんむら》全域を警視庁第五機動隊及び第四方面本部と共に占めている防衛省は今、ひと雨きそうな陰気な灰色の空の下にあった。

「いやな感じの雲だな」

統合幕僚監部執務室の窓際《まどぎわ》に立って空を見上げた**統合幕僚長**・江藤《えとう》竜平《りゅうへい》海将（海軍大将相当）五十九歳は、そう呟くと少し目を切れ長に細めて眉間に皺を刻んだ。

切れ者——の省内評価そのままな印象の、ひきしまった勤勉そうな顔立ちだった。

（今日一日、何事もないことを祈りたいような空模様だ……）

彼は、そう思った。国防を担う制服組トップとして、本心からの思いだった。

防衛大臣を補佐する立場にあって、陸・海・空各幕僚長の上に立つ統合幕僚長の権限と責任は大きく重い。真に国民を念頭に置いた国益国防を忘れる訳にはいかない立場だった。二枚舌、二枚考えは許されない士道の立場である。

それだけに一日一日の平和の重要さが判る江藤海将だった。

「さてと……」

腕時計を見て彼が窓際から離れようとした時、執務デスクの上で外線直通電話が鳴った。

統合幕僚長である江藤海将は思わず、窓ガラスの向こうに広がる灰色の空と、机の上の電話を見くらべた。しかしながら、その電話の音が、訪れる大衝撃の第一歩とまでは気付かなかった。

「はい……」と、江藤海将はデスクの脇に立ったまま受話器を取り上げた。外線直通電話に対して名乗らないのは、いつもの事だった。用心のためだ。

「海自情報業務群の長沼《ながぬま》です」

相手が名乗った。

「おお、長沼君か。江藤だ。久し振りだな」

穏やかに応じて、江藤海将が表情をやわらげる。

電話を掛けてきたのは、かつての部下、長沼剛志一等海佐であった。

現在、神奈川県横須賀に司令部を置く「海上自衛隊情報業務群」の群司令の地位に就いている。

この横須賀海自基地には現在《いま》、短距離離陸・垂直着陸戦闘機F35・Bを載せた**空母『かが』**が碇泊していた。

「海上自衛隊情報業務群」はその組織名が示すように、海自艦隊の作戦展開に不可欠な情報の収集と分析を担っているセクションだった。

長沼一等海佐が、やや早い口調で言った。

「ご相談……と言うよりも、統合幕僚長に直接、御報告したい事があり、お目にかかりたいのですが、三、四十分時間を戴けませんか」

「これから一時間ばかり、統合幕僚監部の通常会議があるんだ。その後なら一時間でも二時間でも君のために時間を空けるが、急ぎかね」

「はい。かなり……どうしても統合幕僚長に直接」

「ならば来たまえ」

「有り難うございます。では一分後に参ります」

「一分……なんだ、もう本省に来ておるのか」

「いま一階におります」

「判った。待とう」

統幕長である江藤海将は受話器を置くと、また窓ガラスの向こうに広がっている灰色の雨雲へ目をやった。

窓ガラスに、ぽつりぽつりぽつりと水滴が当たり始めている。

「いやな感じだ」

と彼は再び漏らして、統合幕僚長の席へ腰を下ろし、電話機の右下に付いている赤いブザー釦《ぼたん》を押した。

直ぐに隣の士官室に通じるドアが開いて、「はい」と若い士官――三等海尉（海軍少尉相当）の階級章を付けた――が部屋に一歩入って姿勢を正した。

「すまないがな、数十秒後に情報業務群の群司令長沼一等海佐がやってくるので、二つ頼む」

「キリマンジャロで宜しいですか」

「いや、長沼君はインスタント派だ。彼は濃い目、私はいつも通りでな」

「承知しました」

「それから会議だが、優先事項が生じたので四、五十分出席が遅れると、進行士官に伝えておいてくれないか」

「了解しました」と一礼して三等海尉が退がって二、三十秒経った時、統合幕僚室のドアが二度ノックされた。

「入りたまえ」

「失礼します」

ドアが開いて、幹部常装第一種夏服に、一等海佐の階級章を付けた四十前後に見える長身の人物が入ってきた。腋《わき》に軽く制帽を挟んで、綺麗な入り方だ。

「や、元気そうだね長沼君。白い制服がこの上もなく似合う君は、相変わらずのトム・クルーズだな」

江藤海将は、そう言いつつ促すように、左掌《てのひら》を応接ソファの方へ差し向けた。口元に笑みを浮かべてはいるが、目つきは何かを予感したかのように厳しい。

海自情報業務群の群司令、長沼一等海佐は「いやあ……」と、とまどいつつも叩き込まれた美しい一礼を忘れなかった。

二人はソファに体を沈めて、向き合った。

「で、私に直接、報告したい事というのは？」

「実は統幕長《とうばくちょう》……」

長沼剛志群司令は声を低くしてから、気になるのか隣室に通じるドアへ視線を流した。

「ちょっと待ってくれるか」

そうと察して江藤統幕長は腰を上げると、執務デスクに引き返して内外線両用の電話機に手を伸ばした。

内線番号をプッシュして、電話口に出た士官に統幕長は伝えた。

「コーヒーは要《い》らない。暫《しばら》く誰も立ち入らないでくれるか」

受話器を静かに置いて江藤統幕長は、長沼群司令の前へ戻ると、「それで？……」と促した。

「問題が発生しました」

「いつだね」

「昨夜です」

「なら経過時間が多過ぎる。経《た》ち過ぎだ」

「申し訳ありません。余りに衝撃的な出来事なので、報告を受けた情報の分析と再確認に慎重にならざるを得ませんでした」

「発生場所は？」

「新日本重工業三奈月造船所の沖合遠くない海上に浮かぶ小さな無人島です」

「なにいっ」

三奈月造船所沖合と聞いて、それまで物静かだった口調の統幕長が顔色を変えた。

「その島で何があったというのかね。簡潔、単刀直入に」

「はい」

長沼群司令は和蔵島に於《お》いて、五名の不審集団と二名の海自隊員との間で生じた衝突について具《つぶさ》に打ち明けた。

「これは……只事ではないぞ長沼群司令」

「私も、そう思います」

「その不審な連中を退けた二名の海自隊員に、怪我《けが》は無かったと言うのだな。間違いなく」

「ありません。常日頃から彼等チームに課していた、一対複数の〝対多数格闘訓練〟が、物の見事に役立ったということでしょうか」

「身の危険を感じる非情な不法者に対しては、強さで邀《むか》え撃《う》つしかない。激しい訓練というのは時に負傷したりと辛《つら》く厳しいものだが、結果的にそれが海自隊員二人の身を護《まも》ったのだ。理屈《りくつ》抜きでな」

「ええ、まさしく理屈抜きで」

「それにしても、五名の不審者が和蔵島へ上陸、あるいは脱出するには船が欠かせない筈だが」

「二人の隊員は、それらしきものは視認しておりません。但し島の全周を即座にチェック出来た訳ではありませんので……」

「本来ならば、君が齎《もたら》した今回の情報は、管轄基地の艦隊群司令から海上幕僚長を経由して私に届けられるべき性質のものだ。そうだな」

「それについては、弁解することを御許し下さい」

「判っとるよ。昔から君は、重要な情報ほど熱が冷めない内にトップへ、という主義だった。今回はそれに相当する、と大目に見よう」

「恐縮です」

「君は、これから直ぐに海上幕僚長に会いたまえ。会って報告するんだ」

「はい。そうします。この情報は実は、管轄基地の艦隊群司令の許可を得た当《とう》の本人、つまり二名の海自隊員の内の一人、和蔵芳弘一等海尉が直接私に報告してくれたものです」

「直接君にか……と、言うことは、その和蔵芳弘一等海尉を君はよく知っているんだな」

「同郷《どうきょう》の、しかも高校の後輩であり、防衛大学の後輩でもあります。年齢《とし》は十歳下の満二十九歳ですが」

「防大、となると私の後輩でもあるな。それにしても当の本人が同郷の者とは少し驚きだな。いや、われわれ自衛隊の間では、よくあることかも知れん。君と同郷の高校というと確か三奈月造船所から然程《さほど》離れていない……」

「中湊臨海高等学校です。学科は彼も私も航海術科でしたし、運動部も同じ空手部です」

「ほう。学科でも運動部でも後輩とはな」

「尤も和蔵一等海尉は、空手部長だった生徒指導の学監教諭の秘蔵《ひぞう》っ子でありまして、臨、高を卒業する頃にはすでに、剛柔流四段まで上《の》ぼり詰めておりました」

「高校卒業時点で剛柔流四段とは、これはまた凄い。異例の段位だな」

「はい。だからこそ、今の部隊所属にあるのですが」

「適任所属、という訳だな」

「はい」

「空手部長だった学監教諭の指導も優れていたのだろうね」

「そう思います。非常に厳格な先生でした。空手六段、剣道七段の」

「剣道もやるのか。その学監先生は」

「そう言えば、統幕長も剣道をやられるのでしたね」

「私は三段で止まったままだがね」

と、少し笑った表情を、すぐ真顔に戻した統幕長だった。

「で、その剣道七段、空手六段の先生、何て名前なんだ？」

「七段だと、ひょっとすると剣道界では名の知れた人なのでしょうか」

「人によるが……」

「江崎……江崎六郎介《ろくろうすけ》とおっしゃいました」

「あ……」

「え？」

「麒麟児《きりんじ》だ」

「麒麟児？」

「全国高校剣道選手権を二度、大学選手権を三度、社会人になってからも全日本選手権を連続四度制覇《せいは》した、あの天才六郎介だ。間違いない」

「ええっ。そのような大業績、江崎先生の口から一度も聞いたことがありませんが」

「その江崎六郎介先生、唇の上あたりから下顎にかけて、刃物で斬られたような痕《あと》があるだろう」

「は、はい。あります」

「左手の小指が半ばから無いだろう」

「ええ。若い頃にバイクの事故で、と聞いていますが」

「六郎介先生と私は確か年が近い筈だ。だからよく覚えているよ。あれは六郎介先生が全日本戦で四度目の優勝を成し遂げた直後の、二十六、七の頃だったかな。その当時、京都に真剣修練で知られた神刀《しんとう》無想流槍刀術という人気の大道場があったと思いたまえ」

そう言いながら、江藤統幕長は時間が気になるのか、チラリと腕時計を見た。

長沼群司令も、左手首へ視線を流す。

「統幕長。まさか六郎介先生は、その道場へ……」

「その、まさかだよ。神刀無想流道場へ〝稽古《けいこ》をつけてくれ〟と訪れ、竹刀《しない》稽古で道場主と高弟七人を、ほとんど一瞬のうちに打ち負かしてしまった」

「まるで良く出来た時代劇ではありませんか。面子《メンツ》を潰された道場側は道場経営の立場からも恐らく黙ってはいますまい」

「その通りになった。一対八人は後日真剣を手に早朝の東山《ひがしやま》・粟田口山中《あわたぐちさんちゅう》で対峙し、双方とも傷ついたという結末だ。武士道喧嘩《けんか》の両成敗《せいばい》とやらで、剣道界が動いて面倒な警察沙汰《ざた》にこそならなかったが、六郎介先生は剣道の世界から永久追放されてしまった」

「大道場は？」

「自ら門を閉ざし、道場主と高弟二人は仏門を潜ったと聞いた。さ、余談はこの程度にして、海幕長への報告を急いでくれるか。海幕長へは私からも電話を入れておこう」

「宜しく御願いします」と、長沼群司令は腰を上げた。

第五章

一

本土より十一・六キロ離れた隣合う二つの島、峯《みね》の親島《おやじま》と峯《みね》の子島《こじま》。

親島の総面積は約二十平方キロメートル、子島は六平方キロメートル、共に周囲のほとんどを絶壁に囲まれている全島国有の島だった。

ちょうど東経百三十五度線上の日本海に浮かぶ、この二つの小島は、対岸の本土の住民たちからは〝無人の孤島《ことう》〟と認識されている。

いや、平成十三年三月二十七日までは、少なくともその認識で正しかった。

だが現在《いま》は……。

和蔵芳弘一等海尉は、親島の西端、見晴《みはら》し岬に立ち高倍率双眼鏡を遥か日本海の彼方《かなた》へ向けていた。

身じろぎもしない。

彼の背後は、そう広くはないが平坦な草原状になっていて、上半身裸の三十名ほどの男たちが、無言で激しく殴り合っていた。両手にボクシング・グローブを嵌《は》め、ヘッドギアをかぶり、ノーファウルカップを腰に当ててはいるが、単なる攻・防の〝形〟ではなかった。本気で殴り合っている。

誰の上半身も見事に筋肉質であり、それに長身だった。

と、和蔵一等海尉が双眼鏡を下ろし、ゆっくりと振り向いた。

「やめっ」

和蔵の声が飛び、全員の殴り合いが瞬時に鎮まって、一斉《いっせい》に彼の方へ顔を向けた。皆、若い。

「いま気合を発した者は誰か」

和蔵の語気強い問いかけに、「申し訳ありません。自分です」と一人が右手を上げ姿勢を正した。

「徳野《とくの》か。お前らしくないぞ。気合がどれほど危険か復誦《ふくしょう》しろ」

「はい。第一、我々が対峙《たいじ》する恐れのある相手は鍛え抜かれた無言の闘士であること。第二、気合は己れの位置と行為を相手に教えることになること。第三、気合は発する一瞬に注意力及び筋力に微《かす》かな緩みを生じせしめ、それが目的行為の遅れにつながって命取りとなること。第四、無言は全力を極限まで高めてくれること。以上です」

「宜《よろ》しい。皆も徳野の今の復誦を忘れるな。判ったか」

「はいっ」と男たちの力強い声が、即座に返った。

「次は、空手による対多数格闘だが、今日は一対三から開始しろ。但し、疲労が濃い、気分が優れない、といった状態が少しでもある者は、班長に届け出て休んでよし」

和蔵芳弘一等海尉は、そう言い残すと、現場を離れた。

男たちの野外格闘訓練場となっている草っ原の東側は、なだらかな下りになっていて、擂《す》り鉢《ばち》状盆地となっている。

和蔵が斜面を足早に下りて行く。誰かと会う約束でもあるかのように。

擂り鉢状盆地の底には、鉄筋コンクリート五階建の隊本部が在《あ》って、屋上から高い通信塔を空に向かって突き上げていた。

和蔵は、隊本部の前を南へ向かって矢張り足早に通り過ぎた。

本部玄関前で警備に就いていた若い隊員が、やや慌て気味に綺麗な挙手を送り、和蔵も歩みを止めぬまま彼に軽く挙手を返した。和蔵と同年輩に見えるその隊員が肩から下げているのは、明らかに海上自衛隊では馴染みの薄い銃だった。

盆地の南側は、ペーブメントを三百メートルほど行けば海――入江状の――に出る。

そこには頑丈そうな埠頭《ふとう》が構築され、二隻のハイドロフォイル型船体の小型艇と六隻の機動ボートが係留されていた。いずれも黒塗りの船体だ。

岸壁で足を止めた和蔵は、双眼鏡を再び顔に当てた。

レンズの向こう、手を伸ばせば触れそうなところに、本土の漁港が見える。

彼が立っている右手後方すぐの所には、この埠頭を警備するための鉄筋コンクリート二階建の横に長い監視棟があって、屋上の東の端には二本の高いアンテナが、西の端には二〇ミリ機関砲と七六ミリ速射砲の砲座が並んでいた。全自動射撃となっているのだろうか。屋上に射手の姿は見られない。

此処は……いや、和蔵芳弘一等海尉の姿が認められるこの島は、一体何なのであろうか？

海上自衛隊・自衛艦隊司令部直属「対テロ・ゲリラ特殊警備隊」本部。

それがこの島に与えられた組織名称だった。

但し、〝公表〟となっている隊本部所在地は、広島県江田島《えたじま》市の海上自衛隊江田島基地内である。

また自衛艦隊司令部は、横須賀にある。

つまり〝公表〟隊本部所在地も直属自衛艦隊司令部も、峯の親島・子島から遥か遠く離れた位置にあるという事だった。

その事は、和蔵芳弘一等海尉の所属する隊が、**極秘の性格を帯びていることを意味した。**

存在自体が組織表にも載っていないという。

「来たか……」

和蔵は呟いた。双眼鏡が白波を蹴立《けた》ててこちらへ向かってくる一隻の真っ黒な船艇を捉えていた。

それが隊の高速小型警備艇であることを、彼は承知している。

和蔵は双眼鏡を下ろした。

高速警備艇が、ぐんぐん近付いてくる。

と、監視棟の屋上、機関砲座の脇に、銃を手にした二人の隊員が現われた。一人が首から下げていた双眼鏡を沖合へ向け、もう一人が和蔵一等海尉の周囲に注意を払う様子を見せた。

万が一に備えて、和蔵を見守っているのであろうか。

屹立《きつりつ》した高い垂直の崖に囲まれている峯の親島へ、法を犯そうとする何者かが容易《たやす》く侵入するには、いま和蔵一等海尉が立っている埠頭《ふとう》を選ぶしかない。

スピードを絞りつつ、五百メートルほど沖合の防波岩礁堤《がんしょうてい》を回り込むかたちで、ハイドロフォイル型船体を入江内に進めてきた高速警備艇が、機動ボートや小型艇が接岸している埠頭を避け、二本ある桟橋の内の一本を選んで、ゆっくりと船首を振った。

和蔵は桟橋へ近付いていった。

栈橋はその床面を、鉄骨コンクリートの脚柱によって支えられていることから、当たり前だが床面の直下は水つまり海である。

実はこの海自特殊警備隊基地の栈橋の下では、よく育って脂《あぶら》がのったタチウオが絶え間なく獲《と》れるのだった。しかも驚いたことに、四季を通じて。

高速警備艇が栈橋に接岸し、操舵室の窓から和蔵と顔を合わせた尾旗真吾《しんご》一等海曹が真顔で挙手。そのあと笑顔を控え目につくった。

高速警備艇のエンジンが鎮まり、先ず二人が素早く降りて係留ロープで船体を固定した。

その二人が、和蔵が今日最初に見た新人だった。

続いて降りた尾旗一等海曹が、「降りてよし」と艇内に声を掛け、十四名が次次と敏捷に降り立った。

和蔵の前に姿勢正しく立って尾旗が報告した。

「予定通り十六名。本日より親島基地にて教育**第二段階**に入ります」

「了解した」

その十六名が、尾旗の背後に並んだ。

尾旗一等海曹が振り向いて彼等に告げた。凛《りん》とした声の響きだった。

「皆、よく来てくれた。ここが明日からお前達にとって**第二段階**の応用課程教練場となる。

この〝特警《とっけい》基地〟の最高責任者である特殊警備隊隊長は西尾要介一等海佐殿、副隊長は山《やま》城行夫《しろゆきお》二等海佐（海軍中佐相当）殿、そして今、私の背後に立っておられるのが、第一小隊、第二小隊、第三小隊の統括指揮官、和蔵芳弘一等海尉殿だ」

尾旗は言い終えて体を横に開くと、三、四歩退がってから「どうぞ……」という風に軽く頭を下げて見せた。

頷《うなず》いて和蔵は、新人達との間を二歩ばかり詰めた。

「私が一等海尉の統括指揮官、和蔵芳弘二十九歳です。皆、**第一段階**の厳しい教練に耐えて、よく応用課程まで頑張ってくれました。この島で明日から始まる応用教練は、江田島の第一術科学校よりも遥かに厳しいかも知れませんが、仲間同士励まし合って最終課程まで耐え抜き、誇り高い立派な海自特警隊員となって下さい。大いに期待しております。改めて貴君たちに述べるまでもありませんが、昨今我が国の領海内外で、**中国海軍**や**ロシア極東艦隊**の国際法を無視した悪意の航行が続発しています。この見逃のせぬ厳しい現実を忘れてはなりません。さて今夜はタチウオの刺身と塩焼、それに取って置きの**雪室《ゆきむろ》純米酒**で諸君を歓迎しましょう。自己紹介は、その時にやって下さい」

意外な和蔵統括指揮官の物やわらかい口調とタチウオ、雪室純米酒の登場で、緊張していた新人達の表情、気持が緩んだ。

すると、尾旗真吾一等海曹の鋭い声が飛んだ。

「おい、そこ。歯を見せて、へらつくな」

新人達が反射的に縮み上がった。

この時にはもう、和蔵は踵《きびす》を返して本部棟の方へ歩き出していた。

元の位置に戻った尾旗が、怖い顔つきで言った。

「和蔵指揮官殿の話に歯を見せて反応した、そこのお前。**特警隊の現状**について述べてみよ。第一術科学校で学んだ通りでよい」

尾旗の目で〝指名〟された新人が、「はい」と全身を固くした。

「特警隊は現在、第一小隊、第二小隊、第三小隊合せ四十八名。一小隊は二個班各八名の最強精鋭で構成。小隊長は三等海尉、班長は海曹長もしくは一等海曹。第一線に立つ戦術要員は以上です」

「宜しい。以上の他に現在、**第二段階の最終課程を教練**中の者が三十二名。そしてまた諸君ら十六名が無事に応用全課程を修了することにより小隊の数は更に一層増える。但し、あくまでお前達次第による予定でしかない。予定で終らないよう皆、頑張ってくれ」

新人達の「はい」が一斉に返った。

「それから、この基地には第一線の戦術要員の他に、様々な任務に就いて我々戦術要員を強力に支えてくれている大切な業務スタッフたちがいる。年齢《とし》が上の者、下の者。階級が上の者、下の者。皆、仲間だ。その中にあって、お前達は一番下だという認識を常に持て。作法、礼儀を忘れるな。判ったか」

再び新人達の返事が返った。

「それでは今から隊舎へ案内する。艇内の私物は忘れないようにしろ。携帯は休日以外は、管理部門で預かる。準備を急げっ」

新人達が身を翻《ひるがえ》すようにして、真っ黒な船体の高速艇へ戻った。

艇首舷側部には836の番号が、白く刷り込まれている。基準排水量二〇〇トン、長さ五〇メートル、幅八・四メートル、最高速力四四ノット（時速八〇キロ）以上のこの高速艇は、六二口径七六ミリ速射砲一門及び対艦ミサイルを装備していた。

とくに速射砲は、一分間に一〇発から一〇〇発を可変発射できる自動砲である。一〇〇発を連続発射する時のそれは、さながら機関銃の如きであり、砲弾一発の発射に要する時間は、僅《わず》かに〇・六秒でしかない。

揃《そろ》いのナップザックを肩から下げた新人達が、尾旗の後に従って隊舎へ向かい始めた。

隊舎は、監視棟の後方直ぐの所に、鬱蒼《うっそう》たる樹木に囲まれて三棟が並び建っている。新人専用の隊舎だ。海からは全く見えない。

正規の戦術隊員の隊舎は、本部棟の北側に矢張り三棟並び建っている。

この親島基地へ送り込まれてくるのは、江田島の第一術科学校で「特警要員基礎教練課程」を満期修了した者あるいは課程途中で成績特に優れ抜擢《ばってき》された者である。

前者は「**正規**」、後者は「**抜擢**」と呼ばれ、今日この基地へ連れてこられた十六名は後者であった。

特警要員の募集は年に一度で、海自全部隊に対して広報され、応募試験に合格した者が江田島の第一術科学校基礎教練課程に入学することになる。

したがって今日、親島の土を踏んだ新人達は、新人とは言っても海自隊員としての経験は既に充分以上に備えていた。つまり様々な技量を有する隊員が特警に集まってくるという訳《わけ》である。

二

和蔵が本部棟の玄関を潜《くぐ》った時だった。

左手直《す》ぐの所にある警備班詰所から、四十前後の三等海曹（海軍下士官・兵長相当）が飛び出してきた。警備班は親島、子島の内外警備を任務としており、特警《とっけい》基地要員ではあったが、テロ・ゲリラに対峙する戦術要員ではなかった。

「あ、統括。急ぎ隊長室へ御願いします。副隊長も御待ちです」

「了解。ありがとう」

何かあったな、と予感しながら、和蔵は二階へ駆け上がった。

彼は隊長室のドアを二度ノックし、名乗った。

「和蔵です。参りました」

「入れ」

聞き馴れた隊長西尾要介一等海佐の声が、即座に返ってきた。

和蔵はドアを開け、隊長室へ一歩入った。

隊長の執務デスクの前に会議テーブルがあり、西尾一等海佐三十八歳と副隊長の山城行夫二佐三十五歳が向き合っていた。二人とも深刻な表情だ。

会議テーブルの上には、写真のようなものが数枚のっていたが、それが何の写真なのかドアを背にする和蔵の位置からは遠過ぎて識別できなかった。

「座りたまえ」

副隊長山城二佐が、自分の隣の席を顎《あご》でしゃくった。

「はい」

和蔵はドアを閉め、真っ直ぐな綺麗な姿勢で副隊長に近付き、「失礼します」と固い椅子に腰を下ろした。尻をのせる部分にも背の部分にもクッションは無い。板だった。年中潮風が吹き込んでくるこの島では、装備も備品も設備も先《ま》ず堅牢《けんろう》であることが求められる。

「これを見たまえ。今から十分ほど前に電送されてきた写真情報だ」

常に単刀直入を宗《むね》とする隊長西尾が和蔵の前へ、数枚のカラー写真を滑らせた。

和蔵は手に取って、一枚一枚を眺めていった。電送写真と判るそれは七枚あって、白人の男性二人とアジア系の男性一人の顔がアップで写っていた。少しぼやけてはいたが、顔立ちは充分に見て取れる。

白人男性の一人は白髪まじりの豊かな黒髪を七・三に分けた六十半ばくらい。

もう一人の白人男性は、金髪が美しい四十過ぎに見える、なかなかのハンサム。

この白人二人の写真が三枚ずつあった。

そして、残りの一枚は日本人とも中国人とも韓国人とも北朝鮮人ともとれる五十歳前後の男で目つきが異様なほど鋭い。吊り上がり気味だ。

「写真裏も……」

副隊長山城に促されて、和蔵が写真をひっくり返してみると、名前が鉛筆で薄く走り書きされていた。見誤ることのない西尾隊長の字、と和蔵には判った。

「エルウィン・アドル・イースト、それにラウス・リスーリですね……アジア系と思われる残りの一人については正体が判らないのですか」

穏やかに言いつつ和蔵は会議テーブルの上へ七枚の写真を戻した。

「で、一体この三名は?」と控え目な調子で彼は訊ねた。

それを待ち構えていたように副隊長山城が、「大変なことを証明することになるかも知れない人物たちだ」と、重い口調で応じた。

そして更に彼は深刻な表情で言葉を続けた。

「かつて旧東ドイツで独裁権力をほしいままにしたホーネッカー国家評議会議長の主治医で、東欧に於ける脳・心臓血管外科の権威として知られた今は亡きラローサ・クラスマン……君なら知っているだろう、東ドイツ国家上級病院の院長を務めたこの人物の名を」

「あ、はい。防大時代の講義の中に幾度か登場した人物ですから」

「そのラローサ・クラスマンの愛弟子《まなでし》が、写真のエルウィン・アドル・イーストなんだ。恩師から脳・心臓の手術手技を伝授されたイースト医師は、西欧の医学界からも常々注目され、東ドイツが崩壊すると、イタリア医学界の強い求めに応じて、ミラノに在《あ》る大病院、神教博愛総合病院の職に就いた」

「すると、恩師のラローサ・クラスマンは、イースト医師のミラノ行きを認めたのですね」

「だろうな。彼自身はモスクワへ亡命して、九十三歳で大往生したらしいが」

「ええ。防大の講義でも、そのように教わりました。ですが、いくら西欧の医学界から常々注目されていたイースト医師とはいえ、そう簡単にミラノへ動いたのではないような気が致します。東ドイツ崩壊直後、国際医療ブローカーの暗躍があったようだと防大で学びましたから、案外に……」

「うん。その見方は否定できないと私も思っている」

「それにしても、この余り鮮明でない写真は……」

「内閣衛星情報センターの情報収集衛星が、高度五百キロの太陽同期準回帰軌道から撮《と》ったものだよ」

「なんですって……それって、もしや」

「その、もしや、だ。日本海の凡そ一〇〇〇キロ彼方にある、あの扱い難しい鎖国国家の空港に、光学衛星及び合成開口レーダー衛星の照準を合わせて撮ったものだ」

「わが国の情報衛星の分解能は確か……」

「三〇センチ。アメリカの偵察衛星の一〇センチに比べると、著しく見劣りするが、これが現在の我が国の精一杯でね」

副隊長山城は、そう言って微《かす》かに笑った。幾分、自嘲的に。

「この写真の三人が、その鎖国国家の首都空港へ、飛行機で乗り込んだ……いや、是非にと招かれたという見方で宜しいですか」

「その見方で間違っていないよ。イースト医師らはチャーター便と思われるアリタリア航空機から、そしてもう一人の人物、中国人は中国政府専用機から降り立ったんだ」

「中国政府専用機から?……何者ですか。写真の顔は私が知っている中国政府の大物の中にはない顔ですが」

「まだ判っていない。現在内閣情報室で調査中なんだ。政府専用機を用いているところから、決して表には出ない中国共産党の陰の大物か中国医学界の名医か。いずれにしろ政府専用機を使わねばならぬ程の緊急事態、極秘事態が、その鎖国国家で生じたのかも知れない」

「トップの健康不安説が、かなり前から国際筋に流れ、愛する有能な娘への権力委譲が進められているらしい、と噂されておりましたから、〝西側〟の名医が遠くミラノから駆けつけたとなりますと、健康不安に拍車がかかったのかも知れませんね。いま副隊長が申されました、緊急事態、極秘事態として」

「うむ……」

それまで黙って二人の会話を聞いていた隊長西尾要介一等海佐が、上体を少し前へ傾けるようにして静かに口を開いた。

「もう一人の金髪の白人の名は、ラウス・リスーリ。やはり神教博愛総合病院でイースト医師を上司と仰ぐ、腕のいい血管外科医でね。この二人の人物判定は、もしや医者ではないかと見当をつけた内閣衛星情報センター分析部の主任分析官が、防衛医大幹事の脇岡文《わきおかぶん》次郎《じろう》海将補（海軍少将相当）の協力を仰いだらしい」

「その見当、手柄《てがら》ですね」

「うむ。だが和蔵君。この写真情報がなぜ逸早《いちはや》く内閣衛星情報センターから統合幕僚監部情報部経由で、この親島へ齎《もたら》されたのか、その理由を考えねばならない」

「逸早く、と言われますと、他の海自基地へは？」

「今のところ、統合幕僚長の判断で、抑えられておるようだ。さきほど江藤海将へ電話を入れてはみたのだが、暫くの間写真をじっくり眺めているだけでよい、と指示されてな」

「この親島へ写真情報が逸早く電送されてきたとなると、我々特警《とっけい》の出番となるような重大事態の生じる可能性がある、と江藤海将は読まれたのかも知れませんね。それも和蔵島で生じた〝不法上陸〟につながるような」

「私の了解のもと君は、その騒動情報を横須賀にある海自情報業務群の長沼剛志群司令へ伝えた訳だが、群司令のことだから、かつての上司である江藤海将へはそれを速《すみ》やかに伝えているだろう」

「隊長が江藤海将に電話をなさった時、長沼群司令のことについて江藤海将は何も？」

「ああ、何も仰《おっしゃ》らなかった……しかし、この写真情報からは」

と言いつつ、隊長西尾一佐は会議テーブルの上の写真七枚を、顎の先で軽くしゃくった。

「かの鎖国国家で間《ま》も無《な》く大変な事が起こる、と予想される。独裁的な国家元首が危篤となれば、後継相続を巡って国内の結束が更に強固となるか、あるいは何派かに分裂しての武力衝突もしくは現体制への叛乱の生じる恐れが出てこよう。それより、もっと危険なのが、逆に国家の対外警戒心がかつてないほど高密度で高まり、国家全体が心理的充血状態に陥って武力の矛先《ほこさき》を近隣国へ向けることだ」

「その可能性の方が、高いのではありませんか。特に、我が国に対して」

「私も、そう見ている。が、我々は常に状況分析に冷静であらねばならない。身構えだけは決して怠ってはならないだろうがな」

「我が国の情報収集衛星が捉えた、これほど重要な写真情報に関し、横田の在日米軍司令部高度機密情報センターからは日本政府や防衛省へ何の報告も入っていないのでしょうか。分解能に優れる米軍の偵察衛星なら、もっと鮮明な画像を捉えている筈ですが」

「在日米軍司令部高度機密情報センターからは今のところ何の情報も齎《もたら》されていない。**日本の政治家や官僚は世界で最も口が軽く絶対に信用できないと米政府内での不信感が強い**からだろう、と統幕長は言っておられた」

「ですが、在日米軍司令部の高度機密情報センター内に存在する情報組織JOC《ジョック》（統合司令センター）へは、空自の佐官クラスが情報官として何人か出向しているではありませんか」

「米軍の偵察衛星が、この七枚の写真よりも遥《はる》かに鮮明な画像情報を捉えている事は確実だろうが、空自からの出向情報官が直《ただ》ちにその恩恵に浴するとは限らない。また、彼ら出向者がその写真情報の説明を受けていたとしても、JOC《ジョック》の厳しい規則で日本側への通報を停止させられているのかも知れない」

「それじゃあ日米同盟が全く意味をなさないではありませんか」

「米国に於ける共和党政権は前回の選挙で頓挫《とんざ》したんだ。それも著しく勢いを欠いてな。今は民主党政権の時代だ。**世界の警察の座**から下りた米国はコロコロと政権が変わっているんだぞ和蔵君。**自らの意思で力を失いつつある米国**からの〝配慮のそよ風〟という温かな風は、これからは日本よりも日本海の彼方への選択を強めて吹く事になるかも知れない。目立たぬよう地中に潜ってな……。残念だがきっとそうなる」

「悪夢再び……ですか」

「そのような言葉を使うものではない。気を付けたまえ」

「すみません」

和蔵一等海尉は力なく謝ったが、しかし、隊長西尾一佐と副隊長山城二佐の表情も共に暗く沈んだ。

あの、いやな記憶が、彼等の脳裏で重苦しく頭を持ち上げていた。

それは一九九八年八月三十一日正午《ひる》過ぎのこと。

日本海の西方およそ一〇〇〇キロの地点から、突如として全長二五メートル、直径一・三メートルの三段構造の飛翔体《ひしょうたい》が、射ち上げられた。

嫌日的鎖国国家が開発した射程《しゃてい》約二〇〇〇キロの新型弾道ミサイルだった。

三段目には模擬弾――鎖国国家主張――が搭載されていた。

一段目のブースターは日本海上空で切り離されて日本海に落下。二段目も日本海上空で切り離されたが、これは慣性《かんせい》飛翔《ひしょう》により日本列島を飛び越え、三陸沖に落下。

三段目模擬弾頭部は、更に加速して、やがて太平洋上の何処《どこ》かに〝消滅〟した。**平和を**

楽しみ過ぎる善良なる日本国民が誰一人として気付かぬうちに。

もしそれが真正核弾頭搭載の対日攻撃用弾道ミサイルであったなら、恐怖の地獄図絵が地上を覆《おお》っていたことだろう。考えてはならぬ事を考えざるを得ない衝撃的な重大事を、その日、かの鎖国国家は**発射方角を日本に向けて**、まぎれもなく実行していたのだった。

この時の日本には無論、その弾道ミサイルをキャッチする情報収集衛星などは無かった。

更に大きな問題が別にあった。

日米同盟の片方の主役であるアメリカ合衆国が、日本に対し当然やらねばならぬ事を、やっていなかったのだ。当時の米国は、日本に対し何となく冷やかな〝心理的距離〟を置いていたクリントン民主党政権。

鎖国国家の新型弾道ミサイルの発射・飛翔に関する具体的情報を正確にキャッチしていたにもかかわらず、日本政府への速《すみや》かな報告を後回《あとまわ》しにするという情報操作をやってのけたのである。まるで、かの弾道ミサイルの成否見届けの方を、優先するかのように。

超大国アメリカのこの態度にカチンときて国産の情報収集衛星の射ち上げに尽力したのが、外務大臣、日米友好議員連盟会長などを歴任した大阪出身の大物代議士、中山太郎《なかやまたろう》だった。「信なくば立たず」を座右銘とする中山太郎の懸命さがなければ、恐らく日本は未《いま》だに情報収集衛星を持たず、嫌日的鎖国国家の動静を自前で摑《つか》めない状態が続いた事だろう。

「隊長、この七枚の衛星写真情報ですが、江藤統幕長に御願いし、日本側《こちら》から横田の米軍司令部へ提供すればどうでしょうか。あちらも必ず同じ写真情報を、それももっと鮮明なやつを得ている筈ですから、日本側の動きに対して反応を見せてくれるかも知れません」

和蔵が短い沈黙を破って言った。

「心理的皮肉作戦とでもいうやつだな。実は私もそれを考えていた」

隊長西尾が苦笑し、副隊長山城が「面白いかも知れません」と付け加えた。

このとき隊長西尾の執務デスクの上で、電話が鳴った。

和蔵にはその音が、いつもと違う、けたたましい音に聞こえた。

西尾が素早く会議テーブルから離れ、執務デスクの前へ引き返して鳴り続ける電話を摑んだ。

「特警、西尾です」

彼は名乗った。鳴った電話は、「自衛艦隊司令部」及び「管轄基地の艦隊群司令」と結ばれているホットラインだった。

短いやりとりの後、西尾は「了解しました」と静かに受話器を置いた。

会議テーブルへ戻って来る西尾一佐の顔を、山城二佐と和蔵一尉は見守った。

「河越《かわごし》群司令だったよ。横須賀の自衛艦隊司令部から何時《いつ》なん時《どき》、**自衛隊法八十一条あるいは八十二条**が発令されるか判らないので心しておくように、とのアドバイスだ」

「河越群司令の手元へも、写真情報は手渡っているのでしょうか」

山城二佐が訊ねた。

「さあな。江藤統幕長は私に対して特警基地に対し最優先で、という言い方をなさっておられたが、その後に河越群司令の手にも渡ったのかも知れんな。なにしろ我々は、緊急出動となると河越群司令の艦に乗る訳だから」

「そうですね」

「ともかく和蔵一尉、君は各小隊の出動準備を引き締めておいてくれ」

「承知しました。では、これで退がります」

「うむ。頼む」

「あ、一つ訊《き》かせて下さい。尾旗一等海曹が我が家を訪ねて来た日、山陰中央基幹基地の河越群司令が此処へ見えられたそうですが、何だったのでしょうか」

「あれは、よくある無通告視察というやつだ。とくに重大な用件があった訳ではない」

「そうでしたか。失礼しました」

和蔵は真っ直ぐに立ち上がり、二人の上司へ軽く腰を折ってから隊長室を出た。

遠く横須賀に在る自衛艦隊司令部、の直属部隊『**特警**』は、**作戦命令は自衛艦隊司令部から直接受ける**。が、日常的には峯の親島、子島から約十八キロと程近い、日本海正面を防衛エリアとする「山陰中央基幹基地」の第五護衛隊群、河越卓也群司令・海将補の監理下にあった。いざ出動となると、河越海将補指揮の艦に乗り込むことになるからだ。「第五護衛隊群」は、横須賀の第一護衛隊群に並ぶ海自最強クラスの艦隊編成で、第九護衛艦隊四隻、第十護衛艦隊四隻の、合せて二艦隊八隻編成で構成され、共に七〇〇〇トンを超える新鋭イージス護衛艦を備えていた。

旗艦は、第九、第十両艦隊とも、五〇〇〇トン級のヘリコプター搭載DDH護衛艦『しらゆき』及び『みねゆき』である。さらにだ。横須賀のこれら二艦隊八隻の護衛艦隊にピタリと張り付いているのが、**最新鋭ステルス戦闘機F35・Bを艦載する空母『かが』**であった。全長二四八メートル、幅三八メートル、ガスタービン四基二軸を備え、時速三〇ノット以上（時速約56キロメートル以上）で航行するこの巨艦は、**誇り高き約四七〇名の海自隊員**によって護られている。**主要兵装**は、対艦ミサイル反撃兵装SeaRAM二基、至近防空用高性能バルカン砲CIWS二基、魚雷防御兵装一式、近接防空用高機能機関砲（艦内各所）、そして対潜・哨戒ヘリ七機、輸送・救難ヘリ二機などである。無駄が無い近代兵装搭載の重武装空母と言える。ただ『**かが**』は首相の指示を受けた防衛大臣の命令で、艦隊から離れ**極秘の行動訓練**に単独で移る場合が非常に多いとされていた。

三

「見て下さい警部。あれは海上自衛隊の基地じゃないですか」

ハンドルを握っていた警視庁公安部外事第二課の古河敏文警部補が、片手をハンドルから放して、右斜め前方を指差した。

「だな。此処《ここ》だと何という基地名になるんだろうか」

「さあ……でも、碇泊《ていはく》している護衛艦、どれも皆大きいですね」

「おい。君は前方に集中しろ。あいつを見逃したら事《こと》だ」

「はい」

古河の上司である後藤夏彦警部は、古河に代わって護衛艦が居並ぶ基地を見続けた。が、彼もまた視野の端で、進行方向に注意を払っていた。

（あの一番左端の桟橋に係留されている、ひときわ大きい特徴ある型が、イージス護衛艦とかいうやつだろうか）

後藤警部は、そう想像した。

その通りであった。「第五護衛隊群」第九護衛艦隊に所属する**新鋭イージス護衛艦「らいちょう」八九五〇トン**だった。ステルス性の艦体に六二口径五インチ全自動砲、高性能二〇ミリＣＩＷＳ機関砲、九〇式対艦ミサイル、弾道ミサイル防禦・迎撃用ブロックⅡＡミサイルなどを搭載している。

なかでも高性能二〇ミリＣＩＷＳ機関砲は、弾芯にヘビーメタルを用いた秒速一一〇〇メートルの機関砲弾を、一分間に最大四五〇〇発全自動発射して、その猛烈な弾幕で、接近してくる対艦ミサイルを粉微塵《こなみじん》にするというものだった。捜索、探知、追跡、捕捉、射撃の全てを全自動でやり遂げる、対艦ミサイル最終段階防禦システムである。

また「昨年」ハワイ沖で日米共同で実施された弾道ミサイル迎撃訓練では、参加した海自護衛艦が射程一二〇〇キロメートルのブロックⅠミサイルで訓練用弾道ミサイルを撃墜することに成功し、「失敗するさ」と思っていた米側を驚かせていた。一発必中のこの成功は、米国を除けば、海自護衛艦が世界で初めてだった。

その〝世界で初めて〟を成し遂げた艦が、いま後藤警部が眺めているイージス護衛艦「らいちょう」である。

が、同海域に於ける「今年」の訓練では、参加した別の海自イージス護衛艦が弾道ミサイル迎撃に失敗して〝妙な課題〟を残している。海自イージス護衛艦が発射した米国製造のブロックⅠ迎撃ミサイルが、確実に命中軌道を飛翔していたにもかかわらず、命中数秒前に迎撃ミサイル自ら標的探知をやめ、弾道ミサイルを見失ってしまったのだ。原因は不明。

尤《もっと》も後藤警部は、そういった事までは知っていない。おそらく**平和に埋没し過ぎている善良なる日本国民**の多くも、後藤警部と同じだろう。

ただ、後藤の違うところは、今、場合によっては非常に〝危険化〟するかも知れない人物を、追っている事だった。

そいつの運転する見るからに古い乗用車が、国道9号線のかなり先を走行していた。法定速度を守った、落ち着いた走り方だった。

後藤にも古河にも、その乗用車を運転している人物が、何者であるか判っていた。**中湊海洋水産大学・大学院海洋生物学研究所の前濱《まえはま》健夫**である。和蔵ヨネが和蔵島で彼から受け取った名刺には、講師、とあった。

その前濱にピタリと張り付いて、大学からバスで十二、三分の所にある彼の一人用賃貸マンションや夕食朝食に出かけた一膳めし屋、その後の居酒屋などに注意を払ってきた後藤と古河だった。

その二人が今、中湊海洋水産大学から既《すで》に西へ二百キロ以上も離れた地まで、こうして尾行させられていた。

「一体どこへ行くんでしょうね警部。間もなく**海自基地**の西の端を過ぎますよ」

「という事は、彼の目的地は、この基地ではない、という事になる」

そういう後藤は、窓の向こうを後ろの方へ過ぎ去っていくイージス艦「らいちょう」を、首をねじ曲げるようにして、まだ眺めていた。

「あ、少しスピードを上げましたよ」

古河の言葉で、後藤は姿勢を正し前方へ視線をやった。

なるほど、相手の車は、少し速度を上げていた。

「見逃すなよ。近寄り過ぎてもいかんが」

「任せておいて下さい」

幸か不幸か、両車の間には他の車が走っていなかった。それだけに、尾行しやすいが相手に気付かれやすい。

「もし、奴が在日中国人か韓国、北朝鮮人、その他のアジア人で、日本海の向こうへ頻繁に暗号打電していたマエハマタケオ先生なる人物であるとしたなら、**スリーパー**（**潜伏諜報員**）と判断すべきですかね」

「あるいは**マスカー**だ。いや日本の大学院に教職を得ている訳だから、マスカーと見るべきだろうな」

「マスカー？……はじめて耳にする言葉ですが」

「正体を見事に日本人に擬装した**仮面諜報員**と思えばいい。防衛省情報本部では最近、このマスカーを特に警戒していると聞いている。**東京**、**大阪**、**札幌**、**福岡などの国立大学に正規留学生として潜伏している可能性**があると言うぞ。まさに仮面で正体を隠してなあ」

「仮面諜報員……ですか。国立大学だけでなく、何か日本社会に信用され易《やす》い正業に就《つ》いたり、ですね」

「うん。たとえば大学の講師とか国・公営放送機関のスタッフ、評論家、芸術家、警備員、自営商人、会社役員、パイロット、高級船員といったような人物に化《ば》け切ったりな……そして熱心な愛国主義的有力政治家や有識者の誹謗《ひぼう》中傷活動などに力を入れたり、あるいは防衛官僚、高級尉官・佐官、警察幹部、企業家、及び軍需産業の技術開発要員などに狙いを定め魅惑的女を近付けたりする」

「日本人を装って、でしょうね当然」

「そう。日本人以上に日本人を装ってだ。そこが怖い」

「在日中国人か韓国、北朝鮮人、その他のアジア人なら日本人としての国籍を得るのに余り苦労しないでしょう。なにしろ在日同胞の数が余りにも多いですからね。協力者はゴマンといましょう」

「それに最近は、日本人だって〝向こう〟の協力者になっている事案があるからなあ。カネのためなら、国を愛する気持なんぞ糞くらえ、ってなもんだ」

「日本の政治が、国民のためにしっかりと機能していないからですよ。特にこの二、三年の政治の迷走ぶりは、目に余ります。汚れたカネに浸《ひた》り切る事を当たり前としている国会議員、国外に本部を置く怪し気な反日的宗教団体に洗脳されていることに気付きさえしていない多数の**政党幹部**や**閣僚**たち。国民の一人として私は全く、うんざりですよ。**赤色**《せきしょく》**国家**が思わず羨《うらや》ましくなったりします」

「おい。言葉を辨《わきま》えろ。**赤色国家**はいかんぞ。我々は首都警察の公安警察官なんだ」

「は、はあ。すみません。ですが、うんざりは真実ですよ」

「気持は判るが……正直なところ、俺もうんざりとはしている。が、もう止せ」

「少し言い過ぎましたか……」

「マスカーは情報収集のためなら、カネと甘言《かんげん》で日本人を巧みにネットワーク内に引きずり込んで利用する。平和ボケし、民度が著しく低下していると言われている我々日本人がハッと気付いた時には、もう遅い。お前も充分に気を付けてくれよ」

　そう言って、心配そうに溜息を吐《つ》く後藤警部だった。

　スリーパーとマスカー。かの鎖国国家が放つこの二つの対日諜報員の〝怖さ〟は対照的といってよかった。スリーパーを陽《よう》——活動的行動的——とすれば、マスカーは陰《いん》——静的陰険さ——と形容できるだろうか。潜入中の特殊工作員と協働でたとえば原子力発電所、石油コンビナート、送電鉄塔、空港管制センター、首相官・公邸、国会議事堂、水力発電ダム、大都市鉄道駅舎などを爆破するのは、主としてスリーパーの役割である。

　一方のマスカーであるが、防衛情報や在日米軍情報あるいは大都市警察情報を狙っては美人マスカーが動き出す。狙った米軍将校や自衛隊の高級尉官・佐官、警察幹部に接近して男と女の仲になり、最後は脅しや泣き落としで重要情報を得る。また狙った国の**政権党内の分裂工作**、与党対野党の対立激化工作、政治日程の攪乱《かくらん》工作なども得意としている。

なかでもその国の**政権党あるいは野党内**に、自国（反日的国家）を理解してくれる『**議員の小集団**』をつくり上げることについては、決してカネの出し惜しみをしない。**在日同胞**が強固な結束力で、たちまち〝浄財〟をかき集めてくれるからだ。だから日本の中央政界に、**反日的国家民族**が議員とか閣僚となって日本名で出現するのは時間の問題……。

後藤警部が防衛情報筋から得たのは、大凡《おおよそ》そういった内容だった。

「日本は政府も国民も、ぼんやりし過ぎた。学び直すことを忘れて民度を落とし過ぎた。もう取り返しがつかないかも知れないな」

後藤が、ポツリと漏らした。

古河が「え?」と、後藤の横顔へ視線を流したが、直ぐに前方へ戻した。

それまで右手に見えていた海が、国道に沿って建物が立ち並び始めたため、視界がさえぎられて見えなくなった。

「かの国の民族たちを、観光目的等で余りにも長い年月に亘《わた》り無警戒に出たり入ったりさせてしまったという事だよ。かの国の民族だけではない。ロシア人や多数派の中国人も韓国人も北朝鮮人も、そして中東諸国の人人も、今やこの日本には溢《あふ》れ返《かえ》っている。日本風土に溶け込まず、既に**独立都市化**しかけている地域もある。我々の右にも左にも後ろにもな」

「ですが、それは何処《どこ》の国だって同じ事が言えますよ。日本にいるそれら諸外国人の九十九パーセント以上を、私は日本社会に貢献している善良なる人人であると確信しております。警視庁警察官ではありますが」

「私も、そう信じているよ。そう信じて間違いではないとも思っている。事実、立派な人物もいる。だが総数を百万とした場合、そのうちの一パーセントを要注意者と『仮定』すると一万となる。総数を五十万と考えた場合の一パーセントでも、五千という怖い数字が出てくる。あくまで『仮定』だがな……パーセントを半分の〇・五パーセントに絞ってさえ二千五百だ。この二千五百の全てが日本にとって空恐ろしい外国人だと考えると、大変な数だぞ、この二千五百という数字は」

「は、はあ」

「なんだ、気に入らんのか。私の言っていることが」

「私は、『仮定』、という考え方や言葉がどうも好きではありません。お叱《しか》りを受けますが」

「困った奴だな。我々公安の司法的業務と言うやつは、『仮定』・『推測』から『真実』へと慎重に慎重に絞り込んでいく性格を帯《お》びているんじゃないか」

「すみません。確かにその通りなんですが」

「今の二千五百の更に半分の数字に当たる千人余がテロリスト的な問題人物だと『仮定』すると、たとえばだが我が国の中央や地方の参政権を得て、中央政界、地方政界あるいは自衛隊や警察組織へ潜り込んできた場合の事を、想像してみろ。深刻な事態を招く結果になるかも知れないいんだぞ」

「警部はあくまで、二千五百の半分、千名強くらいのスリーパーやマスカーといった問題人物がこの日本には潜んでいると推測しておられるのですね」

「非常に現実的な数字であると、自信を持って言えるな。確信に近い自信だよ。いや、もう少し多いかも知れない。しかも広汎《こうはん》な情報組織を有するロシア人、中国人などを含めないでだ」

「ですが『仮定』という考え方を根底に、お持ちではありませんか」

「『仮定』、は優れた考証手段の一つなんだよ。公安刑事に限らずな」

「うーん……」

「学問の検証にとっても、『仮定』という手段は大事だ。非常に大事だ」

「はあ、それは確かに……」

「その『仮定』の重要性を、日本人は忘れかけている。いや、すっかり忘れている、と言ってもよい。この国の民は余りにも呑気《のんき》で善良過ぎる」

「はあ……」

「判った。もうこの話は止《よ》そう。疲れる」

「でも『仮定』という考証手段は下手《へた》をすると差別につながったりしないでしょうか警部」

「もう止せ、というに……君と『仮定』論争は、もうしたくないよ」

後藤警部は苦笑して、口を閉ざした。古河の真っ直ぐで純真な優しい性格が、これ迄《まで》の公安警察活動で、重要な解決の糸口を何度も摑んできたことを知っている後藤だった。その反面、解決のチャンスを幾度となく見逃してしまった事も。

不意に右手に海が広がった。

「基地の町を完全に出ましたね。彼、まだ走り続けるようですよ。一体何処へ行く積もりなんでしょ」

「彼が何者か、間もなく判るんじゃないかな。あれ？……」

何気なくナビへ目をやった後藤が、眉間《みけん》に皺《しわ》を刻んだ。

前方を見たままの古河が、「なんです？」と返す。

「おい古河、このナビおかしいじゃないか。まだ町の中を走っとる。右手に海など映っとらんぞ」

「ああ、ときどき調子を狂わせるんですよ。こいつ」

「それで先程の海自基地、ナビに映っていなかったのか。それなら、速《すみや》かに新しいナビに取り替えておいてくれないと」

「申し訳ありません。東京へ戻ったら直ぐに」

「うん。故障のないタイプをな」

「はい」

この大様《おおよう》さが古河の決定的な弱点だな、と後藤は思った。

前濱健夫の車は走り続けた。国道の右手は大海原、左手は道路そばまで山が迫っていた。

前方に、小さな半島が海へ突き出て見えている。

と、後藤警部のスーツのポケットで、携帯の着信音が鳴った。

彼はポケットから携帯を取り出し、「後藤です」と名乗った。この携帯番号を知っている者は限られている、という確信があるからだろうか。

「はい。尾行を続行中です。気付かれていないと思います」

「…………」

「ええ。用心に用心を重ねています。強引なことはやりません」

「…………」

「了解しました」

後藤は短い会話を終えて携帯を折り畳み、スーツのポケットにしまった。

「部長だ」

古河に訊かれるよりも先に、後藤がボソリとした調子で言った。

古河が前を見たまま黙って頷いた後、「そうですか」と小声を漏らす。

海に突き出ている小さな半島が、間近に迫ってきた。いや、遠目に見ていたよりは大きく、樹木の繁りが鬱蒼としている。浜は全く見当たらない。

やがて車は半島の根の部分に入り、海が見えなくなった。道路は右へ左へと急カーブを続けている。

そのカーブが突然直線道路となって、半島の根の部分が尽きる三、四百メートル先あたりから、民家が連なり出した。

「おい古河、奴の車、消えたぞ」

「しまった。カーブが続いたのを利用して、猛スピードで我々を引き離したんですね。気付かれていたんですよ」

「感心している場合か。逃げ込めそうな脇道を探せ」

「はい」と古河がブレーキを踏んで、速度を落とし、車を左へ寄せた。

後方からクラクションをけたたましく鳴らして、大型トラックが追い抜いてゆく。

二人は国道から逃げ出せそうな枝道を車の窓から懸命に探した。

だが見当たらなかった。

そうこうするうち、二人が乗ったクラウンは、半島の根の部分を過ぎて小さな港町に入った。

港町とは言っても、桟橋に係留されたり、浜へ引き上げられたりしているのは、一目で漁船と判る小さな船ばかりだった。

漁港だ。

「警部、**沖合に島が二つ**並んで浮かんでいますよ」

「島に気を取られている場合か。前濱の車を探せ」

国道は港町を二つに割るかたちで、やや登り調子で真っ直ぐ西へ伸びていた。が、目の届く範囲に、前濱の車は見当たらない。

「前濱は、きっとこの港町にいる。隅から隅まで走り回ってみい古河」

「了解」

古河警部補は、漁業組合の看板を掲げている四階建のビルの前を、信号が青に変わったのを捉えて左折した。

町は山に向かって、全体的に緩い勾配を形成していた。目抜き通り、と呼べそうなものは見当たらず、どの道も肩を寄せ合うようにして密集する軒の低い民家に路肩《ろかた》まで迫《せま》られ、狭《せま》くて車の擦《す》れ違いが容易ではなかった。

その道を古河が西へ東へ、そして北へとクラウンを走り回らせる。

車の鼻っ先を山際に突っ込んだところで、後藤が舌打ちをして言った。

「いないなあ。国道の反対側へ下りてみるか」

「そうしましょう」

古河がクラウンをバックさせつつ、手早くハンドルを左へ切って竹藪《たけやぶ》へ尻を突っ込みバリバリと笹などを鳴らせて、向きを変えた。

フロントガラスの向こうに、海が広がった。古河がさきほど言った、**沖合の二つの島**、も良く見えた。

後藤はナビに目をやったが、矢張り画面に海などは映っていなかった。

彼は、グローブボックスから双眼鏡を取り出して、顔へ持っていった。

クラウンを出しかけた古河が、ブレーキを踏んで動きを止める。

後藤が顔に当てた双眼鏡の焦点ダイヤルを、静かに回した。

「古河よ。**あの島、海上自衛隊の基地**のようだぞ」

「え、あの島がですか」

「チラリと見える桟橋に並んでいるのは、どうやら小型艦艇のようだな。この古臭い双眼鏡では、鮮明には見えないが、漁船ではなさそうだ」

「二つの島とも、海自の基地のようですか？」

「何となくそれらしい、と判るのは大きな島の方だけだ。それにしても二つの島とも全島びっしりと樹木に覆われているなあ」

「その方が基地の全容を隠せて、都合がいいのかも知れません」

「秘密の基地、とでも言いたいのか」

「べつに、そういう訳ではありませんが」

「双眼鏡を、もっと性能のいいのに買い替えておけよ。こいつじゃあ遠方観察の役に立たん」

　後藤は、双眼鏡をグローブボックスにしまった。

「もう三十年以上も昔のやつだそうですよ、それ」

「判ってるんなら、米軍の偵察部隊が使っていそうな最新のものに、気を利かせて買い替えておいてくれや。必需品だろう」

「承知しました。申し訳ありません」

「行こう」

　促されて、古河がブレーキペダルから足を離すと、クラウンは緩やかな傾斜の道路――というよりは道――を、国道方面へゆっくりと勝手に下り出した。

　二人は、気付いていない。それが恐るべき危機との間を、次第に縮めつつある事に。

「拳銃を持ってくれれば、よかったですかね」

　古河が突然、思い出したように言った。

「なんだ、いきなり」

「いや。なんとなく、そう思っただけです」

「社会全体が確かに物騒になってはいるが、しかし、拳銃所持は好きじゃないなあ。だいいち、この国じゃあ、銃撃戦なんて先《ま》ず無いからねえ」

「へええ、後藤警部のように、用心深い人が、そのように『仮定』を忘れるなんて珍しい……」

「こいつ、皮肉《ひにく》か」と、後藤は苦笑した。

「たいていの争い事は、武器ではなく対話で解決できると思っていらっしゃいますか」

「対話は大事だ。信頼関係を醸成する有力手段の一つだよ」

「楽観《らっかん》平和主義とか言う奴ですね。何年か昔の合衆国オバマ大統領がそうだったと思います。彼は何も解決できない大統領とも言われました」

「じゃあ君はどうなんだ古河……」

「私は、自分の職務に拳銃の所持は、不可欠だと考えています。今日は所持しておりませんが」

「へええ……。こいつあ驚いた。本心か？」

「本心です。必要に迫られれば、私は上司の許可がなくとも、自分の判断を信じて発砲します」

「おいおい……」

「冗談で言っているのではありません。場合によってですが、相手が発砲しなくとも、私は先制的に発砲する覚悟を、常に心の片隅に備えています」

「驚いたな。まるで別の古河を見ているようだよ。これまでは、真っ直ぐな純真さと優しさに恵まれた『仮定』を知らぬ柔らかな人柄の男、と眺めてきたんだが……見方を変えなきゃあ、いかんな」

「私の方こそ、驚いていますよ。後藤警部が拳銃所持を嫌っておられるなんて」

「見方を変えるか？」と、後藤はまた苦笑した。

「いえ。これが、バランス、というやつかも知れません。大人しそうに見えて先制的発砲に毅然と向き合える刑事。ダイナミックな優れた性格だが発砲には常に抵抗ある刑事、これが一つの任務に向かって協働し成果をあげる。それで宜しいのではないでしょうか」

「なんだか、褒《ほ》められているのか、けなされているのか、よく判らん」

後藤が再び苦笑したとき、クラウンは国道を横切り、海に向かってほぼ平坦に広がる町へゆっくりと入っていった。

「潮の匂《にお》いが強いですねえ警部」

「うむ。秋刀魚《さんま》の塩焼きが食べたくなってきたな」

「今の時期よりも、秋まで待った方が、うまいですよ」

二人と恐るべき事態との間は、なお縮まりつつあったが、予想だにしていない後藤と古河だった。

「日本は一体どうなるのでしょうか」

古河が、またしても突然、思い出したように漏らした。今度は言葉に力が入っていなかった。少し、うんざりとした調子を含ませている。

後藤は返事をする代わりに、辺りへ厳しい視線を走らせた。

「首相がいきなり辞任を表明し、後任が異例の早さで直ぐに決まりました。こんなに幼稚なドタバタ政局が次から次へと続けば、警視庁の屋上にミサイルが落下しても、きっと政治家さんたち右往左往するばかりで、何一つ手を打てないかも知れませんね」

「おい、余計な事を喋《しゃべ》らずに前濱の車を探せ」

「探してます」

「このまま進んで、ともかく海へ出てみようか」

「判りました」

車は海に向かって真っ直ぐ四、五百メートルばかり進んで防波堤に突き当たった。

防波堤に沿っては、自然災害に備えてだろうか、国道より幅も舗装も立派に出来ている道路が東西に走っていた。但し、一人の人の姿も無ければ、車も走っていない。

二人はクラウンから降りて、人の姿なき高い防波堤の階段を上がってみた。

「へええ。綺麗な白砂の浜が広がっているじゃないですか。こんなに高いコンクリート壁で見えなくしてしまうなんて、勿体《もったい》ないですね。観光資源になりそうなのに」

「地震の時の津波に備えているのさ。それに真冬には、大荒れの海なんだろう。冬の日本海は厳しいぞ」

「そういえば警部の古里は、冬が厳しい青森の津軽でしたよね」

「白神《しらかみ》山地の麓《ふもと》の小さな町だよ。神が与えてくれたかのように、それはそれは景色も人情も美しいところだが、真冬の海の荒れ様は獅子《しし》が吠える如《ごと》くだ」

「それにじっと耐えて……」

「ひたすら冬が去るのを待つ。だから人々は胆力に優れ、人情に厚く優しい。他人を誹謗することも嫌うよ」

「胆力に優れ、というのは警部を見ていれば判りますね」

「だが俺は、東京の大学に在学中、一年置きに父と母を病気で亡くしてしまってな。一人っ子だったこともあって、東京にそのまま居座ってしまった」

「じゃあ、随分と古里へは帰っていないのでしょ」

「帰っていないなあ。両親が亡くなったことで、代代庄屋だった家屋敷や田畑《でんばた》を手放したんでな、俺にはもう帰る古里が無いのさ」

「そうでしたか」

「家屋敷を手放したことを後悔しているよ。今ではな」

「この仕事が一段落したら、一度帰ってみたらどうですか。白神の地へ」

「うん、そうしてみるか。さ、前濱の車を探そう」

「はい」

二人は海に背中を向けて、防波堤の階段を下りようとした。

古河が「警部……」と足を止め、目を細めるようにして西の方角を指差した。

後藤夏彦警部が「あ……」と、小声を漏らす。

「間違いなさそうですよ」

「似ている。あの車だ」

防波堤道路に沿っては、漁師たちの家が海の方を向いて建ち並んでいる。その家並の一方は西へ百メートル程の所で尽き、そこから先は灌木《かんぼく》で覆われた荒れた台地が彼方まで続いていた。

その台地の上、漁師の家並の一番西の端から七、八十メートル見当の辺りに、一軒のあばら屋が置き忘れられたようにポツンと建っている。

前濱の車らしいのが、そこに止まっていた。あばら屋の向こう側へボンネットの半分までを隠すようにして。

「行ってみましょう」

「うん……あ、ちょっと待て」

後藤夏彦警部はそう言うと、防波堤の階段を急ぎ足で下り、ちょうど目の前の家から出て来た白髪《しらが》の老婆に笑顔で近付いていった。その後に、古河が続く。

「おばあちゃん、少しお訊《き》きしたいことがあるのですが」

「はいはい」と、老婆も笑顔を返した。八十半ばを過ぎているだろうか。

「あの台地の一軒家なんですけど……」

と、後藤は指差して、先を続けた。

「前濱さんという人の家でしょうかね」

「ああ、あれね。そう、前濱さん。でも、今は誰もおらんよ」

老婆は台地の上を見ようともせずに答えた。にこやかに。

「え？　誰もいないというと……」

「アキさんが亡《の》うなって、もう丸四年になるかね。息子はいつ帰ってくるのか、と待ちわびてたのにね。可哀そうに」

「息子？」

「健夫ちゃん。アキさんの一人息子でな。二十歳《はたち》の頃に、東京で一旗上げたる、言《ゆ》うて家を出たきり、何の音信も無《の》うて」

「それはまた……」

「あ、年賀状だけは、あったとかアキさん言うてたわ。自分の住んでる住所番地も書かんと、仕様《しよう》の無い子や、とブツブツこぼしてた」

「アキさんというのは、健夫さんのお母さんですね」

「そうや。癌《がん》で苦しんで苦しんでなあ」

「そうでしたか」

「あんた、国民年金の調査の人でっか？」

「ええ。年金の支給漏れや保険料の支払い漏れがないようにと、こうして毎日、頑張って調べさせて貰っています」

「大変でんな」

「あのう。おばあちゃん家《ち》に、健夫さんの写真、ないですかね」

「うちへ、よう遊びに来てたから、高校生の頃のやったら、何枚でもあるけんど」

「すみませんが、一枚、見せて戴けませんか。決して、ご迷惑はお掛け致しません」

「はいはい。いま見てきましょ。待ってなはれ」

家の中へ戻った老婆であったが、後藤と古河が思わず驚くほど早く出て来た。しかも、彼女の手には、数枚の写真があった。

「これで宜しいか」と、老婆は屈託が無い笑顔で、後藤に写真を差し出した。相変わらず、台地の上へは視線を向けようともしない。

「拝見します」と後藤が受け取り、半歩後ろに控えていた古河が、後藤と肩を並べた。

二人は一枚目の写真を見た。いきなり、顔をアップで写した写真だった。

（違う、全く違う。似てもいない）

と、後藤は衝撃を受け、古河が思わず奥歯をカリッと噛み鳴らした。

「年金の仕事で役に立つんやったら、持ってっても構《かま》へんよってに」

「それでは、おばあちゃん。この顔が大きく写っているのを一枚、暫くお借りして宜しいでしょうか」

「へえ。どうぞ」

「それから、おばあちゃん。沖合に見えてる**二つの島**、何という島ですか」

「ああ、あれは峯の親島、峯の子島や」

「海上自衛隊の基地？」

「らしいけど、近付くのは禁じられてるから、誰もよう判らん」

「ふーん……」

後藤と古河は、二度三度と礼を述べて頭を下げ、老婆の前を離れた。

二人がクラウンを出す時にはもう、老婆は家の中へ引き返し、姿を消していた。

「古河、奴を尋問だ。場合によっては、所轄か県警へ連行して協力を仰ごう」

「それがいいですね」

「車は、そっと近付けろよ」

「任せて下さい」

クラウンは、漁師の家並の裏手の通りへ回り込み、車幅いっぱいの緩い登り道を静かに台地へと近付いていった。

台地の手前に小さな空地があって、そこから台地の上に向かって十五、六段のコンクリート階段がある。

空地へクラウンを尻から入れ、後藤と古河は車から降りて、きつい勾配のコンクリート階段を上がった。

腰高の灌木の中を、細い道が前濱家に向かって伸びている。

ここまで来ると、前濱家の傷《いた》みのひどさが、よく判った。潮風をまともに浴びるため、傷みの進行が尚のこと早いのであろうか。

「幸い、こちら向きの窓は、小さいのが二つだけだな。しかも曇りガラスだ」

「トイレと浴室の窓、といったところでしょうか」

「行くぞ」

二人は足早に歩き出した。足元のよく乾燥した赤土が、ほぼ完全に二人の足音を消した。

「俺は玄関から入る。君は裏側へ回れ。油断するなよ」

言いながら後藤は、スーツの胸ポケットからマッチ箱ほどの通信機を取り出し、スイッチを入れてイヤホーンを耳に押し込んだ。歩みは止めない。

古河も手早く、それを見習った。

「聞こえるか」

「鮮明です。雑音なし」

それで二人の歩みは一層早くなった。

それがこの台地形成上の特徴なのであろうか、小道は中《なか》ほどで塹壕様《ざんごうよう》に緩《ゆる》くしかし可《か》なり深く落ち込んでいた。

二人がその塹壕様の底に立つと、目指すあばら屋《や》は全く見えなくなり、それは二人を立ち止まらせ僅《わず》かな打ち合わせの時間を与えた。

「妙な窪《くぼ》地《ち》ですね。まるで塹壕みたいです」

「塹壕なものか。自然の地形だよ」

「奴の車は何処からこの台地へ入り込んだのでしょう」

「恐らく国道から、あばら屋に向かって目立たぬ一本道でも引き込まれているんだろう。古河、お前は塹壕に沿うかたちで右手に進んで、海側からあばら屋の裏手へ回り込め」

「了解」

「俺はこのまま塹壕の上にあがって小道を進む」

「気を付けて下さいよ。奴が玄関から出てきてバッタリ、という事もありましょうから」

「大丈夫だ」

「踏み込むのは表と裏から、同時ですね」

「ああ。ゴーサインを出したら一気に踏み込んでくれ」

二人は直進と右進行に分かれた。

分かれた直後、古河警部補は呟いた。

（拳銃を所持すべきだった……）と。

わが国警察官の「拳銃」は、その任務形態や地位などにより、幾つかに分かれてきた。

これまで国産の制服警察官用拳銃として知られてきた五発装塡《そうてん》のニューナンブM60回転式拳銃は、経年五十年近くになることもあって劣化が進み、二年ほど前から日米共同開発の新型回転式拳銃に替えられつつある。その名は「SAKURA」。外観だけを見れば、ニューナンブM60の2インチタイプとそれほどの差はない。ただ命中精度は相当に改善されていると推測される。

「自動拳銃」ではスイス製のP230JP及び米国製S&W・M3913が主流で、主に私服警察官、SP、機動隊、㊝担当などに配備されている。

凶悪な重大刑事事案と対峙する警察特殊部隊SATなどに対して配備されているのはドイツ製のMP5マシンガンの他に、圧倒的な射撃制圧機能を有する多弾装自動拳銃ベレッタM92FSバーテックである。

そして、これらの拳銃の配備採否は、主として警察庁長官官房装備開発室（装備室）によって、実射テストなど厳格な手続を経て決定されてきた。

後藤、古河の両公安刑事に貸与されているのは、但し右に述べた種類の中にはなかった。英国の公安捜査関係者に配備されていると伝えられる、米国キンバー社製の自動拳銃SIスカスタムRLセミオートマチック・ピストルである。二〇〇二年にロサンゼルス市警SWAT《スワット》に、また二〇〇五年に同市警・特別捜査部（Special Investigation Section）の私服刑事用に制式として採用されたこの自動拳銃は、緊急射撃の際にスーツに引っ掛かる事を防ぐ目的で全てのコーナー部分が丸みを帯びていた。酷使に長く耐えられるよう素材・構造の面でも高耐久であると言われている。

その優れた自動拳銃を今日、二人は所持していなかった。とりわけ後藤夏彦警部は、拳銃の任務時所持を好まない性格には似合わず、全国警察官射撃大会では、たびたび五指に数えられる好成績を残しているというのに。

後藤は、あばら屋の玄関引戸《ひきど》脇に辿《たど》り着いた。ささくれ立った板壁にもたれるようにして、彼は辺りを見まわした。落ち着いている自分を、彼は感じた。

矢張り、あばら屋の前から国道方面へ、未舗装のでこぼこ道が、やや右へカーブするかたちで伸びている。道の左側は少し先から傷み、ひどい傾き加減の板塀が国道方面へ向かって続いており、その塀の中から空に向かって細長い煙突が二本突き上がっていた。

煙突には「唐澤《からさわ》ひもの生産所」と白いペンキで書かれている。だが休みなのか倒産したのか操業している雰囲気は伝わってこない。シンとしている。

でこぼこ道の右側は、灌木と雑草に覆われた荒れた土地の広がりだった。

「裏手に着きました。家の中は見えませんが、静かです」

古河の囁き声が、後藤のイヤホーンを伝わってきた。

「了解」と小声で応じた後藤は、腕時計を見て分針の位置を古河に伝えた。

「こちらと合っています」

「針先が次の分位置を指した時に、ゴーサインを出す」

「判りました」

部下との短い交信を済ませた後藤はこのとき、ふっと嫌な予感に襲われた。

（一体どうした。この重苦しい予感は……）と、彼は左の腋へ右手を触れた。

そこには、このような場合に所持しても決して〝不自然とはならない〟カスタムＲＬセミオートマチック・ピストルは無かった。

腕時計を見ながら彼は、（古河だけでも所持させるべきだったか……）とようやく後悔した。けれども果たすべき任務は、もう目の前に迫っている。

分針が、ゴーサインの位置を指した。

「踏み込め」と、古河に指示を発し、彼は玄関引戸に手をかけた。

渾身の力で、引いた。だが、開《あ》かない。

慌てた後藤は、もう一度、引いた。が、引戸は少し形を歪《ゆが》めるだけで矢張り開《あ》かない。

半ばガタのきている引戸が、敷居から外れて何かを噛《か》んでいると察した後藤は、玄関引戸から素早く二、三歩退がって右肩を下げた。

このとき、裏手でパーン、パーンと二度、炒《い》り豆が弾《はじ》けるような乾《かわ》いた音がした。

さほど大きくはないその音に、後藤は「古河っ」と叫びざま右肩から引戸にぶつかっていった。

曇りガラスの嵌《は》まった二枚の引戸が、ガラスを粉微塵《こなみじん》にして、内側に倒れる。

後藤は引戸と一緒に横転しながら、室内にいる三人の姿を認めた。

一人は前濱健夫。あとの二人は見知らぬ三十前後に見える女と男。

女の手には回転式拳銃があり、男の手には望遠鏡があった。

女が銃口を後藤に向けた。

「古河っ、大丈夫か……古河ぁっ」

叫びながら立ち上がった後藤に、女は全く表情の変化を見せず引金を絞った。炒《い》り豆が弾けるような音が再び二度、あばら屋に響いた。

第六章

一

かの鎖国国家——第一制限区画・第七特別棟集中治療室。

そこに一つしかない総統専用の大きなベッド。

そのベッドを白衣を着てマスクをした男たち七人が取り囲んで患者を見つめ、その外側では更に幾人かのナースたちが万が一に備え直立不動であった。

男たち七人のうち二人は、名医エルウィン・アドル・イーストと彼を師と仰ぐ血管外科医リスーリだ。

ほかの五人は、**党中央委員会組織指導部第一副部長**、**行政部長**、**作戦部長**、**最高人民会議常任委員長**、**人民軍参謀総長**といった、この国の首脳たちである。

医師イーストは知っていた。彼ら五人の中で総統の側近中の側近と言われているのが組織指導部第一副部長と行政部長。権力ブレーンに位置付けされているのが作戦部長と最高人民会議常任委員長。そして総統も含め彼らに大きな政策決定の影響力を与えているのが人民軍参謀総長であることを。

「間《ま》もなく安静睡眠からお目覚めの筈《はず》です」

イーストが腕時計を見て言った。安静とは、術後の安静を意味しているのであろうか。その安静から目覚めさせる処置を少し前にした、とでも言うようなイーストの口振りだった。と、ベッドの上の患者が目を見開いた。すでに術後三日が過ぎていたが、しっかりとした目の開け方だった。

「お帰りなさい総統閣下。雲一つなく晴れわたった朝空の下《もと》へようこそ」

イーストは相好《そうごう》をくずして、最高権力者の肌色良くない顔を覗《のぞ》き込んだ。

「や、イースト先生……」

「気分はどうですか」

「良くも悪くもありませんが、手術は？」

「無事に終りました。術後三日が過ぎております」

「そんなに……ですか」

「はい。正直に申し上げて大手術でしたので、術後の二、三日は絶対安静のために、お眠り戴《いただ》いておりました。細心の注意を払いつつ」

「有り難うございます。で、私は治るのですか」

「治るのだ、という御気持を持って下さることが大切です。私も全力を尽くしますから」

「そうですね。そう致しましょう」

イーストは総統との会話を終えると、その、位置を譲るため体を二歩、横へずらせた。

その位置に進み出たのは、側近中の側近でも権力ブレーンでもなく、人民軍参謀総長であった。彼は目に、うっすらと涙を浮かべていた。

「手術の成功おめでとうございます閣下。心からお喜び申し上げます」

「参謀総長の顔を再び見ることが出来て、感慨無量だよ」

「閣下。本日のこの好《よ》い日を何かの記念日として定めることを、私に検討するよう命じて戴けないでしょうか」

「ははははっ。記念日か……」と、総統閣下は弱々しく笑って目を細めた。

「嬉しい事を言ってくれるね参謀総長は。いいだろう。検討しなさい」

「はい。閣下のために、国民が喜ぶいい記念日を考えてみます」

「うん。頼むな。それからイースト先生……」

総統閣下は視線を少し上げて、イーストを求めた。

イーストは「はい」と、元の位置に戻った。

「先生の右腕だった、ええと……」

「リスーリ君ですか？」

「そう。リスーリ先生に此処《ここ》に立って貰って下さい」

「私がリスーリですが」

イーストの半歩後ろで遠慮するかたちのリスーリ医師が、師と肩を並べた。

「や、リスーリ先生も今回は有り難うございました。マスクを取って私に顔をようく見せて下さい」

「マスクをですか」と、リスーリは視線を師へ向けた。

イーストが（仕方がない。いいだろう……）とでも言うような表情で、頷いてみせた。

集中治療室の中では、患者への感染防止のためにも、マスクは厳守事項である。

リスーリは、マスクを口の下あたりまで下げた。

「いい顔立ちをなさっておられる。さすがイースト先生が信頼するだけのことはある。名医としての風格が漂っています。お顔、よく覚えておきましょう」

「光栄です」

「さてと参謀総長……君と二人だけで五分ばかり仕事の話がしたいのだが」

「五分でございますか……イースト先生、どうでしょうか」

参謀総長は、やや心配気な表情をイーストへ向けた。

「五分程度なら大丈夫でしょう。但し、余り体の御負担になる重苦しい議題は、後日に回して下さった方が医師としては安心です」

「そうですか。判りました。重い話の方へ向かわぬよう、参謀総長として注意を払います」

「ええ。そうして下さい」

参謀総長を残して、首脳たちと医師・ナースたちは集中治療室の外に出た。

廊下に対して総ガラス張りに近いため、集中治療室の様子は、外へ出た者たちにも手に取るように見える。

「どこか痛いところとか、苦しいような症状はありませんか閣下」

参謀総長はそう言いつつパイプ椅子をベッドの枕元へ引き寄せ、「失礼いたします」と断わってから腰を下ろした。

「私は本当に大丈夫なのかね参謀総長。酸素吸入器も当てられていなければ、感染予防のためのカーテンで囲まれてもいないが」

「つい三、四時間前まで、そのような状態だったのです。イースト先生とリスーリ先生は、それはそれは一生懸命でした。我々が集中治療室に立ち入ることをイースト先生に許されましたのは、一時間ほど前のことでして」

「そうか。そうだったか。ところで私が安静睡眠に陥っている間、特別に変わった事態はなかったかね」

「ございません。党及び軍部首脳たちの閣下への忠誠と愛国の精神は一段と高まり、その結束力は今や最高潮に達しております」

「うん。結構なことだ。それで宜しい」

総統閣下は力ない声で言うと、目を閉じた。息苦しそうであった。眉間《みけん》に縦皺《たてじわ》を深く刻んでいる。

「イースト先生を呼びましょうか閣下」

「大丈夫だ。心配ない」

総統閣下は深く息を吸い込んで、目を見開いた。

「私は、この国を愛しているのだよ参謀総長。亡き父から……偉大なる亡き父から引き継いだこの国をな」

「私も閣下を心から敬《うやま》い、そしてこの国を強く愛しております」

「この国を愛するということは、この国を更に大きく育てあげる、という事だぞ」

「仰《おお》せの通りです。この国は更に大きくならなければなりません」

「アメリカ合衆国の動きはどうだ。ワシントンの政治家共の動きはどうだ。その後、と言ってもこの三、四日の間だが、何か変化はないか」

「いいえ、特に何も変わった動きはありません。金融不況や中東での戦争の真っ只中にあって、新大統領に間もなく就任予定の**カムラ・トリンプ**氏は、暫《しばら》くは内政に忙殺されるものと思われます」

「アメリカ史上、稀《まれ》に見る内向きの大統領だ。アメリカ合衆国も大きく変わってきたな」

「はい。変わってきました」

「油断するなよ。トリンプを絶対に日本や南（韓国）に靡《なび》かせてはならない」

「油断致しませんとも閣下。いずれにしましても、米政界の日本に対する関心は全く高くございません。トリンプ新大統領、そして国務長官に就いたトリンプの腹心共にアジアに於ける関心は、わが国や中国、インドなどに向けられております」

「いよいよ甘ちゃん国家日本を揺さぶる日が近付いてきたという訳《わけ》か」

「絶好のチャンスと申せましょう。日本では首相が短期間の内に辞任したり政権党の**裏金問題**や**政治家が怪《あや》しい宗教団体に洗脳**されて**心を売り渡している**など、今ガタガタ状態です。有能な指導者を欠いた無政府状態に近い様子を呈している、との確かな情報が在日組織から入ってきております。なんでも既に辞める日が決まっているとかの今の内閣総理大臣は水飴大臣とか党内で評され、すっかり信頼を失っていると申します」

「水飴大臣？……なんだね、それは？」

「**世界中**が非常に**困難な政局**や**深刻な経済不況**そして自然環境の悪化に直面しているというのに、日本の今の内閣総理大臣は水飴を日常的に手作りすることに殊《こと》の外《ほか》、熱心だとか」

「で、その味は？」

「大変に甘く美味だそうです。市販されている水飴など、とても足元には及ばないとか」

「驚いたな。日本の内閣総理大臣にそのような特技があったとは……が、その情報、われわれを油断させるためのガセネタではないのか」

「大丈夫です。在日組織から齎《もたら》された百パーセント確かな情報です」

「では、いよいよ実行のテンポを早めるか。われわれが旧日本軍によって如何《いか》に手荒く扱われ辱《はずか》しめられたか、その屈辱を今度は日本人に味わって貰う番だ」

「問題は在日米軍が、どう動くかです」

「いや。カムラ・トリンプ政権下では、日米安保条約は絶対に定められた通りには機能しない、と私は確信している」

「明らかな条約違反となっても、在日米軍は動かないでしょうか」

「動かない。いま日米の信頼関係は相当に危ないところにあると私は見ている。が、その事に日本政府首脳は恐らく気付いていないだろう。内閣総理大臣が水飴作りを夢中で楽しんでいるようではな」

言い終えてから、最高権力者は表情を歪めて、苦しそうに息を荒らげた。

「矢張りイースト先生を呼びましょう閣下」

「待て。まだ話は終っていない」

「ですが……」

「ま、聞きなさい。私は、このような体になってしまった。しかし、必ず治ってみせる。必ずな。だから尚のこと聞いて貰いたいんだ。イースト先生の姿は、ガラスの壁の向こうに見えるではないか参謀総長。何も心配ない」

「判りました。うろたえて申し訳ありません」

「慎重に練り上げてきた例の**対馬《つしま》計画**及び**和蔵半島計画**、**与那国《よなぐに》計画**を急テンポで進めなさい。これは命令だ。在日米軍を恐れることはない。彼らは信頼できない国日本のために動く事はない。絶対にな」

「はい。では具体的な実行に移ります」

「**潜伏させている対馬工作《こうさく》班の規模**に、その後、変化はないな」

「ありません。南（韓国）で市民権を得て長く潜伏する対日工作員一号、三号、七号を南の観光客に紛《まぎ》らせて、たびたび対馬へ渡らせ、自衛隊や警察、海上保安庁の状況を間断《かんだん》なく精査させておりますから」

「七号が南で養豚業者として成功してから、もう三年になるのだったかな」

「三年半になります」

「三年半か。**海上**自衛隊対馬基地の**隣接地三千坪**を彼に買収させた訳だが、もうひと頑張りして貰わなければならないぞ」

「対馬の**陸上**自衛隊基地の隣接地をも七号に買収させるお積もりですか」

「いけないか」

「海上自衛隊の対馬基地は手薄で戦闘能力は脆弱《ぜいじゃく》ですが、閣下も御存知のように陸自の対馬基地にはヤマネコと呼ばれている対馬警備隊が中隊規模で駐屯しており、これは少し厄介な相手になるかも知れません」

「では隣接地はやめ、陸自基地を至近に望める高台を放牧用と公言して五千坪ばかり七号に買収させなさい。気前よく現金でな。札束で土地所有者の横っ面を張り飛ばしてやればよい。日本人の愛国心なんぞ、吹っ飛んでしまうよ」

「今の日本人はカネに弱く愛国心など殆ど無いと七号は南から暗号通信をくれましたが」

「日本の紙幣など、我々の手で幾らでも刷れる。かつては贋札《にせさつ》と騒がれたものだが、フランス、ロシアの最新鋭印刷機を導入した我々は、今や贋札ではなくほぼ真正《しんせい》の紙幣をつくれるようになってきた」

「日本政府は、自国で発行した紙幣の量を遥《はる》かに超える、大量の真正贋札《しんせいにせさつ》が国内外に出回っていることに、まだ気付いていないようです」

「気付くものか。ほとんど真正に近い紙幣なんだからな」

「これ以上の会話は、お体によくありません。そろそろイースト先生を呼ばせて下さい。対馬・和蔵・与那国計画は必ず急ぎますので」

「うむ……少し呼吸が……苦しい」

総統閣下の顔が歪んだ。大きく息を吸い込んでいる。

「しっかりなさって下さい閣下。直《す》ぐに先生に来て戴きます」

参謀総長は、身を翻《ひるがえ》すようにしてパイプ椅子から立ち上がった。

二

集中治療室に近い会議室。

その会議室へ参謀総長ほか党・軍の権力者たち二十数人が急遽《きゅうきょ》、集まった。

正面の壁には、日本の大地図が掛けられており、その三か所が赤丸印で囲まれている。

その三か所とは、**沖縄県与那国島《よなぐに》**、**長崎県対馬《つしま》**、そして**新日本重工業三奈月造船所が在《あ》る和蔵《わくら》半島**であった。

大地図を背にして、右手にタクトを持ち立っているのは勿論《もちろん》、人民軍参謀総長である。

その表情は、心做《な》しか暗かった。

「……ま、そういう訳で、総統閣下の病状は、イースト先生の尽力で手術に成功し予断を許さぬ状態から脱却した、と私は見ました」

「参謀総長。イースト先生やそのスタッフの口から、総統閣下が大手術を受けたことが、諸国に漏れはしないだろうか」

最高人民会議常任委員長が、不安そうに言った。が、口調の不安さの割には、顔つきは参謀総長ほど暗くはない。

「大丈夫。大丈夫です。心配ない。イースト先生とそのスタッフには、充分なカネを手渡し、ついでにきつい脅し文句も付け加えておきましたから。彼等は間違いなく、手術をしたことは口にしない。絶対に」

「それならいいが」

「総統閣下は三つの計画を急ぐよう、ベッドの上で私に指示されました。とりわけ**対馬《つしま》計画**と**和蔵《わくら》半島計画**は優先させよと」

「うむ。与那国計画は、対馬・和蔵半島計画を終了させてからでも間に合う、と私も考えておったよ」

総統閣下とは血縁関係にある党中央委員会行政部長が言った。閣下の側近中の側近と周囲からも、外国の諸機関からも言われ認められてきた彼である。総統閣下の病状が最悪を脱したと聞かされた彼の表情にも、参謀総長に似た暗さがあった。が、閣下の病状を本心から心配している息苦しさは、その暗い表情からはうかがえない。

「で、イースト先生と同時に来て貰った、中国の国家海洋局長と参謀総長との交渉は、完全に上手《うま》くいったのだね」

人民軍総政治局常務副局長が、鋭い視線を参謀総長に突きつけた。総統閣下の権力ブレーンとして、閣下が何処へ行く時にも常にピタリとそばに張り付いてきた実力者である。正義感が強く気性激しいことで、知られている人物だ。

「ええ、上手《うま》くいきました」

答えて参謀総長は体の向きを変え、タクトの先で大地図の東シナ海の一点を二、三度軽く叩いた。

そのタクトの先端が叩いた位置には、**日本固有の領土である尖閣《せんかく》諸島**があった。沖縄諸島の一つである与那国島からは、北方僅かに百五十キロしか離れていない。

北緯二十五度四十四分から二十五度五十六分の間に位置するこの尖閣諸島は、**民有島**である魚釣島《うおつりじま》、北小島《きたこじま》、南小島、久場《くば》島、そして**国有島**である大正《たいしょう》島の五島と、三つの岩礁から成っている。

五島はいずれも無人島だが、うち民有島の四島は、「領土国家管理」の観点から、政府が所有者から借上げ事実上の国家財産となっている。

これらの島への中国本土からの距離は約三百五十キロ、台湾本土からの距離は約百九十キロである。

参謀総長が、やや口調を強めて言った。

「今朝、帰途に就かれた中国の国家海洋局、恒穏《ホンウエンシー》士局長は、間もなく尖閣諸島の至近海域つまり日本の領海内外で、自国政府容認のもと頻繁に海洋調査、資源探査を繰り返すと確約してくれました。断固たる信念のもとに」

「面白い。怪しい宗教団体に脳味噌を売り渡している政治家揃《ぞろ》いの日本政府は、おろおろするだろうな。きっと何も出来ない」

聞いて人民軍総政治局常務副局長は、満足そうに目を細めた。

「恒穏士《ホンウェンシー》局長は、海上保安庁の巡視船の出方次第では、船体による体当たりや場合によっては発砲も辞さず、と言っておりました」

「中国の国家海洋局の船は、確か武装してましたな参謀総長」

「はい。二〇ミリ機関砲と十二・七ミリ単装機銃の備えはあると申されておりましたが」

「そうですか。それなら楽しみだ」

「日本政府なんぞがどのような出方を示そうが、中国の国家海洋局は、尖閣諸島は中国固有の領土であると、強い態度で示す行動を取ってくれる筈《はず》です。国家海洋局は元は中国海軍に所属する組織であっただけに、国家海洋局の尊大さと意思の強さは、たいしたものです。笑いたくなる程に」

参謀総長は小さく笑って言葉を続けた。

「慌てふためく日本政府の視線が尖閣諸島へ集中している間に、我々は一気に対馬と和蔵半島に対して行動を起こせばよい訳です。我々は国防戦略上、何としても対馬が欲しいです。一刻も早く対馬を実効支配したいですね。一刻も早く……」

「同感だよ。けれど、**中国の本心は日本全土を欲しがっている**。今回、国家海洋局が二つ返事で側面協力してくれる事にはなったが、決して油断はできんぞ参謀総長。**中国は内心は南**（韓国）**の属国化も狙っている**と見ていい。だが南は我々が奪《と》らねばならない」

総統閣下の側近の一人である党中央委員会組織指導部第一副部長が、幾分顔を赤らめ怒ったような口調で言った。頭の切れる戦略家として知られている人物であったが、七十を過ぎた高齢ということもあってこの四、五年は高血圧に悩まされている。軍の信望極めて厚い人物であり、「孫子の兵法の研究者」としても総統閣下に大層気に入られていた。

第一副部長の言葉に、参謀総長は深々と頷いた。

「わが友好国であるとはいえ、中国は大利を取り小利は捨てるという、したたかな計算を常に弾いていますから、第一副部長が仰《おっしゃ》るように油断は出来ません。しかし、北京オリンピック開催以降の中国は国家総体としての国際的評価、国際的認知度が飛躍的にアップしたことがブレーキとなって、余り大きな無茶は出来ない立場に立たされてもいます。わが国が思い切った行動を起こすには、今がチャンスでしょう」

「その通りだ参謀総長。南（韓国）政府も実は**対馬を欲しがっている**気配があるが、南で市民権を得て事業を成功させている潜伏工作員一号、三号、七号の努力が実って、対馬の**海上**自衛隊基地周辺の土地三千坪の買収に我々は先手を打てた。次は、買収計画の第二段階を進めるか、軍による実力行使を優先させるかの選択・決定を急がねばならないな」

「それにしても**近頃の日本人はカネを見せれば、たいてい頷きますねえ。あきれるほど領土認識や愛国心が薄い**。本当にあきれるほど」

「政治が悪いのだよ政治が。だからこそ、引き千切《ちぎ》るようにして日本の国土を次々と奪っていくには、今が絶好のチャンスなんだ。小さな島国日本。そう遠くない内に無くなっとるよ。だから次の戦略の決定を急がねば」

「ええ、この二、三日中にでも」

「いま日本の**国軍**（陸・海・空自衛隊）は欠員だらけなんだろう、参謀総長」

「はい。**聖域なき構造改革**とか組織の機動性を軟弱化させる**働き方改革**とかいう奇妙に硬直的な政治信条が、しっかりと**経済産業や国防の重要さ**を忘れさせておるようです。陸・海・空軍は必要な予算を回して貰えず、したがって欠員どころか装備の面でも、たとえば戦闘機など古くなったF15戦闘機に改修に更に改修を加えて使用継続をはかっておるようです」

「それは、そう見せておるだけの、一種の戦術じゃないの？　F15は今でも**世界最強クラス**の優秀な戦闘機だ。それに**F35A**および**B**という、とんでもない**ステルス**戦闘機を導入し始めよった。決して油断はできない」

「確かに……。けれども今や日本国内には我々の同胞が多数入り込んでいます。陸・海・空自衛隊基地などの見学が決められている日なら厳格な身元調査なく殆どフリーパスであり、隊員の士気及び装備の傷み具合や古さなど、鍛え抜かれた対日潜伏工作員の目で容易にチェックできています。護衛艦や戦車、航空機に強力な爆薬をセットすることだって、現在の寛大すぎる見学管理システムなら余り難しくはありません」

「なんと驚いたなあ。それほど見学者の身元調査に寛容な見学管理システムなのか」

「ええ、そのようです。なにしろ日本の**公共放送局**が、中国人をスパイと気付かず放送スタッフに採用していた、と伝えられている程ですから」

「ふむう……我々の国では、とうてい考えられない。**驚くべき杜撰国家**《ずさんこっか》だなあ」

「日本は**過寛容**《かかんよう》**ウイルス症**あるいは**過寛大細菌症**に感染している国なんでしょうか。あるいは仕事の多様性や職種の複雑さを余り科学的に考慮していない**働き方改革**とかの**深刻な副作用**なのかも知れません。きっと**改革**の受け取り方を、**改楽**《かいらく》と誤って受け取っているのですよ。ごく最近、アメリカの中央情報局ＣＩＡが発表した国内総生産ＧＤＰに対する世界各国の国防支出は、ＣＩＡが調査対象とした百七十三か国中、日本は何と百四十九位です」

「なにっ。本当か……」

「間違いありません。一位はアメリカ・中国・ロシアの約四パーセント。二位はイギリス・フランス・南（韓国）の二・五パーセント……」

「待てっ。南は二位にまで伸《の》し上がっているのか」

「ええ。二〇〇〇年代の本格的空母三隻建造に向けても、南の軍は着々と体力をつけているようです。もっとも、南の空母建造計画には、アメリカが難色を示しているようですがね」

「南が経済的無理を覚悟で空母を持ってしまうと、日本海に於《お》けるパワーバランスは大きく塗り変えられてしまうな」

「でしょうね。日本など叩《たた》いてしまえ、という南のナショナリズムは恐らく更なる高まりを見せましょう。何かにつけてね」

「で、イギリス・フランス・南に続く三位は？」

「ドイツ、スウェーデンの一・五パーセント」

「で、過寛大細菌症とかに感染の日本は？」

「〇・八パーセント」

「な、なんと……それだと弱小国家どころか、零細《れいさい》国家ではないか」

「近隣に仮想敵国を持たない点で恵まれているオーストラリア、カナダ、オランダでさえも、日本よりは高い水準で真剣に国防というものを考えています」

「経済大国とか、おだてられてきた日本は一体、何にカネを使っておるのだ。まったく訳《わけ》の判らん国だな」

「少し前の在日同胞からの情報では、国家経営の借金八百兆円以上とかいう丸裸同然の日本でしたがね第一副部長。これが現政府の元でますます勢いよく増えているらしいのですよ、元気よくね。全く反省されていないのです。それどころか、ますます訳の判らない無駄が増えていると在日同胞は言っております。ですが、国防費については一気に急増させようとする強《したた》かな動きを見せ始めてもいます。これは恐らく確実化しましょう。つまり我々が見習わねばならない秀《すぐ》れた点とかを、多数持っている日本ではあるのです。わが国がたとえば新しい政治体制を整えようとする場合、貪欲《どんよく》に見習わねばならない点を日本は沢山持っております」

「うむ、なるほど……だからこそ日本から力で奪い取れるものは、容赦なく奪う」

「その通りです。日本民族を根絶やしにしても容赦なく奪うのです。我々に対する日本の過去の過《あやま》ちの代償は、我々の手で三倍四倍にして取り戻さねばなりません」

「参謀総長、日本には六千八百五十二島もの島々があるのだったな」

「はい。ただ**日本政府は何かにつけ伝統的に杜撰《ずさん》**ですから、政府による離島管理も極めて杜撰《ずさん》で、スキだらけです。小さくてもいいから国家の明確な建造物を何か一つ島内に設ければ実効支配の証《あかし》となるのに、多くの島とくに無人島にはそれが殆どありません」

「国を牽引《けんいん》すべき内閣総理大臣や諸大臣が能力が無いとかで目まぐるしくコロコロ変わるから、国家運営の長期戦略が立てられんのだよ。困った事に本当に有能な大臣は少ないらしい。ただ、金《かね》を貪《むさぼ》り食うことには**我を忘れる程に熱心**なんだな、日本の政治家は……**金銭夢中病**とでも言うのかのう。だからあの国を実質的に動かしているのは頭はいいが世間知らずな官僚とかいう人物たちだろ。だが日本の官僚は優れて微分積分《びぶんせきぶん》は出来るが、幾何《きか》は出来ないと聞いている。官僚なんぞに真の国防とか愛国の精神など判りっこないよ」

「なるほど。幾何《きか》とは、第一副部長はうまいことを仰《おっしゃ》います」

「だがね参謀総長。専守防衛主義の日本が、ある事に気付いたら、我々は手も足も出なくなりますぞ。南（韓国）はもちろん、中国といえども易易《やすやす》とは領海領空侵犯など出来なくなるだろ」

「え？」

参謀総長は怪訝《けげん》な目で第一副部長を見返し、皆の間にも小さなざわめきが生じた。

「どういう意味でしょうか。第一副部長」

「判らないのですか参謀総長。**日本という国は地球一周の長さの約九十％にも相当する長大な海岸線を有している国家**だと言われている。これまで日本の政治家はこの空恐ろしい点に気付いていなかったか、目を向けてこなかった。要するにだ、この長大な海岸線の何処からでも侵略意思のある列強によって簡単に、それこそ**簡単に上陸される危険**があるという訳でしょうが」

「ええ、その通りです。日本という国家の**一大弱点**です。最大弱点ですとも」

「この長大な海岸線を持つ日本はね参謀総長、陸上に基地を有する超高速戦闘機や戦車などで国土の隅々まで守り切れるものではないのだ。〝点〟に対し反撃はできても、〝面〟はとうてい守り切れない。絶対に」

「あ……」

「気付いたようだね」

「それは、ひょっとして……」

「うん。その、ひょっとだよ。もしも日本政府が護衛艦に代わる本格的な中型空母を建造して、その空母に垂直離着陸ステルス戦闘機を積んで本格的に領海パトロールをし始めたら……」

「それは、まずい。我々の長期計画にとって非常に、まずいですよ第一副部長」

「日本海側の領海パトロールに空母が投じられたなら、日本の領土領海防衛の堅牢《けんろう》さは、護衛艦の比ではなくなる。陸上を基地とする高価な超音速戦闘機を多数揃えたり、せいぜいヘリコプターしか積めないイージス護衛艦を次々に建造するよりは、本格的中型空母を僅《わず》か三、四隻ばかり揃えるだけで、日本の国土防衛はもとより、領海防衛も艦隊防衛も大きく改善される筈だ。日本の優れた造艦技術が心底から本気を出せば秀《すぐ》れた中型空母の建造など簡単なものだ……そこのところに、国家防衛や領土領海領空意識の低かった日本の政治家や官僚達も、既に前向きに取り組んでいると考えた方がいいかもな……」

「昔から日本の伝統は海軍です。日露戦争時、ロシアのロジェストベンスキー司令長官指揮のバルチック艦隊を潰滅させたのも日本海軍です。太平洋戦争で敗北した日本は諸外国を刺激するのを恐れて、空母建造に踏み出せないでいたが、もはや既に持っていると考えた方がいいのではありませんか」

「うーん、どうかなあ。中型空母なら、艦載機STOVLを含めた戦闘航続距離など高《たか》が知れている。しかしだ、日本の長大な海岸線に沿っての領海や接続水域パトロールの任務にそれが投じられると、これの効果は絶大だ。たとえば我々は日本の領海内に一歩入ったところで、パトロール中の空母から飛び発ったステルス戦闘機による猛攻を浴びて、大打撃を受けることになるだろう。日本の戦闘機パイロットは極めて秀《すぐ》れていると言うぞ」

「う、うむ……それは確かに」

「参謀総長。現下の中国では、**前中央軍事副主席兼国防相の遅浩田先生の日本殲滅論《せんめつ》**が頭を持ち上げている。日本は現在《いま》こそが政治的経済的に最も軟弱だ。とくに中央政界の政治家どもに無能な者や臆病《おくびょう》な者、怪しい宗教に心を奪われている者が目立っている。国際的地位の低下も著しい。対馬に我々が手を広げるなら、今の時期しかないぞ。中国や南(韓国)に遅れをとる事があってはならない」

「では軍本体を直ちに総動員せよと?」

「いや。わが国には多数の兵士を一気に海を越えて運ぶ能力が、まだ充分に揃っていない。あったとしても今はそれを使う訳にはいかない。動かすとするなら特殊部隊の一部だ。ともかく買収計画か実力行使か、いずれを優先させるかの議論を急ごう」

「そうですね。在日米軍の動静が少し気にはなるが」

「なあに、在日米軍は動かんよ。絶対に動かん。確信的に動かんよ参謀総長」

「確信的にですか……むろん私も、そう思いたいのですがね」

「在日米軍は、そろりそろりと日本から手を引こうと考え始めているに違いない。間違いなく、アメリカの政界にも米軍上層部にも、その考えが濃くなりつつある」

「日本政府はそのことを読み切れていないのでしょうか」

「いやなに。日本民族自体がそのことを読み切れていないのだよ。大方の日本民族なんぞは、**平和という甘酒**がアメリカの後ろ盾によってもたらされた事を今や綺麗に忘れ去っている。邪魔にさえ感じ始めている」

「じゃあ、自分の国は自分の手足で守りなさい、とアメリカも言いたくなりますか」

「そういうこと。アメリカのアジア戦略の基地は、どうしても日本でなくてはならないという時代は、もう過ぎてしまったんだよ。うん、過ぎてしまった。間違いなくね」

「日本は自分の手足で、自国を守りきれますかね……もし空母を隠し持っていたとしても……」

「さあねえ……しかし日本民族の総体が国防の大切さ、長大な海岸線防衛の重要さに気付いて本気で立ち上がったら怖いぞ。こいつあ怖い」

「たしかに……」

参謀総長は厳しい表情を見せて頷くと、大きく息を吐いて天井を仰いだ。

「だが、アメリカに**全く頭が上がらない**かに見える日本の**政府能力**は余りにも弱過ぎる。

政治家個個の政治能力も弱過ぎる。激動する**世界政治の表舞台に立てる実力**を有していない者が多い。**語学力**、**見識**、**常識**、**品格**、**人格**、**風格**、そして思いのほか重要になってくる**身長**と**容姿**、これらのどれを取っても何故か日本の政治家は、**世界的表舞台**に立つと貧弱に見える。そうは感じないかね参謀総長」

「い、いやあ、確かにそうは思います。ですが何だか私のことを採点されているようで、ど、どうも……」

「ははっ……参謀総長は優秀だよ。自信を持ちなさい。参謀総長は我が国には不可欠な大物です。とくに今度の作戦遂行においてはね」

言い終えた党中央委員会組織指導部第一副部長の目が、冷たく光った。

そして、ひとこと、彼は厳しい表情で付け加えた。

「が……日本民族が**目覚めたら**怖いぞ。これほど**優秀な民族**はいないと思わねばならない。経済・産業・軍事・教育・社会改革などに関する**潜在能力**は飛び抜けている。その凄まじいばかりの優秀さに彼ら自身が気付いていない内に、日本民族を徹底的に叩くことだ。**存在0**《ゼロ》にしてしまわねば……」

「ええ、仰る通りです。**存在0**《ゼロ》に……」

そう応じて、胸の内で大きな溜息をつく参謀総長であった。もし作戦遂行に失敗したら俺の身の安全は、と考えて彼はゾッとなっていた。

第七章

一

三日後――日本・総理大臣官邸五階。

勢いつけてドアを開け、首相執務室に入った綿路史朗太《わたじしろうた》は、身長百六十センチそこそこの痩《や》せた体を〝総理の椅子〟に投げ出した。口をポカンと開け、黄色く汚れた歯を覗かせ二度、三度と体を揺らして大きく息を吸い込む。

頑丈につくられた執務椅子が軋《きし》んで、少しばかり回った。

彼は目を閉じ、眉間《みけん》に皺《しわ》を刻んで、ガクンと首を垂れると「あ……疲れた」と力なく呟《つぶや》いた。

実際、この場で床に横たわってしまいたいほど、彼は重く疲れ切っていた。

大混乱した慌《あわ》ただしい諸手続のなか、新総理の座に就いて、まる一日が過ぎている。ルール違反とも言えそうな、慌ただしい諸手続だった。

「貧乏籤《びんぼうくじ》を引いてしまった。一体何《なん》なんだ。この国の総理の地位というのは……」

呟いたあと、舌を打ち鳴らす綿路史朗太《わたじ》であった。「アー」も「スー」も言わせて貰えない内に、前総理や与党有力者たちに祭り上げられてしまった、と後悔している綿路《わたじ》新総理は、もう一度舌を打ち鳴らして閉じていた目を見開いた。

飲食の道楽が過ぎている六十九歳の綿路《わたじ》は歯が黄色く汚れ、肝臓が不健康な状態にあるせいか、両の目も薄黄色く濁っている。顔の肌色も浅黒く艶《つや》を欠いていた。

ただ若い頃から水泳に打ち込んできた事もあって、小柄ながら体格はがっしりとして見える。高校、大学では常に平泳ぎとバタフライの代表選手だった。中国語とロシア語は少し話せる。堪能《たんのう》に迄は遥かに遠いが。

「組閣は当分の間、現状のままで……」

前総理と与党有力者たちから、そう囁《ささや》かれてもいた綿路《わたじ》だった。

「まるでガタガタの日本を、この俺に押し付けよってからに」

呟きながら（久し振りに学友の声でも聞くか）と、執務デスクの上の電話に手を伸ばした時、ドアがノックされた。

綿路は電話を摑《つか》みかけた右手を引っ込め、「どうぞ」と応じながら（誰か来る予定になっていたかな？）と小さく首をひねった。

ドアが開いて秘書官が顔を覗《のぞ》かせた。

「本間《ほんま》長官がお見えです」

「お、そうだった。入って貰って下さい」

秘書官が一歩退がって、紺のスーツが似合っている長身の人物がにこやかに入ってきた。

彼の背後で、ドアが静かに閉まる。

「いかがですか。総理の椅子の座り心地は」

「悪いね。実に悪い。なんで私が総理にならなきゃあいかんのだ」

「ま、そう仰《おっしゃ》らずに、この国のために頑張って下さいよ」

「この国のためにねえ」

そう穏やかに遣《や》り取《と》りしながら、応接ソファに座って向き合う二人だった。

紺のスーツが似合うこの長身の人物は、内閣法制局長官・本間宏信《ひろのぶ》だった。

法案、政令案あるいは条約案などを立案もしくは審査して、内閣に上申したり各省大臣に意見具申したりする事を主たる任務としている内閣法制局は、東京・霞が関の中央合同庁舎四号館十一階にオフィスを置いている。警察庁、警視庁に程《ほど》近く、財務省に隣接しているこの内閣法制局の長官は、内閣によって任命される国家公務員法上の特別職であって、国会議員との兼職は認められていない。

「ところで総理。就任直後の忙しい中、コーヒーでも飲みに来ないか、と声を掛けて下さったのは嬉しいですが、誠の用は他《ほか》におありになるのではありませんか」

「あのな本間。その固苦しい言葉使いはやめてくれ。俺とお前は、大学の同期であり、しかも同じ学部だ」

「たしかに同窓の仲です。しかし今やあなたは、一国の最高指導者です。俺、お前、の仲を優先させるべきではありません。とくに、この総理執務室では」

「相変わらずの優等生だな。俺は心細いんだよ本間。一体何から、どう手を付けてよいのか、さっぱり判らん。頭の中が混乱しっぱなしだ」

「人材を上手に使うことです。日本の官僚は戦略的計算は下手《へた》ですが、戦術的計算には大変優れています。その特性を利用することに消極的であってはなりません。むろん私も、積極的に協力いたします」

「わが国の官僚が戦略的計算を苦手《にがて》とするなら、総理の俺がそれに優れていなけりゃあならん。けれど俺には戦略も戦術も、よう判らん。お前も知っているように、俺は学生時代から余り勉強しとらんからなあ。根性だけはあるけど」

「根性、おおいに結構ではありませんか。苦手な分野は人材を上手に使うことで埋めていけばよいのです。この部屋の椅子に座れば、学生時代の成績なんぞ関係ありませんよ。水泳の代表選手として立派な成績を残してこられたし、リーダーシップを発揮して水泳部員たちを見事に牽引《けんいん》してこられたのです。自信を持って下さい総理」

「うーん。政治と水泳とでは、まるで要領が違うからなあ」

「私の身近で得た情報を、一つお教え致しましょうか。それに対処すべく、就任最初の骨太なヒット策をぜひ打ち上げて下さいよ」

「情報？……何の？」

「私の家内の生家が、長崎県内で七、八店舗のスーパーマーケットを経営していることは御存知ですよね」

「知ってる。平戸《ひらど》市に住む一番下の弟さんは、長く無所属の市会議員をやってもいるんだったよな」

「ええ。平戸市内で実質的に二店舗を任されているその義弟が一昨日、久し振りに世田谷《せたがや》の自宅を訪れましてね。対馬が大変なことになっている、と言うのですよ」

「大変なことって？」

「対馬の海上自衛隊の基地に接する敷地三千坪が、素姓が鮮明でない韓国資本に買い占められているそうです」

「合法的な手続を踏んで、だろ」

「もちろん、そうですが」

「じゃあ何の問題も無いじゃない。日本資本だってアメリカをはじめとする諸外国の建物や土地を買っているんだから」

「アメリカなどでは**国防や治安重要施設の隣接地**などは、誰であろうと易易《やすやす》とは**買えません。厳しい制限**が加えられています。**当たり前のこと**ですが」

「で、対馬の韓国資本に買い占められた海自基地に接する三千坪はいま何に使われているの?」

「観光宿泊施設がすでに韓国資本で建設され、びっくりするほど大勢の韓国人観光客が訪れています。しかも、対馬は韓国領である、という声が彼らの間で真剣に湧き起こりつつあります。これ、問題になっていきますよ」

「そんな馬鹿なあ。神経質になり過ぎだよ。風光明媚《めいび》な対馬に韓国から観光客が訪れるというのは、平和的で宜《よろ》しいじゃないの」

「私が申し上げたいのはね総理。**一事が万事**だ、ということですよ。**日本固有の領土である竹島**を御覧なさい。長く**韓国に実効支配**され、**わが国は手も足も出ない**じゃありませんか。もう、あの島は二度と日本に戻ってきませんよ」

「今さらその事を、総理に就任したばかりの私に突きつけられてもなあ。竹島の問題は本間君、私の責任じゃないよ。これまで総理の座に就いてきた歴代の人達の責任じゃないか。私に対し、むつかしい事を持ち出してくれるなよ」

「私は歴代総理の責任論を申し上げているのではありません。国政のトップ・リーダーというのは常に……」

本間がそこまで言った時、総理の執務デスクの上で不意に電話がけたたましく鳴った。けたたましく、二人にはそう聞こえた。

だが、綿路が腰を上げなかったので、本間は言葉を続けた。

「ま、対馬対策については御任せ致しましょう。いずれ**国内の重要治安施設周辺の土地建物売買制限に関する法案の必要性**が浮上するでしょう。その時は私の出番です」

「う、うむ……」

綿路が顔を顰《しか》め、鳴っていた電話が静かになった。

「もう一つ二つ喋《しゃべ》らせて戴《いただ》けませんか」

「構わんよ。どうぞ……」

「日本の国土面積よりも広大なオーストラリアの大穀倉《こくそう》地帯が、地球温暖化による旱魃《かんばつ》で潰滅的打撃を受けていることは御存知ですよね」

「チラリとは耳にしている」

「チラリと……」と、本間は一瞬、あきれたような表情をつくった。チラリと、どころではない重大問題なのだ。

だが本間は、直《す》ぐに気を取り直しやや早口で続けた。

「大地はカラカラに罅割《ひびわ》れ樹木は枯死するなど、一粒の小麦も収穫できない凄《すさ》まじい状態が続いていています。そのため離農する者が跡《あと》を絶たず、またカンガルーやコアラなど野生動物の数もその地域では激減しております。この事実、**平和に酔う日本人**はほとんど知りませんよ」

「ふーん。深刻だな」

と言って、小さなアクビを放った新総理であった。

「深刻どころではありません。オーストラリア政府が日本への小麦輸出にストップを掛けるのは、そう遠くないでしょう。自国の食糧確保を優先しなければなりませんからね」

「山火事も続発しているらしいね」

「はい。大地も空気も乾燥し切っていますからね。すでに二百万ヘクタールが潰滅したという報告が在オーストラリア日本人から私のところへ入っています」

「二百万ヘクタールというと……」

「二億平方メートルです」

「うへえ……」

「わが国は**食糧の自給率**を急ぎ高めねばなりません。下手をすると、平成の大飢饉《ききん》に見舞われる恐れがありますよ」

「日本の食糧自給率は三十パーセント台だからなあ」

「強力な手を打って下さい総理。あなたはリーダーシップに優れていらっしゃる。自信を持って、この国を引っ張って行って下さい。道州制の導入がどうの、道路の増設がどうの、野党の誰彼対策がどうの、といったような事は、いま急ぐべき優先課題ではありません」

「わかった。考えてみる。余り自信ないけどな」

「あと、もう一つ大事な問題。中国が領土領海保全強化を目的として本格的空母建造に向けて極めて具体的に動き出したという情報、耳に入っていますか？……実は私は、既に**中国は二、三隻の空母を隠《かく》し持《も》っている**のでは、と疑っております。ま、日本も既に空母二隻をそっと持ってはいますが……。総理は中国の空母情報を既に存知？」

「いや、まだ……」

「防衛省から急ぎ、これらについての詳しい情報を持ってこさせることです。その建造空母には六十機から七十機のロシア製艦載機〝スホーイ33〟を積むらしいですよ」

「艦載機のパイロットの訓練は？」

「海外同志国の基地で、すでに開始されていると伝えられています」

「確かに、これも大きな問題だな。俺なりに真剣に考えてみよう」

「中国が言う領土領海保全強化には、我々が警戒すべき大きな意味を含んでいると考えて下さい」

「うん。覇権《はけん》主義の拡大だな。微笑《ほほえ》みを表看板としてのな」

　綿路がそう言って口元を歪めたとき、また電話が鳴り、潮時と判断したのか本間は即座に腰を上げた。

「コーヒーは、またの機会に戴きますよ総理」

「そうか。すまないな」と綿路も立ち上がり、右手を差し出した。

センターテーブルをはさんで、二人は握手を交わした。

「また色々と聞かせてくれ本間。俺、頭の中が混乱しっ放しなんだ」

「力になります。困った時は遠慮なく電話して下さい」

「ありがとう」

二人は握手を解き、綿路は鳴り続ける電話に向かって、本間はドアに向かってゆっくりと歩き出した。

綿路が受話器を取り上げて耳に当て、本間が静かに総理執務室から出ていく。

「綿路です」と電話の相手に名乗って、凝《こ》った首を左右に小さく振る新総理だった。そしてまた小さなアクビ。

秘書官の幾分急《せ》き込んだ声が、綿路の耳に飛び込んできた。

「予定外の方《かた》が、至急お目にかかりたいと訪ねて来られました。ご都合確認の電話を入れなかった事を、大変恐縮していらっしゃいますが」

「どなたが？」

「駐日アメリカ大使及び横田の在日米軍司令官の御二人です。防衛大臣が御一緒です」

「なにっ……判りました。直ぐに此処《ここ》へ通して下さい」

「はい。それでは」

秘書官が先に電話を切り、綿路は受話器を手にしたまま不吉な予感が背中に張り付くのを感じた。

二

その日、午後十一時、峯の親島。

海上自衛隊・自衛艦隊司令部（横須賀）直属の対テロ・ゲリラ特殊警備隊（特警）統括《とうかつ》指揮官、和蔵芳弘一等海尉（海軍大尉相当）は、自分に与えられている士官室で一冊の分厚い非売文献に目を通していた。この非売文献の編纂《へんさん》には、CIA及び英国情報部が深く関係している。

本のタイトルは「中国の軍事力・向こう十年の予測」。刊行は二〇二三年一月八日。

こういった文献に心を鎮めて目を通すことが、真に日本が置かれている立場について正確に分析できる、と確信している和蔵一尉だった。いたずらに感情的にならず、また情実に支配されず、にである。

「日本国民は、正義と秩序《ちつじょ》を基調とする国際平和を誠実に希求《ききゅう》し、国権の発動たる戦争と、武力による威嚇《いかく》又は武力の行使は、国際紛争を解決する手段としては、永久にこれを放棄《ほうき》する」

「前項の目的を達するため、陸海空軍その他の戦力は、これを保持《ほじ》しない。国の交戦権は、これを認めない」

国家の生存権に大きく関《かか》わってくる日本国憲法第九条。それが筆で見事なほど達筆に大書され、それを収めた額《がく》が彼の机の前の壁に掛けられていた。和蔵一尉自身の筆によるものである。

「国際情勢を常に地球規模で研究せよ。同時に日本国憲法第九条を心静かに研究せよ。背を向けてはならぬ。タブー視してはならぬ。畏縮《いしゅく》してはならぬ。堂々と向き合ってよし」

防大（防衛大学校）恩師の、それが揺るぎない厳しい教えであった。

和蔵一尉は非売文献を閉じ、が、思い直したようにまた開いてから、小さな溜息を吐《つ》いた。開かれている頁《ページ》には、「中国、複数空母建造に同時着手。完成間近《まぢか》」の章タイトルがあった。完成間近？ ではなく、**完成間近**、と断定している。

彼は、その頁を指先でトントンと軽く突つき、椅子から立ち上がってゆっくりと窓際へ行った。

カーテンを引くと、暗い海の広がりがあった。日本海を挟んだその遥か先には韓国、北朝鮮、中国、ロシアがある。それらの国家のいずれもが、日本を「真の友好国」と思っていない事は明らかだった。和蔵一尉は、そう確信し、過去の歴史の苦《にが》さを噛《か》みしめてきた。

そしてその苦《にが》さを、甘受するしかない、とも思ってきた。

だが和蔵は、甘受は卑屈《ひくつ》になることに非《あら》ず、という凛《りん》たる考えを失ったことがない。

「中国空母か……複数完成だと厄介だな、こいつは」

彼はもう一度溜息を吐き、カーテンを閉じて机の前に戻った。

けれども椅子には腰を下ろさず、立ったままの姿勢で、じっと開かれた頁を見つめた。

『中国が二〇二三年度末完成を目指し、六万トン級の複数空母建造に着手。建造隻数は三隻から五隻と推定。建造地は**上海・長興島**で、すでにロシア海軍の技術者二十三名が技術的支援目的で長期に亘《わた》り入国。空母艦載機はロシア製スホーイ33型を主力とし、一隻におよそ七十機前後を搭載。大規模な空母基地が海南島《かいなんとう》潜水艦基地そばに秘密裏に建設完了。優秀な艦載機パイロット候補百七十八名の選抜もすでに終え、海外同志国の空軍基地に於ける地上模擬艦上施設での離発着訓練を開始。日本海、東シナ海及び南シナ海での戦略的優位性を一気に高め、「大国として戦わずして相手を圧倒・屈服させるべく領土領海保全拡充策を一層強化する」（中国海軍筋表明）など国際社会に於ける軍事的外交的プレゼンスの高揚を狙っている。日本の諸島管理に重大な影響を与える可能性が高い』

和蔵一尉は何度目かを読み終えて、「大国かあ……」と呟き、今度は後ろの壁に掛けてある大世界地図の前に立った。

彼の右手の人差し指の先が、日本海、東シナ海、南シナ海と順に押さえ、最後に海南島を押さえて大地図から離れた。

「尖閣《せんかく》諸島が危ないな……まぎれもなく危ない。いや、宮古《みやこ》、石垣《いしがき》、西表《いりおもて》、与那国などの先島《さきしま》諸島も下手をすると危ないかも」

和蔵は呟いて、下唇を噛みしめた。

（中国の空母建造情報は、統合幕僚長、防衛大臣を通じて、全閣僚に正しく伝達されているのだろうな。いや、野党の党首たちにも、知って貰っておく必要がある。日本の存亡について、全政治家に責任を負って貰うためにも……）

和蔵がそう思った時、誰かがドアをノックした。

「どうぞ……」と和蔵一尉は応じながら振り返った。

ドアを開けて入ってきた相手を見て、和蔵は威儀を正して軽く綺麗に頭を下げた。

特警隊長・西尾要介一等海佐（海軍大佐相当）であった。

「どうした。暗い表情だな」

「はあ。隊長から頂戴しました非売文献を読んでおりますと、どうも……」

「さすがの和蔵も気が重くなってきたか」

「私は本当に、この日本という国の近い将来が心配です。**与野党**の政治家たちは、わが国の領土領海領空の安全対策に強い関心や深い理解を抱いてくれているのでしょうか。とても真面目に研究してくれているとは思えません……」

「日本の政治は深刻に病《や》んでいる、と言いたい顔つきだな」

「必要不可欠な範囲レベルの国防費にさえ難色を示し続け、今や陸海空とも隊員は著しく不足し装備の〈旧式化〉にも一部を除き拍車《はくしゃ》がかかっています。**部品の調達さえ、ままなりません**。とくに海洋国家である我が国の海上自衛隊は、シーコントロールの要《かなめ》ではありませんか。その海上自衛隊の重武装の艦船数がまるで不足……」

「もう止《よ》せ。中国が複数の空母の建造に着手して完成間近いし、また韓国も海洋統制型空母の導入で中国に続こうとしている。日頃よりシーコントロールを熱心に研究してきた和蔵の心配は、よう判るよ。だが、政治家を選ぶのは国民だ。**国民が今の政治家を選んだのだ**。我々はその政治家の下《もと》で任務を遂行《すいこう》していく役目を負っている。怒りと失望を抑《おさ》えて今は我慢せい、和蔵一尉。今にきっと、百年に一度というような素晴らしくビッグな内閣総理大臣が必ず現われてくれるさ」

「は、はあ……ビッグな内閣総理大臣ですか……」

「日本という国にはな和蔵。様々な事業分野へ膿《うみ》のごとく垂《た》れ込んだ〝天下り法人〟が四千六百もあり、天下り人数は三万人近くにまで達している。そして、これに垂れ流れている財政支出が約十三兆円」

「なんと……十三兆円もですか。せめて、それの半分でも〝国防理解〟へ回してくれれば……」

「そうだな。でも、これが日本の現実なんだ。その天下り世界では〝官僚体質〟が恵まれた待遇で〝我が世の春〟を謳歌《おうか》している。世の中には大勢の**生活弱者**が溢《あふ》れているのにな。衣食住に、こと欠いている大勢の**生活弱者**が」

「う、うむ……」

和蔵は、悲し気な表情をつくって下唇を強く嚙みしめた。目だけが鋭く光っていた。

「そういった異常な天下り構造を、革命的に解決できない昨今の政治家に、国防についての研究を求めても無駄だよ。出来っこない。国民と領土領海領空は我々が我々の力の範囲で体を張って守るしかない。その事でたとえ全部隊が全滅しようともな……」

「隊長……」

「誇りを失うなよ和蔵。国民あっての我々だ。国民を大事と思い可愛いと思うのだ。その国民の盾となって守るのが我々だ。決して誇りを失うな」

「はい」

「先程な。与那国島の上空へ、沖縄の第三〇二飛行隊に所属する、退役寸前のＦ４ＥＪがスクランブルを掛けたよ。金属疲労の機体にムチ打ってな」

「えっ」

「国籍不明の戦闘機三機が、島の上空二百メートルを南から北へ猛烈な速度で飛び抜けたそうだ」

「この真夜中に高度二百メートルですか……まるで挑戦的な低空飛行じゃないですか」

「この与那国島も、今に大きな問題になってくるぞ和蔵一尉」

そう言いながら、西尾一等海佐は右手人差し指の先で地図上の与那国島を軽く撫《な》でた。

上司の言った意味の深さを、もちろん理解できている和蔵は「ええ、なってきましょうね」と暗い顔で応じ、与那国島をじっと見つめた。

信じられない事だが、与那国島の西側三分の二は台湾の防空識別圏に入っており、東側の三分の一が日本の防空識別圏である。厳密な言い方をすれば、日本固有の領土である与那国島は、その領空の三分の二を「防空識別圏」という防空戦略上重要な言葉によって、台湾に占領されてしまっているのだ。

これは、太平洋戦争（第二次世界大戦）の勝者である**アメリカ軍**が、沖縄占領の際に〝**占領管轄線**〟を与那国島の頭上、**東経百二十三度で線引きした事に起因**している。実に、おおざっぱな線引きだった。

これらの事から、一九七二年五月十五日に沖縄が米国から日本へ返還《へんかん》された時、台湾は「わが国の了解なく沖縄が勝手に日本へ手渡された」と米国に対し激しく抗議した。

与那国島の頭上に入り込んでいる台湾の防空識別圏は、そういった過去の歴史の苦《にが》い残影である。**つまり日本の政治家達**は令和の今日に至るまで、**この苦《にが》い問題の解決に**誰一人として**本腰を入れてこなかった**。

その結果、恐ろしい事態が足音を忍ばせて現在の日本に近付きつつあることに、日本の政治家達は気付いていない。あるいは気付かないふりの卑劣な態度を取っている。与党の政治家達も、野党の政治家達も。

その恐ろしい事態とは——強大な軍事力を有する中国の覇権《はけん》が、台湾を飲み込んだ時にヌウッと姿を現わすだろう。中国は尖閣《せんかく》諸島だけでなく、「台湾の防空識別圏に覆われた与那国島は我が中国の領土」を強く主張する事となる。**百パーセント間違いなく**。もし米中関係が著しく蜜月《みつげつ》時代に入っておれば、中国軍は日本に対し「戦わずして相手を屈服させる」(中国海軍筋表明)主義の威嚇《いかく》的行動に出て、与那国島の西側三分の二に上陸して軍事基地を建設する可能性がある。

その空恐ろしい可能性を、「そんな馬鹿なあ」と高笑いする政治家や官僚がもし永田町にいるとすれば(いや、いる)、彼らの頭の中には、「防空識別圏なんぞ国際法で何ら定義されていないじゃないか」程度の浅い考えしかないだろう。

そこのところに、日本の対外戦略上の決定的な「幼さ《おさな》」があると言える。どうしようもない「幼さ」が。

「ま、我々の苦労は、これからも続こう。現在の自衛隊装備の〈**実力**〉が、実は中国や韓国や北朝鮮より一段劣っているとしても、国民はその事実を知らないだろうし関心もないだろう。それでも我々は、国民あっての立場なんだ。それを忘れてくれるなよ和蔵。何度も言うが、国民は大事なんだ」

「忘れてはおりません」

「二時間後に出動する」

「え」

「和蔵半島沖合での警戒命令が横須賀の艦隊司令部から出た。隊員の出動準備を頼む」

「判りました」

「半島沖に着いたら、和蔵は高速艇に移乗して一度、自宅へ戻ってくれるか」

「自宅へ？」

「和蔵島へ無断で上陸したという不審者が、どうも気になる。自宅の安全を確認してみてくれ」

「有り難うございます。今回の警戒出動は、それに関係してでしょうか」

「偵察衛星の情報や、その他さまざまな情報が絡んでのことだ」

「いま三奈月造船所で何が建造されているのか、隊長の耳に入っているのですか」

「三日前に艦隊司令部から**『でかいのが建造されている』**との報告が入っているが、この情報はまだ私の段階で止《とど》めるよう厳命されている。暫《しばら》く我慢してくれ」

「了解しました」

西尾一等海佐は和蔵の肩を軽く叩《たた》くと、部屋から出ていった。

和蔵は腕時計を見ながら執務デスクの前まで引き返し、机の上の赤い釦《ぼたん》を押した。

招集ブザーが特警隊員の隊舎に鳴り響いている筈であった。何らかの事故、たとえば電気・通信回線への落雷などがあって不通に陥った場合、赤い釦《ぼたん》はピッピッという音を発して点滅するようになっている。

和蔵は窓際《まどぎわ》の更衣《こうい》ロッカーを開けて、ダークブルーの戦闘服に手早く着替えた。

そして、もう一度執務デスクと向き合うかたちで立ち、窓の上の壁を見上げた。椅子に座ったときに頭上に当たるそこ。

そこに朱刷りされた「自衛官五つの心構え」が、額に入れて掛けられていた。
一、使命の自覚
一、個人の充実
一、責任の遂行
一、規律の厳守
一、団結の強化
和蔵一等海尉は、それに向かって静かに挙手をした。力みは全く見られない、穏やかな挙手であった。

「行ってくる」

彼は、そう言い残すと、執務室を後にした。出動する際の、それが和蔵の習慣だった。

五階建の本部棟玄関から出た彼は、立ち止まって夜空を仰いだ。満月と無数の星があった。

彼は「綺麗だなあ」と漏らしてから、本部棟後背の林の中にある武道館に向かって外灯の下を歩き出した。木立の間から武道館の明りがチラホラこぼれている。

と、彼は後ろから小走りに近付いてくる気配を感じて、振り返った。

副隊長、山城行夫二等海佐（海軍中佐相当）の姿を外灯の明りの下に認めた和蔵は、姿勢を正して軽く腰を折った。

「わが情報衛星がかの国で捉えた、中国人だがな和蔵」

彼はそこで言葉を切り、和蔵の前で足を止めた。急いで追ってきた証拠に、息を少し弾ませている。

「かの国で中国機から降り立ったあの人物のことですね」

「うむ。中国の国家海洋局、恒穏士《ホンウェンシー》局長と判明した。たった今、横須賀の艦隊司令部から報告が入ったんだ」

「国家海洋局と言えば、もと中国海軍に所属していた組織ではありませんか」

「しかも、恒穏士局長は強烈なタカ派で知られている。なかなか教養のある立派な人物らしいがな」

「そのような人物が、何の目的で、かの国へ政府専用機を用いて入国したのでしょうか」

「判らん。何かの前触れかも知れないな」

「肝に銘《めい》じておきます」

「そうしてくれ。河越卓也群司令のイージス艦は、出動三十分前に桟橋に着く。遺漏《いろう》なきように頼むぞ」

「了解」

踵《きびす》を返し足早に本部棟へ戻っていく上司の背に、和蔵はビシッと音立つ挙手を送った。

山城副隊長が本部棟の角を折れ見えなくなってから、和蔵は武道館へ足を向けた。ほんの一瞬であったが、和蔵島へ無断で入り込んだ前濱健夫の顔が脳裏を過《よ》ぎった。

武道館から、点呼の声が聞こえてくる。

和蔵は三段の階段を上がり、武道館の扉を手前にゆっくりと引き開けた。

武道の教練場であるため、三か所ある扉は安全のため全《すべ》て手前開きであった。押し開きの扉は、激しい動きに全力で打ち込む隊員にとっては危ない。

「気を付けっ」

広大な武道館に鋭い声が響きわたり、ダークブルーの戦闘服を着込んだ第一、第二、第三特警小隊の数十名と、小隊長たちが完全武装で並び和蔵を迎えた。ヘルメットやフェイスマスクはまだ装着しておらず足元に備え、素顔のままを見せている。

彼等の背後には最終応用課程に在籍する矢張り数十名の教練生が戦闘服を着込んで並んでいた。が、武器は所持していない。

「小塚《こづか》」

皆の前に立った和蔵は、静かな口調で第一小隊長、小塚哲夫《てつお》三等海尉（海軍少尉相当）三十歳の名を呼んだ。「気を付けっ」を発した、古参格の小隊長である。

「はい」と、小塚が第一小隊から離れて、和蔵の前へ足早に移動した。

「隊員の中に、体調不良の者はいないか？」

「おりません」

「隊員の家族、親族に何か心配事は生じていないか」

「大丈夫です。報告は入っておりません」

「判った。戻ってよし」

「はい」

小塚三尉は和蔵に対し敬礼すると、早足に小隊長の位置へ戻った。

和蔵は、三十センチばかり高くなっている統括指揮官の位置――一メートル平方の木製踏み台――に上がると、皆を見回した。

「横須賀の自衛艦隊司令部より防衛大臣命令として、隊法第八十二条の海上警備命令が発せられた。教練生を除く特警隊正規の部隊は、これより和蔵半島沖合へ向かう。和蔵半島の新日本重工業三奈月造船所では現在、海上自衛隊の大型新鋭艦二隻が建造中らしいことを、胸に入れておいてくれ。間《ま》も無《な》く山陰中央基幹基地に所属する、河越卓也群司令麾下《きか》のイージス艦らいちょう、が我々を迎えに来る。心と装備のチェックに抜かりがないようにして貰いたい。以上だ」

　よく通る太い声で言い終えて踏み台から下りた和蔵は、自分から小塚三尉に歩み寄った。

「各小隊長による装備、弾薬の確認を徹底するように頼むぞ」

「了解しました」

「教練生の中には、新人も入っている。彼等の勉強になる。昭和三十六年ベースで（昭和三十六年六月防衛庁訓示「自衛官の心がまえ」のこと）小塚節を一発聞かせてやれ。それくらいの時間的余裕は、まだある」

　言葉の中程から、少し声を低くする和蔵だった。

「はっ。そう致します」

　和蔵は「うん」と頷くと、出口の方に向かって歩き出した。

　彼の姿が武道館から消えるのを待って、小塚三尉は踏み台に上がった。

「ただいま和蔵統括指揮官より伝達あったように、教練生を除く特警隊正規部隊は、間も無く隊法第八十二条の任務に就く事となった。留守を護《まも》る教練生は、責任、自覚、使命感をもって日頃の教えを遵守《じゅんしゅ》して貰いたい。判ったか」

　小塚三尉の言葉に、教練生たちが一斉《いっせい》に鋭く「はいっ」を返した。

「その教練生諸官《しょかん》に一つ訊ねたい。即座に応答できる者があらば、階級・姓名を告げて答えてくれ。手を上げる必要はない」

小塚はシンとなっている皆を見回してから、口を開いた。

「平成十三年十二月二十二日、奄美大島《あまみおおしま》沖で海上保安庁第十管区所属の新型巡視船あまみ約二五〇トンが、鎖国国家と言われているかの国のスパイ工作船と激しい銃撃戦を展開。工作船は自爆自沈し、巡視船あまみも被弾貫通して隊員が軽傷を負ったことは諸官も知っての通りだ。この時の巡視船あまみの搭載兵装及び船体構造上の問題点について答えられる者はいるか」

「教練生二等海曹（海軍下士官・伍長相当）仲尾文宏《なかおふみひろ》答えます」

教練生の前列中央付近で直ぐに声が上がった。

「よし仲尾二曹、答えてみろ」

「新型巡視船あまみの搭載兵装はRemote Diring Systemの**二〇ミリ多銃身機銃一基**のみ。その他としては隊員用の拳銃及び少数の小銃だけです。また船体は高張力鋼を用いておりますが、指揮官や隊員が詰めるブリッジなど重要な上部構造部は**軽合金と非防弾性ガラス**で出来ており、その結果、多数弾が容易に貫通して優秀な隊員が軽傷を負う事態となりました」

「うむ」と小塚は頷き、仲尾二曹は言葉を続けた。

「この**耐弾性に劣る上部構造部**は、何ものにも代《か》え難《がた》い大事な指揮官・乗組員たちの安全よりも、半滑走船型で建造するという思想を優先させた結果であると考えます。これは旧軍に於けるゼロ戦が、非常に優れた機動性を有していたにもかかわらず、有能なパイロットを守る防弾性に著《いちじる》しく劣《おと》っていた生産思想に極めて似《に》ていると思えてなりません。終ります」

前列中央付近で、直立不動だった姿勢の隊員――仲尾二曹――が、軽く腰を折った。

「おい、仲尾二曹」と、小塚三尉がギロリとした目で彼を睨《にら》みつける。

「はい」

「旧軍との比較は、**外**《そと》では慎《つつし》めよ。此処《ここ》ではいいがな」

「申し訳ありません。少し言い過ぎました」

「謝らんでもいい。正解だ」

小塚は怖い顔つきのまま言って、また皆を見回した。

彼の言った**外**《そと》とは、基地の外、の意味である。

「さて、もう一点訊ねたい。巡視船あまみと交戦して自爆自沈したかの国のスパイ工作船の搭載兵装は一体どうであったのか。誰か答えてくれ」

「教練生海士長（海軍上等兵相当）宮口雄二《みやぐちゆうじ》答えます」

今度は教練生の前列左端の隊員が、手を上げかけて下ろした。

「聞かせてくれ宮口」と、小塚が応じる。

「スパイ工作船に搭載されていた兵装は、二連装対空機銃一基、軽機関銃一丁、自動小銃四丁、無反動砲一丁、大型自動拳銃六丁、ロケットランチャー二丁、地対空携行《けいこう》型ミサイル二丁、手榴弾《しゅりゅうだん》八個。以上です」

「正解だ。わが国の巡視船に比べ、大変な重武装であり、しかも二連装対空機銃を除いては、どれもテロ・ゲリラが携行して侵入上陸できる武器だ。これらの事から、死と無謀を恐れぬ**テロ・ゲリラを海岸線以遠で撃退する事が、どれほど難しく危険であるか**判って貰えよう。それでなくとも**日本は長大な海岸線国家**だからな。したがって艦船による海岸線パトロールが大変難《むつか》しいときている。**海岸線治安**についての国民の関心も薄い。今の質疑応答から、とくに教練生諸官《しょかん》は色々な事を確《しっか》りと呑《の》み込んで欲しいと思う」

小塚三尉はそこで言葉を切ると、腕時計に視線をやった。

そして、再び視線を上げる。

「今夜のこの機会を捉《とら》えて、教練生諸官に強く言っておきたいことがある。我が国は、敗戦という厳しい試練《しれん》を経《へ》て、自由と平等と平和を愛し、正義と秩序《ちつじょ》を重んじる民主主義国家の道を歩んできた。戦後復興《ふっこう》を成し遂げた日本民族は、勤勉であり、有能であり、且《か》つ勇敢で礼儀正しく、世界に誇《ほこ》りうる民族であると、この小塚哲夫は信じて疑わない。老いたる者は剛・柔・攻・守の気配りをよく会得し、若者たちは瑞瑞《みずみず》しい正義・神気《しんき》の気概《きがい》に溢《あふ》れていると確信している。我々に与えられた任務は、この素晴らしい国民と美しい国土を、揺《ゆ》るがぬ使命感で守り抜く事であり、五十年後、百年後の人々に無傷で引き継ぐ事にある。しかしながら、世界の現実を見ると、悲しいことに紛争《ふんそう》防止に努力しなければならない事案《じあん》が、次々と勃発《ぼっぱつ》している。強力な兵器は止《と》まることなく開発され、それを防禦《ぼうぎょ》するため更なる兵器が開発される、という悪循環《あくじゅんかん》が世界を覆《おお》っている。核兵器ボタンの押し間違い一つで他国が容易に潰滅する、という危うい状態にもある。それが現実だ。世界の指導者が笑顔でお互いの肩を叩き合う光景は珍《めずら》しくないが、その笑顔の裏にあるキバと利害の計算を正確に看破《かんぱ》することは、なかなかに難《むつか》しい。そういった情勢は、自由と平等と平和を重んじる我が国周辺にも、容赦《ようしゃ》なく迫りつつある。日本国民は、英知《えいち》と勇気と礼《れい》節《せつ》でもって諸国の人々と協働《きょうどう》し、恒久《こうきゅう》的世界平和の実現に努力しなければならないが、それを陰《かげ》で支えるのが我々の仕事である。我々は一億二千万国民の裏方《うらかた》である。常に裏方にあって国民を力強く支える。我々が表に立つ時は、わが国土と国民に対し外部から卑劣《ひれつ》な矢が射られた時である。あるいは天変地異の時である。その時、我々は命をかけて使命を遂行《すいこう》する。それを恐れる者は今直《います》ぐにでも、この場から去ってよい。隊長も副隊長も統括指揮官も、止めはしないだろう。我々は、いかなる場合も国民と共にある。国民あっての我々であるという自覚《じかく》を持って貫いたい。我々は不屈《ふくつ》の集団でなければならない。健全で豊かな民族精神を内に秘めることを忘れてはならない。国を愛し、国民を愛し、そして己れを高める事を怠《おこた》るな。そして泣き言を口にするな。我々の名誉は、国土と国民に卑劣な害を加えようとする者を、身命《しんみょう》を賭《と》して撃退した時に与えられる。天変地異と対峙《たいじ》した時に与えられる。以上で小塚哲夫の話を終える。各小隊長は隊員の装備弾薬の確認に入ってくれ」

言い終えて小塚三尉は、踏み台から下りて自分の小隊へ近付いて行った。教練生たちは、身じろぎもせず硬直状態だった。目に涙の小さな粒を浮かべる者もいた。

三

時間がきた。

特警隊長・西尾要介一等海佐が率いる完全武装の精鋭数十名は、桟橋に横付けされたイージス艦らいちょう、に次々と乗り込んだ。西尾隊長を除く誰もが、暗灰色の強化プラスチック製ヘルメット――頭上部から長さ五センチの無線ＬＡＮアンテナを出す――をかぶり、黒のフェイスマスクで顔を隠している。同じ海自隊員で占められているイージス艦に乗艦する、というのにである。

「特警隊としての任務に就く時は安易に素顔を見せない」、それが隊の基本であった。

副隊長・山城行夫二等海佐は、本隊が留守となる峯の親島基地を預かり、上部機関との意思の疎通に万全を期すという、重要な役割を負っている。

イージス艦らいちょう、への乗艦は初めてでない隊員達の動きは、迅速《じんそく》だった。河越卓也群司令と西尾隊長との間で〝そうと決められている〟ことから、隊長西尾は艦橋《ブリッジ》へ、和蔵統括指揮官及び第一小隊はCPO室（先任海曹室）、第二小隊は士官用居住区《スペース》の一部に、第三小隊は科員（隊員）用居住区《スペース》の一部に、それぞれ分かれて集結した。

やがてイージス艦が動き出し、それが特警隊員達の体にも伝わってきた。

CPO室では和蔵一尉も、どの隊員も無言。真下にある第三発電機室の唸《うな》りが、微《かす》かにだが聞こえてくる。ひと昔前と違って、艦内の静粛性《せいしゅくせい》は格段に改善されていた。このあたり、さすが造船技術大国日本である。

しばらくして、和蔵一尉が不意に沈黙を破った。

「尾旗」

和蔵一尉と共に、和蔵島で無断上陸した連中と対峙した尾旗一等海曹（海軍下士官・軍曹相当）が、「はいっ」と座っていたパイプ椅子から立ち上がる。

「尾旗は異例の抜擢により短期訓練で正規の特警隊員となったことから、隊法八十二条の任務に就くのは今回が初めてだ。気分はどうだ。落ち着いているか」

「いえ。何となく落ち着いておりません」と答えつつ、伸縮性のフェイスマスクを唇の下まで下げて見せた。

「なるほど。口元が少し固いかな」

「申し訳ありません」

「なあに、誰もが経験することだ。我々はべつに戦地へ向かう訳ではない。領海パトロールの強化、だと思ってくれてよい」

「判りました」と頷いて、尾旗はフェイスマスクを戻した。

「ただ、目指す和蔵半島には新日本重工業三奈月造船所があり、目下わが海上自衛隊の大型新鋭艦二隻が建造中らしいのだ。その意味では、いつ何時《なんどき》、テロ・ゲリラに見舞われるか知れない。その場合、単なる領海パトロールでは済まない、という事を肝に銘《めい》じておけよ」

「その可能性がありそうなのでしょうか」

「余計な質問だな。肝に銘じておけば、如何《いか》なる事態にも対応できる。それが我々の部隊だろ」

「判りました」

「座ってよし」

「はい」

尾旗一等海曹が、パイプ椅子に腰を下ろすと、今度は和蔵が立ち上がって、尾旗の隣に座っている隊員に近寄っていった。

「手入れは万全だろうな徳野」

「はい。万全です」

座ったまま頷いたのは、何日か前、無言格闘訓練の最中に小さな〝含み気合〟を発して、和蔵に注意された隊員だった。

徳野弥助《やすけ》三等海曹（海軍下士官・兵長相当）である。山梨《やまなし》県春日居《かすがい》の出身だ。

「見せてみろ」

言われて立ち上がった徳野三曹は、手にしていたドイツ製のヘッケラー＆コッホMSG－90セミオートマチック狙撃銃を、和蔵に手渡した。7・62㎜×51弾を二〇発装塡《そうてん》し、アメリカ海軍の特殊部隊ネイビーシールズやアメリカ海兵隊でも使用されている。

命中精度に優れた銃だ。

徳野三曹は、特警隊に二人いる狙撃手の一人で、もう一人は第三小隊にいた。

和蔵は狙撃銃の細部を点検し、「うん」と優しい目つきになって徳野三曹の手にそれを返した。

「よく手入れされている。さすが徳野だ」

「私の分身ですから」

「そうだな。よし、全員暫くフェイスマスクを下げて一息吐いてもいいぞ。但し気は抜くな。すでに我々は任務に就いているのだからな」

和蔵はそう指示すると、helmetvisor《ヘルメットバイザー》を上に上げ、伸縮性の黒《くろ》いフェイスマスクを顎《あご》の下まで下げた。

それまでヘルメットバイザー越しに二つの目しか見せていなかった和蔵の、日焼けした精悍《せいかん》な顔が表に出た。隊員達が和蔵を見習ってフェイスマスクを下げる。

彼の一言一言は、ヘルメットが内蔵するヘッドセットを通じ艦内中継アンテナの助けを借りるまでもなく全隊員に届いている。

和蔵は尾旗、徳野らから離れ、部屋の奥の方へ歩いていくと、ヘッドセットの送信スイッチ――無線の――をOFFにした。

「どうだ気分は、小谷《こたに》」

和蔵が近付いてくるのを、やや上目遣《づか》いで待っていた色白で童顔の隊員が、「はい」と立ち上がった。自分の頭上の空気を裂くような、鋭い立ち方だった。

その肩を、和蔵は軽く押さえて座らせた。

特警隊最年少の、小谷年穂《としほ》海士長（海軍上等兵相当）である。

「気分は、落ち着いております」

「空手《からて》の格闘訓練はどうだ。徳野や尾旗に少しは近付いたかな」

「もう殆《ほとん》ど互角《ごかく》ですよ統括。小谷の二段蹴りは特に凄いです」

和蔵の後ろから、そう声を掛けたのは徳野三曹だった。

「そうか。では近いうち私が稽古《けいこ》をつけてやろう」

和蔵は目を細めて微笑《ほほえ》み、小谷のヘルメットの上に手をやって小さく揺すった。

「あり難《がと》うございます」と、小谷が上目遣いで礼を言う。

「お母さんは、お元気にしていらっしゃるか」

「御蔭様《おかげさま》で元気です。父が残してくれた諏訪《すわ》湖畔の田畑を、人手を借りてですが積極的に耕しております」

「そうか。それは何よりだな」

純米酒が大好きだった小谷の父親は昨年秋に脳溢血《のういっけつ》で亡くなっており、和蔵は隊長・副隊長と共に葬儀に列席するため、岡谷《おかや》市を訪ねていた。

「時には、お母さんに手紙を出すことを忘れるなよ。お前は一人息子だ」

「心得ております」

「どれ、見せてみろ」

「はい」

和蔵は童顔の小谷海士長から手渡された分隊支援火器、ＭＩ《ミ》ＮＩ《ニ》ＭＩ《ミ》軽量軽機関銃を点検した。ベルギーの国営銃器メーカーが開発し日本国内でライセンス生産されている軽量軽機銃で、その軽さと命中精度及び飛距離が高く評価されている。つまり、弾幕射撃という機銃本来の役割のほかに、狙撃も果たせるという優れ物であった。

「よろしい」

和蔵は軽機を小谷海士長に戻し、さり気なく小声で告げた。

「万が一だがな。ドンパチが発生したら、お前は私から離れるなよ。判ったか」

「え？」

「これは命令だ」

言い残して、和蔵は自分の席へ戻ると、ヘッドセットのスイッチをＯＮにした。

童顔の小谷海士長は確かに特警隊最年少である。しかしながら、和蔵芳弘一等海尉も、まだ三十に片足が引っ掛かったかどうかの年であった。共にまだ若い。二人の間に、それほど年の差がある訳ではない。

が、和蔵を中心に一致団結している雰囲気が彼らの間には、はっきりと漂っていた。

「他の者も念のためだ。銃を再点検しておけ。弾倉も含めてだ」

和蔵の指示で、徳野と小谷を除く隊員たちが、彼らの制式銃であるＭＰ５サブマシンガンの点検を手早く始めた。

ドイツ・ヘッケラー＆コッホ社が開発した銃で、ドイツでは「５号機関拳銃《マシンピストル》」と名付けられ、その名の通り弾倉には拳銃弾九ミリパラベラムを三〇発装塡する。

小まめな点検が不可欠とされるが非常に優れたサブマシンガンであり、アメリカのネイビーシールズ、デルタフォース、ＳＷＡＴなどの特殊部隊で用いられており、和蔵たち日本の特警隊を指導した英国海兵隊特殊部隊ＳＢＳでも制式となっていた。

米国のネイビーシールズではなく英国のＳＢＳが和蔵たちを叩き上げた？

そういう噂が、チラホラとだが政界周辺に存在することは事実であった。

ネイビーシールズ側が海自特警隊の指導を断わったのか？　それとも海自特警隊が英国SBSを指導機関に適任、として選択したのか？

だが、そのような事に和蔵も隊員たちも、全く関心は無かった。

常に現実を正しく冷静に認識する、それが彼らに叩き込まれている精神であった。それを底辺に敷いて、特警隊員たちは予測し、戦略戦術を練り上げてゆく。

一時間が過ぎた頃、和蔵は立ち上がって、三列目のテーブル中央にこちらを向いて座っている第一小隊の小隊長小塚哲夫三等海尉を手招き、ＣＰＯ室の出入口へゆっくりと足を運んだ。

出入口の少し手前で二人は向き合った。

和蔵はヘッドセットの送信スイッチを再びＯＦＦにしながら腕時計を見、「そろそろだ。後を頼むぞ」と小声で小塚三尉に告げた。

小塚は、和蔵統括指揮官が途中で単身隊を離れて生家と本家の様子を見に行くことを、和蔵自身の口から峯の親島基地を発つ時に知らされている。

「尾旗と小谷を同行させて下さい。何かあった場合に備えて」

和蔵の目を見て、小塚小隊長も小声で言った。

「これは私用だ。私一人でいい」

「いいえ統括、私用ではありません。和蔵島へ無断上陸した者に絡《から》んでの事でありますから、場合によっては事案化する可能性があります」

「その無断上陸者は、中湊海洋水産大学大学院の教員なんだ。大丈夫だろ」

「とは言え、統括のお話ではその教員を警視庁公安の……」

「もう止《よ》せ。そこから先になると邪推走った推測になる、と隊長、副隊長も申されているんだ。ともかく暫くあとを預ける」

「は、はあ……」

「何か緊急事態があれば、私の公務携帯に連絡をくれ。イージス艦らいちょう、からの公務携帯は感度にひときわ優れている。頼んだぞ」

「判りました。では、充分にお気を付けて」

「皆にフェイスマスクをさせてくれ」

「了解」

和蔵一尉は小塚小隊長の肩をポンと叩くと、CPO室を出た。ともかくブリッジに上がって、特警隊長・西尾要介一等海佐の正式な指示を仰ぐ必要がある。

そう思ったとき、以心伝心とでもいうか、隊長西尾一佐の「準備はいいか和蔵」の野太い声がイヤホーンを通じて、聴覚に伝わってきた。イヤホーンとは言っても、耳穴脇の皮膚に軽く触れている骨膜感受式（骨伝導式）のものだった。イヤホーンの音声を骨膜が鋭く感受して、聴覚に伝える最新の携行無線装置である。

これは、耳穴を塞《ふさ》いでしまわないので、聴覚機能が阻害される心配がない。

和蔵はヘッドセットの送信スイッチをONにした。

「和蔵です。これより艦橋《ブリッジ》へ参ります」

「いや。HS管制室へ行ってくれ。できるだけ短時間で終えられるよう、ヘリで運んで貰うことにした」

「ヘリで?……着陸場所は何処でしょうか」

「そんなのは、その道のプロに任せておけ」

「承知しました。HS管制室へ急ぎます」

和蔵は答えて送信スイッチを切り、足を早めた。

イージス艦らいちょう、は基準排水量約八九五〇トンのステルス性大型艦体にSH・60J対潜ヘリ一機、SH・60K対潜ヘリ一機の合せて二機を搭載している。

この対潜ヘリの離発着甲板《フライトデッキ》は艦尾にあって、ヘリ格納庫はその離発着甲板と、VLS垂直発射口を隔てて向き合っていた。

VLS発射口とは、甲板下にある「攻撃システム」から対空ミサイルや対潜ロケットを連続垂直発射できる合計六十四セルの発射口を意味し、平時は塞がっている。つまりほぼ平坦となっている。

和蔵が目指すHS管制室は、ヘリ管制室のことであって、離発着甲板が見渡せる格納庫の上に位置していた。それは丁度《ちょうど》、CPO室の斜め頭上付近に当たる。

「よう、和蔵」

trap《タラップ》を上がり切ったところで下から声を掛けられ、和蔵は振り返って視線を落とした。

「よう」と、和蔵も思わず目を細める。

足早に相手がタラップを上がってきた。

「久し振りだな」

「元気だったか」

「この通りだ」

言葉を短く交わし合って、お互いの肩をバシッと叩き合った二人だった。

和蔵に声を掛けたのはイージス艦らいちょう、の第五分隊副長・土井垣勇《どいがきいさむ》一等海尉（海軍大尉相当）である。第五分隊とは飛行科のことで、三等海佐（海軍少佐相当）が科長を務めている。それを補佐する立場にあるのが副長・土井垣一尉だった。

和蔵とは、防大の同期である。

因《ちなみ》に、第一分隊は砲雷科で、いざ戦闘となった場合、ブリッジ直下の第二甲板内舷にあるCIC戦闘指揮所で対空対艦戦闘の実務的指揮を執るのが砲雷科長（第一分隊長・一佐）だ。それこそ秒単位の戦闘となろうから〝手に汗握る重大責任部門〟となる。

そして、第二分隊が船務科及び航海科、第三分隊が機関科、第四分隊が補給科・衛生科、となっている。

ただ重大戦闘となった場合は、sectionalism《セクショナリズム》にとらわれることなく相互移動補完作用が働くよう訓練されてはいた。要員不足を何とか補うために。

「俺がお前を運ぶよう、艦長から指示されている。さ、行こう」

「あり難い。お前なら助かる」

二人は動き出した。

「で、何処で下ろしてくれる積もりだ」

「任せておけ。それよりも、服装は、ま、いいが、銃やヘルメットはヘリに置いて行って貰うぞ」

「当たり前だ」

「特警隊員たちの士気はどうだ。相当に厳しく辛《つら》い訓練に明け暮れている、と耳にしているが」

「隊員自身の命を守るための訓練でもあるんだよ。生き残るためのな」

「そうだなあ。生き残らなきゃあ、国民も国土も守り切れない」

「そういうこと。皆、優秀な連中ばかりだ。全員が昇進を控えていると言っていい。誰も無事でいて貰いたい。いつもそう願っているよ」

「わかる」

「わかるか」

「うん、わかる。海自は予算を削減され続け装備も部品も著《いちじる》しく不足しているし、要員も危機的な欠員状態が続いている。下位者・上席者ともにオーバーワークで、くたくただよ。大事故の起きないのが不思議なくらいだ。が、このままだと今に大変な事が起こるぞ」

「弱気を吐くな土井垣。力の続く限り頑張ろうや」

「力の続く限りなあ」

「陸自も空自も同じように要員不足、装備不足と聞いている。皆、歯をくいしばって耐えているんだ」

「その頑張りの糸がプツンと切れた時、隊員の士気は激しい勢いで低下していくぞ。組織が成り立たぬ程にな。そうなれば、国防はもう、おしまいだ」

「任務に熱心な若い下位者たちが可哀そうだな。俺達も若いには若いんだが」

「おい和蔵よ」

と、土井垣が思い出したように声を小さくした。

「お前、空自の沖縄三〇二飛行隊と百里（茨城県）の二〇四飛行隊が突然入れ替わったのを知っているか」

「いや、初耳だな。沖縄の三〇二飛行隊と言えば確か、退役がそう遠くない古い機体の

Ｆ４ＥＪ《ファントム》改ではなかったか？」

「その古い機体と、百里のＦ15が入れ替わったのさ。このところ沖縄諸島の防備強化が政界周辺の誰彼から口うるさく言われ出したらしいのでな」

「で、百里へ移動した古い機体のＦ４ＥＪは、首都圏防衛のため新しい戦闘機と速《すみや》かに入れ替わるのだろうな」

「ところが、当分はそのままらしい。予算が無いとかの理由でな」

「なんじゃあ、そりゃあ。それじゃあ、ただの障子の張り替えに過ぎないじゃないか。それが**高額な報酬を手にしている日本の政治家の国防感覚レベル**なのか。ふざけてくれるな。**怪しい宗教団体に洗脳**されるわ、**ドブ臭い裏金に溺《おぼ》れる**わ、それに四千六百もの天下り法人に年間、十三兆円近い財政支出とくる……ああ、もう、ウンザリするなあ」

「一体何なんだ、その十三兆円とかは？」

「そのうち酒でも飲みながら、ゆっくりと話すよ。それまで待ってくれ。いま此処で話すとヘドが出そうになる」

「ふうん」

「しかし空自も大変なんだなあ。皆、きっと苦労して空を守ってくれているんだろう」

「空自の**トップガン**たちは優秀だよ。優秀だから古い機体でも頑張れるんだ」

「優秀な連中だけに、一刻もはやく全隊員に最新鋭の戦闘機を与えてやりたいねえ。Ｆ

35・AとBのような最新鋭ステルス機を……」

「全く同感だな。F35・AとB、あれはいい……」

二人は満月の明り降り注ぐ甲板に出た。快晴だ。

風が二人の顔に当たり耳が鋭く鳴る。

すでに後部フライトデッキには全天候型対潜ヘリSH・60Jの白い機体が引き出されて照明を浴び、二、三人の点検クルーが機体の後部に潜り込んだり、操縦席に入り込んだりしている。和蔵と土井垣は、ゆっくりとした足どりで、ヘリに向かった。

「峯の親島へ特警隊を迎えに来たのは、このイージス艦だけだったが、いま僚艦を従えているのか」

和蔵は足を止め、月明りを吸い込んでしまうほどの黒く暗い海を見回したが、フライトデッキに注がれる強い照明が邪魔してか一隻の艦影も認められなかった。

「前方に、むらさめ二五〇〇トン、後方に、うみわし二八〇〇トン、それから左舷のそう遠くないところに潜水艦あきしお三〇〇〇トン、が潜っている筈だ」

「そうか。あきしお、は海自の戦力不足を埋めてくれるいい潜水艦だよ。こいつに並ぶ非原潜型潜水艦は恐らく当分の間、世界のどの国からも生まれないだろうなあ」

「うん。強力なスターリングエンジンを搭載し、かつ優れた超長波送受信装置を備えている御蔭《おかげ》で、深く潜航しながら基地や僚艦及《およ》び艦載ヘリとも交信できる。その意味では画期的な潜水艦だ。最近公式試運転を卒業したばかりの二隻目の空母『いずも』とは、とくに頻繁に通信テストを繰り返しているらしい。暗号でな」

「空母『かが』『いずも』は**別格級**だが、このイージス艦らいちょう、もいいな。こいつが出来ていなければ、特警隊はいつまでも出動出来なかった。これ迄《まで》の護衛艦には、俺達の高速特別機動船を積むスペースなんぞ無かったからな」

「そうよなあ。全く、この国の防衛政策はいつも、仏像《ほとけ》つくって魂《たましい》入れず、だな和蔵よ」

「領海警備の効率性について云えば、日本海側の海岸線に沿うかたちで、垂直離着陸戦闘機を十五、六機積む程度の空母を三、四隻浮かべるだけで、ガラリと改善される。それが漸く空母『かが』と『いずも』の完成で実現出来る事となった」

「全く高価な護衛艦ばっかり建造しても、空母が無いと仕方がないよな。制空権が軟弱だと海に浮かぶ護衛艦など、一発で敵戦闘機に沈められてしまう。対潜ヘリより足の速い艦載戦闘機があって、はじめて海岸線防衛も艦隊防衛も生きてくるんだ。**制空権の軽視に原因があった旧日本海軍の潰滅**が、それをよく物語っているよ。違うか和蔵」

「土井垣、本当にその通りだよ。とくに、古い装備が多くなりつつある小艦隊しか持たない我が国には、十五、六機の垂直離着陸機を積む中型空母が最低でも四隻は絶対に不可欠だ。交代休務の上で最低でも四隻はな。そして予備の艦載戦闘機の基地を、日本海側の山《さん》間盆地《かんぼんち》に何か所か設ければいい」

「垂直離着陸機の予備機の基地だから、長大な滑走路は要《い》らない。つまり山間の休耕田《きゅうこうでん》にだって造れる」

「狭いスペースで、こと足りる訳だ。手狭《てぜま》な日本の国土に合っている」

「こんな基本的なことでも、昨今の政治家さんは気付いてくれんだろうなあ」

「気付いてくれるものか。国のことなんぞ、誰も真剣に考えとらんよ」

「おい和蔵。お前、まさかヘッドセットの……」

土井垣が、ヘリの手前で、不意に声を鎮め心配そうな表情をつくった。

和蔵は、笑顔をつくった。

「送信スイッチはＯＦＦだ。そんなミスをすると思っているのか俺が」

「そうだな。音に聞こえた特警隊の和蔵統括指揮官だ」

言い終えて土井垣一尉は、親指を立てている点検クルーに視線をやって頷くと、ヘリに乗り込んだ。

和蔵は、ヘッドセットの送信スイッチをＯＮにした。

「小塚」

「はい。こちら小塚」

「機動船（高速特別機動船）の点検は第二小隊がやってくれているが、念のためだ、第一小隊の違う目でもやっておいてくれ」

「了解。直ぐに掛かります」

和蔵はヘッドセットの送信スイッチを切ると、対潜ヘリのタラップに足をかけた。

領海侵犯などの不審船と対峙する特警隊に不可欠な高速特別機動船は、全長約一一メートル、幅約三メートルで、完全武装の一個班数名が乗船でき、二隻で一チーム（小隊）を組む。

時速四〇ノット以上の高速で航走できる機動船の上空では、必ず武装対潜ヘリがバックアップ態勢をとることになっている。

だが不審船事案に対処する目的で特警隊が誕生したのはいいが、彼ら部隊と機動船を乗艦搭載させる護衛艦が無いという状態が長く続いていた。とくに小型ヘリ並みの大きさがある機動船を積むスペースの余裕を、ほとんどの護衛艦が持っていなかった。笑い事ではない。事実である。

つまり特警隊は事案海域へ急行するための移動手段である「母艦」を、持たなかったのであった。まさに土井垣一尉が嘆《なげ》いた、仏《ほとけ》像つくって魂《たましい》入れず、であった。その最大の原因が「**政治家に国防研究の意欲も理解能力も無い**」点にあった。彼らが必死になって追いかけるのは『選挙の票』だけだった。自分たちの生活の安定のために。

ＨＳ管制室と防衛省技術研究本部開発の対潜ヘリＳＨ・６０Ｊとの交信が開始され、発動機が唸り出した。

第八章

一

ホバリングするヘリから月下の町営サッカーグラウンドへ、ファストロープ降下した和蔵は、用心深く辺りを見まわした。

町営サッカーグラウンドとは言っても、海岸に近い谷間の平坦地をフェンスで囲っただけの草ぼうぼうのグラウンドだった。ほとんど使用されていない。

ＳＨ・６０Ｊは、直《す》ぐに和蔵の頭上から飛び去った。

（やはり土井垣。いい所へ降ろしてくれた）

そう思いながら彼はフェンスの外に出て、海岸沿いのバス通りを目指し鬱蒼《うっそう》たる樹木が覆いかぶさっている暗い谷道を走った。彼にとっては、よく知った谷道だった。

和蔵にとっては、どうってことない三百メートルばかりを走ると、森閑としたバス通りに出た。

ＳＨ・６０Ｊの爆音は辺りに響き渡っていた筈であるが、さすがにこの深夜、戸外に出て夜空を見上げている者はいなかった。

和蔵はバス通りを尚も走った。

左へ急カーブしたところを走り抜けて、彼の足が思わず止まる。

すぐ先に駐在所があって、岡村悠一郎巡査が外灯の明りの下でミニパトに乗ろうとしているところだった。どこか慌てている。

「駐在さん」

和蔵は走り出しながら、声を掛けた。

ミニパトの運転席へ腰を沈めかけた岡村巡査が、和蔵の声で腰を少し浮かし、ミニパトのルーフ越しに和蔵の方を見た。

「お……これは時造さん家《ち》の芳弘さん」

「深夜勤務ご苦労様です」

と、ミニパトの前で足を止めた和蔵だった。

「あれっ、海上自衛隊へ戻っていたんじゃないの芳弘さん？」

「え、ご存知でしたか。僕が海自に勤めていること」

「そりゃあ、和蔵本家の婆ちゃんとは、ここんところ、よく雑談するもん。それにしても芳弘さん何でまた隊員服のまま、こんな深夜に？」

「勤務に欠かせない、どうしてもの至急入用物《ぶつ》を取りに帰ったんですよ」

「もしかして、先程のヘリコプターの爆音？」

「申し訳ありません、大きく迂回《うかい》して谷に沈み込むように飛行して貰《もら》った積もりなんですが」

「あ、私いま、ちょいと急いどるんだわ。また別の折《おり》にでも、ゆっくり話そうよ」

「事件ですか」

「水死体が二体、海岸に打ち上げられている、という通報がイカ釣りから戻った漁師さんから入ったんでな」

「水死体……」

「うん、**浦が浜**に」

「そうですか。気を付けて、お出かけ下さい」

「有り難う。じゃあ、また……」

ミニパトが走り出すのを見届けて、和蔵は再び走り出した。

駐在所の前から二百メートルばかり行くと、右へ折れる簡易舗装された山道がある。

この山道は和蔵家の私道、つまり入口だった。

和蔵は、ここからは足音を立てぬようにして歩いた。

自宅の前まで来て、彼は月下に目と耳を凝らしてみた。

静かだった。何の虫なのか、穏やかに鳴いている。

彼は周囲に注意を払いつつ、馴れた庭内をそろりとひと回りしてみた。

鳴いていた虫が、ピタリと鎮まる。

（異常なし……か）

和蔵は胸の内側で呟き、ふっと前濱健夫の顔を脳裏に思い浮かべた。

和蔵は、爺ちゃん婆ちゃんのいる本家へ足を向けた。

自分の両親が住む家へは、できれば一人のコソ泥《どろ》たりとも侵入してほしくないと思った。

彼は、ある事を心配しているのだった。

彼の父親時造は物静かな性格であったが、若い頃から狩猟を趣味とし、標高六、七百メートルの山々が連なる和蔵半島をよく歩き回ってきた。

環境保護のため猟場が年と共に狭《せば》まり、年齢《とし》も次第に取ってきたりで、近頃は滅多に猟場へ出かける事もなくなったが、それでも自宅には古いガス式半自動散弾銃一丁と実弾を所持している。ガンロッカーに厳重に保管して。

和蔵は時造に対し幾度も、所轄警察への「不使用提出」を勧《すす》めてきたが、まだ猟に少し未練が残っているのか、今日まで実現しないでいた。

その若くはない父親が、コソ泥など自宅へ侵入した者に対し、恐怖心にかられて夢中で散弾銃の引金を引いたりはしないか、と心配している和蔵であった。銃のスペシャリティであると自任しているだけに、「銃と恐怖心との相関関係」が判る彼であった。

本家も、これといった異常はなかった。

真面目な黒人少年ポールとカークの顔も見たかった和蔵であったが、この深夜では如何《いかん》とも難《がた》い。

急性虫垂炎の手当を受けたカークは、「すでに退院して元気」と時造から電話で聞いている。

和蔵は、バス通りへ戻り出した。

が、その足は幾らも行かぬ所で止まり、彼は本家の方を振り返った。

(そう言えば、カークは日本の高校へ行きたがってたなあ)と、和蔵は思い出した。

そのうち町の教育委員会に相談を持ちかけてみるか、と一人頷いて彼は坂道を下り出した。

バス通りに出た和蔵は、**浦が浜**を目指して走った。岡村巡査の話が気になっていた。

浦が浜は次のバス停前に広がる、小さな砂浜だった。魚市場バス停から三百メートルばかり西側へ行ったところだ。

鍛え抜かれた和蔵の脚にとっては、どうって事ない距離だった。

彼が浦が浜に着いてみると、岡村巡査のミニパトが砂浜の中ほどまで下り、月下の波打ち際《ぎわ》に五、六人が集まっていた。

和蔵はその集まりに近付いていった。なぜか嫌な予感が頭を持ち上げてきた。

漁師と判る五、六人に囲まれるかたちで、岡村巡査一人がしゃがみ、横たわった二体を見ながら手帳に何かを書き込んでいる。

「駐在さん」と、和蔵は漁師たちの間に分け入った。

海自特警隊の戦闘服のままの和蔵だから、漁師たちが月明りの中、いぶかし気な表情をつくった。尤《もっと》も、彼が特警隊員であることは、この砂浜にいる誰ひとりとして知らない。むろん岡村巡査も。

「あ、芳弘さん。来たんかいな」

「ええ、気になって」と言いながら、和蔵は岡村巡査の横に腰を下ろし、二つの遺体の顔を眺めた。

(こ、この二人……)

大きな衝撃が、和蔵を見舞った。忘れる筈のない、遺体の顔だった。前濱健夫に張り付いていた、警視庁公安部のあの二人だ。

「間もなく、所轄が来るから、芳弘さん少し遺体から離れてくれるかな」

衝撃を受けた和蔵の微妙な表情の変化に気付かぬまま、岡村巡査が言った。

「そうでしたね。すみません」

「あのな芳弘さん……」

岡村巡査が、和蔵の耳元へ顔を近付け、小声でさり気なく言った。

「海自で銃の訓練を受けてるに違いない芳弘さんやから言うけど、この二人の遺体、射殺されとる」

「え……」

「よく見てみ。一人は眉間《みけん》と首、もう一人は頬《ほお》と口元と胸」

「身元を証明するものは?」

「それは所轄が来てからや」

月明りがあるとは言え、鮮明に認められる訳ではなかったが、なるほど確かに射入痕らしき傷口を視認できた和蔵だった。

漂着遺体だけに損傷部に血痕などは見られず、ちょっと見では射殺とは判り難《にく》い。それを、そうだと気付いた岡村巡査の眼力はなかなかのもの、と思いつつ和蔵は腰を上げた。

「それじゃ離れてます」

「うん。今の話は……」と、岡村巡査は唇の前に人差し指を立てて見せた。

「もちろんです」

頷いて和蔵は、漁師たちの輪の外に出た。

遠くから、パトカーのサイレンの音が聞こえ出した。

和蔵は、もう一度自宅へ駆け戻ると、本家を含むかなり広い範囲を念入りにチェックしてから、町営サッカーグラウンドを目指した。

二

同時刻――長崎県対馬（対馬市）の南端、豆酘崎灯台《つつざきとうだい》の沖合西方七、八キロの暗い海に、妙な現象が起き始めていた。

波に揺られるままになっている一〇〇トンクラスかと思われる漁船の周囲《まわり》に、発動機の音を絞り込むようにして次々と小型漁船――としか見えない船――がひっそりと集まり出していた。

それらの船上には一人の人影も見られず、また操舵室にも明りは見られない。

いま、対馬の上空には厚い雲が広がり、月はおろか一粒の星さえ見えなかった。が、海は薄気味が悪いほど凪《な》いでいる。

一〇〇トンクラスの船の周囲《まわり》に集結した、漁船らしき小型船の数が数十隻見当にもなった時、一〇〇トンクラスの船のブリッジに薄明りが点《とも》り、人影が一つ甲板に現われた。

ブリッジから漏れる薄明りによって、どうやら「漁師らしい服装の男」と判るその人物は、ゆっくりと船首の方へ歩いて行き、暗い周囲《まわり》を見回した。

そして、右手にしたもの――明らかに無線の送話器――を口元へ近付けた。

「いよいよ、この時がきた」

その人物が口を開いた。英語でも中国語でも韓国語でもなかった。

日本語だ。

「我々は鍛え抜かれた精鋭であり、一人一人は誇り高き粒選《つぶよ》りである。我々は偉大なる総統閣下と祖国に対し、任務を完全に遂行《すいこう》し、その大恩に報いねばならない。我々にとって総統閣下は父であり、祖国は母である。我々は己れの血を流すことを恐れず、この対馬を統一国家実現の橋頭堡《きょうとうほ》とせねばならない。我々は用意周到に計算し尽くし、考え尽くした。その一大戦略、最高戦術を、惰眠《だみん》をむさぼる大和民族に突きつけるのだ。しかし、我々は殺し屋ではなく誇り高き精鋭である。堂々たる粒選りである。その名誉を汚《けが》す行為は断じて禁止する。何故なら、この対馬は間《ま》も無《な》く我々の領土となるからだ。一つ、武器を持たぬ島民に対し発砲してはならない、一つ、降伏の意思表示を見せた者に対し発砲してはならない、一つ、立ち向かって来ぬ限り民間人に銃口を向けてはならない、一つ、老人婦女子に絶対危害を加えてはならない、以上の四原則を破った者は各小隊長による銃殺刑が待ち構えていると知れ。また対馬上陸後は、すでに各兵に戦略上与えられている日本名を用い、日本語を話すこと。では、全員甲板上にて応戦態勢を整えよ」

言い終えて、その人物は足早にブリッジへ戻った。

鋭い目つき、ひきしまった頬、長身、盛り上がった肩の筋肉、その彼に無線装置の前に座っていた若い男が、丁寧な口調で言った。矢張り日本語だ。

「いま、対馬北方海域に展開している部隊から、作戦を開始したとの報が入りました。また、すでに上陸済みの秘密工作小隊からも、ゴーサインが届いております」

「よし。わが隊も、設定された作戦目的に向かって発進させよ」

「了解」

各小型船甲板上に十数人の人影がうかがえるようになった船団——総員四、五百名か——が一斉に海面を滑り出した。発動機の音を巧みに絞り込んで。

ブリッジ中央には縦横一メートルほどの作戦テーブルが設けられており、そのテーブルの上には対馬の詳細図が広げられていた。

しかも、海から陸に向かって、何本もの赤い矢線、青い矢線が引かれている。

赤い矢線は、ワゴ浦に入り込んで、厳原《いづはら》町安神《あがみ》地区に位置する海上自衛隊下対馬《しもつしま》警備所へ。

厳原港に入り込んで直ぐの対馬海上保安部及び港から数百メートル内陸の対馬南警察署へ。

また阿須《あず》浦へは三本の赤い矢線が集中的に入り込んで、一本は厳原発電所、あと二本は陸上自衛隊駐屯地を狙って、といった具合であった。

一方の青い矢線は、対馬北端の久《く》ノ下崎《したざき》を回り込むかたちで海栗《うに》島の航空自衛隊レーダーサイト（空自海栗島分屯基地）へ。

大浦《おおうら》湾に入り込んで上対馬《かみつしま》町大浦に位置する海上自衛隊上対馬警備所へ。

また上対馬と下対馬の中間点となる風光明媚で知られた浅茅湾《あそうわん》へは五本の青い矢線が放射状に殺到し、その矢先は豊玉《とよたま》発電所など二か所の発電所、美津島《みつしま》町竹敷《たけしき》の海上自衛隊対馬中部警備所及び対馬空港などへ襲いかかっていた。

赤い矢線、青い矢線は、指揮系統の異なる部隊であることを意味しているのであろうか。

対馬の電気エネルギーは、厳原発電所、豊玉発電所など島内三か所の重油燃料発電所に依存しており、島外からの送電は無かった。対馬市上県《かみあがた》町佐護《さご》の景勝地、千俵蒔《せんびょうまき》山の山頂には僅《わず》かに二基の風力発電設備があるが、テロ・ゲリラに目を付けられる程の発電量はない。極めて低出力だ。

したがって島内三か所の重油燃料発電所をテロ・ゲリラに押さえられると、万事休《ばんじきゅう》す、であった。

「鎌伊《かまい》少佐殿。第一小隊、第二小隊、まもなく船列より離れてワゴ浦に進入します」

若い通信士が、レシーバーを左手で軽く押さえながら、作戦テーブルの前へ移って凄い目つきで地図を睨みつけている鎌伊少佐なる人物に告げた。年齢《とし》は三十前後といったところであろうか。

「うむ」と、鎌伊少佐が頷く。

対馬は福岡から百三十八キロ離れ、朝鮮半島の南端、韓国の釜山《プサン》までは朝鮮海峡を挟んで約五十キロしか離れていない。当たり前なら、こういった場合、東京の中央政府は対馬を重要戦略拠点として認識し、中央政府に直結する諸政策を放って「国防・治安特別地区」に指定するものである。島の要塞化《ようさいか》の促進及び島の孤立化《こりつか》を防ぐ意味で。米・英・仏・独・露の政府ならば、先ず間《ま》違いなくそのように動いたであろう。

だが、東京の中央政府は、違った。危機感が皆無な政治家集団や官僚組織に、対馬に対する戦略的創意工夫《くふう》を求める事自体が、どだい無理であった。

対馬全島に異様なほどハングル文字があふれ返っている現在になっても、「なかなか観光的活気があっていいじゃない」程度の認識しかない。

観光案内板など、日本語と英語だけで充分なのだ。

「対馬の陸・海・空自衛隊は今夜全滅するか、無血降伏するか、だな三澤《みさわ》中尉」

鎌伊少佐が、そばに控えている――双眼鏡を手にして――ハンサムな二十五、六に見える男に、作戦テーブルを見ながら野太い声をかけた。

ハンサムな三澤中尉は、少佐に半歩近寄って、「ええ」と首を縦に振ったあと続けた。

「観光客を装って釜山からフェリーで対馬に入っているわが工作小隊の調べでは……」

「判っている事だ。改めて私に対し述べる必要はない」

「は、はあ……そうでありました」

「対馬で少し注意が必要なのは、厳原町桟原《さじきばら》に駐屯する陸上自衛隊対馬警備隊くらいのものだ」

「ええ。高度なレンジャー訓練などを積み重ねた〝**ヤマネコ**〟と呼ばれている非常に優秀な部隊のようです。ただ、この部隊の重要性に関して、東京の中央政府は殆《ほとん》ど理解していないらしく、ヤマネコの装備も弾薬の備蓄量も著しく不足しておるようだとか」

「らしいな。ま、それが現在の日本人政治家の国防感覚なのだろう。我々にとって、これほど幸いなことはない。有り難いことだ。おそらく無血状態で制圧できるだろうよ」

「無血降伏ほど、国際的な大恥になることは他にありません」

「いや、無血は敗戦後の日本人にとっては実に尊いのだ。美しい事なんだ。血を流して闘うくらいなら、今の日本人は、降伏や捕虜・奴隷になる事の方を躊躇《ちゅうちょ》なく選択するだろう」

「捕虜・奴隷ですか……何だか鳥肌立ちます」

「私もだよ」

「対馬空港に近い厳原町小浦《こうら》には在日米軍対馬無人通信所がありますが、今回の作戦対象から外しておられます。その理由を、お教え下さいませんか」

「私が、そう判断したんだ。それでよいだろ」

「ですが、鎌伊少佐殿を全面信頼し且《か》つ兄とも思っております自分としては、矢張りその理由を教えて戴きたく思うのです」

「中尉は相変わらず頑固なところがあるのう。観光客を装って先に対馬へ潜入している工作小隊長の木元《きもと》少尉の丹念な調べによるとな。超水平線地対地通信施設と思われる、その在日米軍対馬無人通信所が、このところ電気を全くと言っていいほど消費していないらしいのだ」

「え……」

「つまり、通信機能を停止させているようなんだな」

「それはまた……意外です」

「しかもだ。その無人通信所の頑丈な出入門に掲《かか》げられていなければならない在日米軍施設であることを示す看板がだ、今では取り外されていると木元少尉から報告が入っているんだ」

「という事は、通信所としての役割を終えてしまっている、という事でしょうか」

「その可能性が高い。そのような施設を、わざわざ我々が破壊する必要もない」

このとき若い通信士が顔を振り向けて、鎌伊少佐を見た。やはりレシーバーを左手で軽く押さえている。

「少佐殿。第三、第四、第五小隊がこれより船列より離れ、厳原港へ進入します」

「うむ」と応じて、少佐は腕時計を見た。

「よし。完璧に時間通りだな。三澤中尉、次はいよいよ我が本隊と**ヤマネコ**とが対峙するぞ。激突になるか、無血制圧になるか、覚悟しておけよ」

「偉大なる総統閣下のために」

「そして、この対馬を統一国家実現の橋頭堡とせんがために」

「命を賭《か》けます」

「頑張ってくれ」

鎌伊少佐は左手で三澤中尉の肩を軽く叩くと、右手にしていた無線の送話器を口元へ運んでスイッチを入れた。

「本隊総員に告ぐ。上陸地点がいよいよ近付いてきた。もう一度、言っておく。我々は総統閣下直属の誇り高き精鋭部隊である。祖国を背負って立つ最強部隊である。この誇りと自負を汚さぬよう全力奮闘せよ。但し、武器を持たぬ対馬島民に危害を加えてはならぬ。老人婦女子に指一本触れてはならぬ。もし困窮状態にある弱者を発見せし場合は堂々と手を差し伸べよ。それが総統閣下直属部隊としての揺るがぬ誇りであり自負である。我々は大和民族より遥《はる》かに優れている。我々の相手は戦闘員凡《およ》そ四百名と想像される陸自対馬警備隊**ヤマネコ**。山野《さんや》の地勢を知り尽くした強敵だ。だが退くことは許さぬ。最後の一兵となっても死力で対決せよ。幸か不幸か日本の陸・海・空自衛隊には決定的な弱点がある。

これについて我々は今日の日に備え機会あるごとに学んできた。我々と対峙する彼等は、外形は軍隊であるが実体は軍隊にあらず。法によって武器の使用に大きな制約を課せられている。しかも**ヤマネコ**は優秀な隊員を揃《そろ》えているにもかかわらず、充分な武器・弾薬の支給を国家から受けていないと判明。よって、恐れることはない。徹底的に叩け。以上だ」

言い終えて少佐は、三澤中尉に命じブリッジの明りを消させた。

暗夜の海を、対馬侵略船団が、次第に舳先《へさき》を左——陸方向——へ向けつつあった。

三澤中尉がブリッジ側面の窓際に立って、暗視双眼鏡《ナイトゴーグル》を覗き込む。

「海上保安庁の沿岸警備用巡視艇《てい》は見当たりません。実に静かな海です」

「対馬には全長三〇メートルクラスのPC型と称されている小さな巡視艇しかない。しかも船体素材は防弾を全く考慮していない軽合金だ。わが砲の一発を浴びれば吹っ飛んでしまう」

「漁船活用の、わが木造船団も、似たり寄ったりではありますが」

「木造船はレーダーに捕捉され難《にく》いし、漁船活用はコストも安い。しかしエンジンだけは最新鋭だぞ」

「はい……そろそろ速射砲をデッキへ出しましょう」

暗い中、振り向いた三澤中尉に「うん。そうしてくれ」と鎌伊少佐は答えた。

三澤中尉の手が、そばの壁面で赤い光を点《とも》している釦《ぼたん》を押した。

彼等の足元、床がゴゴゴッと低く唸《うな》り出す。

三澤中尉はブリッジ前面へ移って、防弾ガラスが嵌《は》まった窓越しに甲板を確認した。

彼等の足元――格納庫――から自動的に現われた速射砲が、甲板上に敷かれた二本のレールの上をゆっくりと滑って、船首より四、五メートル手前で止まった。そして、固定されたらしく、カチンッと金属音を立てる。

「我が軍は武器の使用及び武力の行使に何らの法的制約を受けていない……その点についてはまだしも恵まれている」

三澤中尉は、ひとり呟いた。そして彼は更に呟き声で付け加えた。「かけがえのない国軍兵士の命を守るためにも」と。

日本の陸・海・空自衛隊の武器使用については、国土防衛軍としてのいわゆる「独立法規」はなく、**警職法**（警察官職務執行法第七条――武器の使用）に拠《よ》る事を原則としている。

しかしながら**国防活動と警察活動とでは、事案形態の重大性に大きな開きがあることは明らか**であり、したがって警職法第七条による武器使用法規で対応しきれない不安が出てくる。しかも我が国には憲法第九条『日本国民は、正義と秩序を基調とする国際平和を誠実に希求し、国権の発動たる戦争と、武力による威嚇又は武力の行使は、国際紛争を解決する手段としては、永久にこれを放棄する――前項の目的を達するため、陸海空軍その他の戦力は、これを保持しない。国の交戦権は、これを認めない』が、どっしりと腰を据《す》えている。

　この警職法第七条と憲法第九条を視野の端に捉え、頭が混乱するような諸解釈・諸判断を加えつつ、国防事案に対処のための武器使用法規を日本政府は幾通《いくとお》りも作り上げてきた。

　頭をかかえ、苦悩しながら。

「領空侵犯」「治安出動」「警護出動」「防衛出動」「海上警備行動」「船舶検査活動」「弾道ミサイル防衛」など、その武器使用に関連した抑制的条文の数、実に二十数通り以上にも及ぶ。

　その抑制的条文の多くは「**正当防衛**又は**緊急避難**など**一定の要件**に該当する場合」「他にこれ（敵対者）を**排除する適当な手段**がない場合」「事態に応じて**合理的に必要と判断される限度**で」「生命又は身体の防護のため**已**《や》**むを得ない必要があると認める相当の理由**がある場合」「**人に危害を与えてはならない**」といった非常に難解な金縛《かなしば》り条文となっている。

　敵を目前に置いた場合の日本の陸・海・空自衛隊および警察は、この難解なクイズを解《と》かない限りは武器を使用できないのだ。おそらく分厚く重い六法全書なり隊法規全集なりを背負って出動せよ、という事なのであろう。

　果たして、この難解なクイズを解く時間的余裕を、敵は与えてくれるのだろうか。判断・選択に迷っている間に、陸・海・空自衛隊および警察機関に甚大《じんだい》な犠牲者を生じさせはしまいか。いや、国民の間に犠牲者が出てしまう事になりはしまいか。

「少佐。厳原発電所沖合に到達しました。予定時刻通りです」

ブリッジ前面に立つ三澤中尉が振り向いて言った時、船はエンジン音を落とした。

それに応《こた》えることなく、鎌伊少佐は作戦テーブルの引き出しを開けて暗視双眼鏡《ナイトゴーグル》を取り出し、左舷の窓に近付いた。

彼は右手に持った双眼鏡で暗い海を見た。

三十隻以上の小型木造船がエンジン音を押さえ、突入に備えて横一列に整然と並んでいる。

海は凪《な》ぎ、彼等に味方していた。

少佐はゴーグルを覗き込んだまま、左手の無線送話器を口に近付けた。

「**祖国より後続隊**が来るまで我々は踏ん張る。対馬に碇泊《ていはく》中の巡視艇、フェリー、漁船、商船など、全て模擬訓練《シミュレーション》通りに我々の物とする事を忘れるな。破壊してはいけない。分捕《ぶんど》るんだ。破壊するのは在日米軍無人通信所を除く、電話の基地局、交換局など日本の通信施設と発電施設だけだ」

言い終えて、鎌伊少佐はついに突入命令を下した。

三十隻以上の小型木造船が、エンジンをフル回転させ、対馬の阿須浦めざして暗夜の海面を滑り出した。

上陸目標海岸すぐの所には、**厳原重油燃料発電所**がある。

その発電所から七、八百メートル西方に、**ヤマネコ**は駐屯していた。

発電所と**ヤマネコ**駐屯地のちょうど中間には、陸上自衛隊訓練場の荒れた山野の広がりがあって、民家は殆《ほとん》ど無い。

また、上陸目標海岸である阿須浦の浜——厳原町東里《ひがしざと》——は、標高約一六七メートルの後《うしろ》山が、ほぼ海際《ぎわ》まで裾野《すその》を広げて対馬内陸側からの視界を遮《さえぎ》っており、平和日本への暗夜の侵略上陸地点としては、恰好《かっこう》の場所であった。

人目につく心配は、まず無い。

三

土井垣一尉に代わって四十半ばの無口な三等海曹のパイロットによる迎えのSH・60J対潜ヘリで、イージス艦らいちょう、の甲板へフル装備に戻って降り立った和蔵芳弘一尉は、強い照明の中をヘリ格納庫に向かって急いだ。

脳裏に、絶命した二人の公安刑事の顔が焼き付いて、消えなかった。

（あいつか。あの前濱健夫が殺《や》りやがったのか……いや、いくら何でも、そこまで想像を膨らますのは……いやしくも前濱は、伝統ある中湊海洋水産大学の教員だ……)

ギシッと歯を噛《か》み鳴らして、強い照明が薄らいだ部分へ入った和蔵一尉は、ヘリ格納庫の前に、特警隊長・西尾要介一佐が立っているのに気付いた。

西尾の表情が険《けわ》しい。

(何かあったのか?)と、和蔵一尉は訝《いぶか》った。

二名の公安刑事の死については、まだ報告していない。携帯で報告を済ませるような事案ではない、と判断したからだった。

和蔵は隊長西尾の前でビシッと一礼し、口を開いた。

「ご心配戴きました自宅と本家及びその周辺に限っては、これと言った異常は生じておりませんでした」

「限っては?……自宅及び本家と関係ない位置で、何か生じていたのか」

「はい」

「聞こう。手短に話してくれ」

「例の警視庁公安の刑事二名が、射殺されておりました」

和蔵の声を落とした報告に、「なにっ」と驚愕する西尾一佐だった。

和蔵は、浦が浜に漂着した遺体の様子について、前濱健夫の名を付け加えつつ西尾に打ち明けた。

「う、うむ」と、西尾一佐は口元を引き締めた。

「で、君は、その前濱が犯人だという気がしているのか」

「伝統ある大学の教職員である彼が犯人だと仮定すれば、巧妙に日本人に化けた他国人の可能性についても考えねばなりません」

「そう言えば最近、愛国心旺盛な持論を展開する評論家や学者、芸術家、キャスターなどをいやに手汚なく面罵誹謗《めんばひぼう》する有識者とやらが各方面で目立っている。彼等がもし日本人に化けた〝**愛国心潰しの他国人**〟だとすると……」

「ま、その辺のところは警視庁に任せておいて大丈夫とは思いますが」

「とにかく前濱健夫については、上層部から警視庁へ至急、報告しておいて貰おう。君の任務に影響ないかたちで、な」

「お願い致します。ところで隊長の険しい表情が、先程から気になっているのですが、こちらでも何かありましたか」

「あった」

「え……」

「十数分前から海自佐世保総監部隷下の対馬警備所が、完全に沈黙しとる」

「沈黙……ですか」

「島内の三か所にある海自警備所の全てが、定められた時刻の通信任務機能を果たしていない」

「なんですって……」

「海自だけじゃない。陸自第四師団（福岡県春日市駐屯）隷下の対馬警備隊もだ」

「陸自の対馬警備隊と言えば、勇猛の評価高い**ヤマネコ**ではありませんか」

「うむ。その**ヤマネコ**が、矢張り沈黙しとるんだ」

「司令部からの呼びかけにも」

「応答なし、だ。無線・携帯・電話全て駄目だ。沖縄の米軍基地から深夜の輸送任務で飛び立って、韓国の米軍基地へ向かっていた輸送機が、対馬上空付近で全島が真っ暗であることに気付き、在日米軍司令部経由で防衛省へ知らせてくれたらしい。つい数分前のことだが」

「この時刻だと、自然豊かな対馬なら真っ暗でもさほど不自然ではありませんが」

「だが、道路の外灯や空港、港湾施設の明りくらいは、夜明けまで点《とも》っていてもよさそうなものだ」

「なるほど……全島真っ暗で、しかも基地が全く応答しないというのは……」

「携帯もつながらんのだから、よほど深刻な全島停電による、通信のシャットダウンだろうか」

「いえ。無線基地局と交換局で成る携帯ネットワークというのは、無線基地局に〝停電に備えた内蔵バッテリー〟が設置されており、最低でも三時間は大丈夫です。交換局にも無停電電源装置とディーゼル・エンジンの自家発電装置という二つの備えがあり、ディーゼル・エンジンの燃料さえ欠かさなければ長時間、大丈夫なようになっています」

「すると、携帯もつながらんという事は……」

「無線基地局又は交換局が」

「破壊された？」

「そういう事です」

「こいつあ君、場合によっては対馬へ飛ぶことになるぞ。皆に心の準備をさせておいてくれ」

「判りました。ですが隊長、海自には特警隊を対馬まで運ぶ輸送ヘリコプターがありませんよ」

「あ……」

隊長・西尾一佐の顔が、たちまち歪《ゆが》んだ。

そうなのである。海自特警隊員数十名を事案発生現場まで速《すみや》かに運ぶ大型輸送ヘリが、海上自衛隊には無かったのだ。信じられない事だが事実である。**仏像《ほとけ》つくって魂《たましい》入れず**、**の国防政策**がここにもあった訳だ。一体なぜ、このような初歩的不備が各所で見られるのであろうか。がっしりと予算編成を握っている官僚組織の、国防予算無理解によって生じるのであろうか。それとも、もっと「甘い蜜《みつ》」の方へ、国家予算が流れてしまう政治的・官僚的な「仕組」がどうしようもなく存在しているのであろうか。

「隊長。対馬には海上保安庁の基地も、長崎県警対馬警察署もある訳でしょうから、我々が対馬に対し何らかの行動を起こそうとすれば、海保や警察との連携が必要になってくるかも知れません」

「うん。官邸からはつい先程、自衛隊、海保、警察に対し、対馬沈黙の原因が大筋で把握できるまでは勝手に一歩たりとも動いてはならん、という命令が出ている」

「ほう、異例の早さですね。という事は隊長。官邸は何か良からぬ事態を我々より先に摑みつつあるのではありませんか」

「私も、そう思っている。君の言うように、異例の早さで官邸は動いているようだ。官邸地下の危機管理センターには、この深夜、すでに全閣僚が集まっているともいう」

「陸自が動くとなると、中央即応集団に対馬への出動命令が出されるかも知れません。あそこは航続距離一〇〇〇キロという大型の隊員輸送ヘリを持っています。場合によっては、このイージス艦らいちょう、のヘリポートへ立ち寄って貰い、我々特警隊を対馬まで運んで貰う訳には参りませんか」

「考えてみよう。特警隊のプライドを捨ててな」

「対馬の海自基地が重大な事態に陥っているのであれば、何としても特警隊の手で救ってやらねばなりません」

「判った。急ぎ手を打ってみる。おっと、そうだ。確か海上保安庁にも大型ヘリがあったな」

「はい。海保の対テロ・ゲリラ特殊警備隊SSTの隊員輸送用として、関西空港海保航空基地に配備されていますが、輸送能力は乗員を含め、二十四、五名の筈です。数十名もの我が特警隊員を対馬まで運ぶには、矢張り中央即応集団のビッグヘリコプターCH・47JAに頼るしかありません」

「判った。ともかく君は、隊員を引き締めておいてくれ」

「はい」

ヘリ格納の合図《サイン》が出たため、二人は足早にその場を離れた。

四

千代田区永田町二丁目の総理大臣官邸地下、危機管理センター。

一人も欠けることなく、全閣僚が強張《こわば》った表情でテーブルを囲んでいた。

閣僚だけではなかった。自衛隊のトップである統合《とうごう》幕僚長・江藤竜平海将（海軍大将相当）及び陸・海・空各幕僚長そして警察庁長官と警視総監、海上保安庁長官も顔を揃えていた。

江藤海将だけは、対馬全土の詳細地図が映し出された大スクリーンの前に、白いタクトを右手に持ち立っている。

誰の表情も、沈痛であった。

彼等は今、内閣総理大臣綿路史朗太《わたじしろうた》の口から、駐日アメリカ大使及び在日米軍司令官の二人から齎《もたら》された情報として『かの国が日本海方面へ向け長距離弾道ミサイル、中距離弾道ミサイルの同時発射の準備を極めて急いでいる』を聞かされたのだった。

綿路首相が、ボソリと言った。

「……そういう訳で、皆さんに、いつでも此処へ集まれるよう当分の間は官邸近くにいてほしい、と御願いしたのです。その御願いが、対馬沈黙などという、とんでもない事態にこうして役立とうとは、私も予想だにしておりませんでした。国の指導者として危機感が不足していると責められても仕方ありません」

「危機感不足を総理お一人が悩むことはありませんよ。我々だって、そうなんですから」

防衛大臣が、大きな声で言い切り、綿路首相は淋しそうに小さく笑ってから直ぐ真顔になった。

彼は、白いタクトを手に立っている江藤統幕長と視線を合わせた。

「で、統幕長。この対馬沈黙は、矢張り強行上陸集団があったと考えるべきなのでしょうな」

「そう思います。しかも一気に制圧作戦を成功させ、発電設備とあらゆる通信設備を瞬時に破壊もしくは監理下へ置いたものと考えられます」

「陸幕長にお訊きします。私の手元にあるこの部隊配置図によれば……」

そう言いながら綿路首相は、テーブルの上に広げた資料を左手人差し指の先でトントンと突ついた。

「対馬には四百名近い警備隊**ヤマネコ**が存在していますね。発電設備や通信設備を制圧しようとする集団が強行上陸した場合、**ヤマネコ**は激しく抵抗するのが普通ですな。抵抗しておれば、その騒ぎは当然、深夜といえども島外へ漏れ伝わると思うのですが」

「状況から推測して、**ヤマネコ**は抵抗しなかったのだと思います。実は私は、申し訳ありませんがホッと致しております。おそらく隊の皆は、無事なのだろうと」

「仰《おっしゃ》ろうとする意味が、よく判りませんが」

「そのう……予算不足で**ヤマネコ**には充分に闘えるだけの装備、弾薬が行き渡っていないものですから」

「えっ……」

「**ヤマネコ**には粒選《つぶよ》りの優秀な隊員が揃っています。戦闘を恐れるような隊員は一人もいない、と断言できます。しかし、**ヤマネコ**は強行上陸集団に反撃を加えるに足る弾薬を殆ど持っておりません」

「な、なんですって」

「もし相手が大集団なら、**ヤマネコ**は現状で闘えば間違いなく全滅します。そうと判っていますから指揮官は無血降伏を選んだ可能性があります。有能で大切な部下の命を守るために涙をのんで」

「陸幕長、あなたねえ……」

陸幕長を睨みつけながら綿路首相が顔を真っ赤にして立ち上がったとき、防衛大臣も勢いよく腰を上げた。

「総理、**ヤマネコ**の装備、弾薬不足は、陸幕長の責任ではありません。これは政治的責任です。責任は明らかに我々全閣僚にあります。いいえ、国防責任を負う与野党の全国会議員にあると言っても間違いではありません」

「う、うう……」と、綿路は座り込んだ。

「いま大事なことは、どう対処するかです総理」と言いながら、防衛大臣も表情をくしゃくしゃにして腰を下ろした。

「そ、そうでした。大変失礼な態度を取ってしまった。大目にみてやって下さい陸幕長」

「いいえ。これは矢張り陸幕長たる自分の責任であると思っております。しっかりとした対処を展開させてから、自分の責任については考えます。今は一刻も早く、どう対処するかを考えねばなりません。少なくとも朝陽《あさひ》が昇るまでには」

陸幕長の言葉が終るのを待って、江藤統幕長が「総理」と口を開き、対馬の一点をタクトで押さえた。

「**ヤマネコ**の駐屯地は此処ですから、強行上陸集団は、厳原発電所がある阿須浦から上陸したのかも知れません。しかし対馬全島を一気に制圧するには、非常に綿密に計画して、対馬を取り囲むように四方から強行上陸しなければなりません。むろん、この深夜に」

「四方からということは、相当な大集団ということになりませんか」

「ええ。私の推測では、たぶん七、八百名くらいではないかと」

「七、八百名……」

綿路首相は、その数を聞いて顔色を失ない、茫然《ぼうぜん》となった。

だが、彼は直ぐにキッとした顔つきになって、スクリーンを睨みつけた。

「統幕長。島民を守り、救い出すためにも、また日本国の誇りのためにも、第二波、第三波の強行上陸集団を対馬の領海の外側で防がねばなりません」

「その通りです総理」

「海自、海保は総力をあげて、対馬の領海の外側で不審船臨検を徹底させて下さい。武力で抵抗する船舶には、武器の危害射撃を含め断固対処して下さい。断固です。それから対馬へは、陸自中央即応集団及び海自特別警備隊を差し向け、装備、弾薬量とも充分以上を携行させること。即応集団と特警隊のバックアップ態勢については、統幕長ほかスペシャリティに一任します。それから……」

綿路首相はそこで言葉を切ると、外務大臣と視線を合わせ、よほど緊張しているのであろう、喉《のど》を鳴らして喉仏を上下させた。

「外務大臣は事態が明らかになった時点で、相手国政府へ厳重抗議すると同時に、国連への提訴について手続に入って下さい。私は先ず駐日アメリカ大使、在日米軍司令官と協議に入ることを急ぎます」

「判りました」と、外務大臣が頷いた。

「また警察庁長官及び警視総監は、東京及び全国各地の滞日外国人に対し、対馬の事態が終息するまで、基本的人権などに配慮しながら厳戒監視《げんかいかんし》の態勢を敷いて下さい。宜しいですね」

警察庁長官と警視総監が「全力を尽くします」「直《ただ》ちに実行に入ります」と応じた。

「なお空自ですが……」と、綿路首相は空幕長へ視線を向けた。

「空自は日本海上空にE・2C早期警戒機を飛ばし、二十四時間の情報収集と警戒に当たって下さい。対馬事案に対応中に、もし領海領空内へ侵入しようとする航空機や不審船を発見した場合は、直ちに海自と連携して下さい」

「空幕長、了解しました」

「先程申しました危害射撃については、内閣総理大臣として全責任を持ちます。陸・海・空トップに責任を持たせる事はありません。だから、務めを果たして下さい」

「承知致しました。有り難うございます」と、空幕長が陸・海幕長に代わるかたちで謝意を口にした。

「あ、私、ちょっと失礼します。一、二分で戻ってきますので、統幕長は直ちに出動命令を発令する準備を整えておいて下さい」

綿路はそう言い残し、危機管理センターの外に出て、洗面所《トイレ》へ少しよろめきながら駆け込んだ。

彼は呻《うめ》きを噛み殺して、二度、三度と嘔吐《おうと》した。自分が発言した指揮・命令に、彼は怯《おび》えていた。胃が激しく痛んだ。

だが嘔吐したのは、薄黄色い胃液だけであった。

腰を折り、もう一度洗面器に顔を近付けたとき、誰かが背中をさすってくれた。

綿路は両目に噴き出した涙を指先で拭《ぬぐ》って、腰を伸ばしながら鏡を見た。

防衛大臣が、鏡の中で微笑んでいた。

「ご立派でしたよ総理。就任して間《ま》もないというのに」

「か、体が震えています」

「私もです。ご覧なさい。私の両手を」

防衛大臣は洗面器の上へ両手を差し出して見せた。

確かにぶるぶると震えていた。

「統幕長が今、この危機管理センターから必要な部隊へ、必要な命令を発しました。事態は急速に動くでしょう。もう、嘔吐している時間などはありませんよ総理。頑張って下さい」

「有り難う」

「さ、席へ戻りましょう。一階にある記者クラブへの対応も考えねばなりません。但し、部隊が具体的な動きに入って、事態の大筋が見えてくる迄《まで》は、我々は固く口を閉ざしておく必要があります」

「同感です」と頷いて、綿路は冷水で口の中を清めた。

二人は肩を触れ合うようにして、洗面所から出た。

首相と防衛大臣は、それぞれ自分の席へ座った。

綿路首相は胸を張るようにして大きく息を吸い込んでから、口を開いた。視線は統幕長を捉《とら》えていた。

「ところで統幕長……」

「はい」

「かの国が、我が国の方角へ弾道ミサイルを発射した場合、その捕捉《ほそく》情報はどのようなルートで、この官邸危機管理センターに届《とど》くのか、首相に就任したばかりの私に判《わか》り易《やす》く聞かせて下さい」

「陸・海・空が全国で厳戒《げんかい》態勢を敷《し》いている場合の、情報の流れで宜《よろ》しいですね」

「結構です」

「恐らく先《ま》ず防空指揮群の優れたレーダーが、ミサイル発射の徴候《ちょうこう》を捉《とら》えて即座に航空総隊司令部へ報告。そこから自衛隊中央指揮所《しきしょ》と官邸危機管理センターへ同時に通告が入ります」

「なるほど。そこで官邸危機管理センターは各自治体に向け、緊急通報システムEm-Netで速《すみや》かに知らせればいい訳《わけ》だ」

「その通りです」

「アメリカの偵察《ていさつ》衛星による情報、あるいは、わが国の監視衛星による情報、などは、いま言われた流れのどの段階で絡《から》んでくるのですか」

「衛星情報を正確にチェック出来る能力は、防空指揮群も自衛隊中央指揮所も備えています。いずれの組織構成員も非常に優秀で、万が一にも情報を取り違えるようなミスなどはありませんでしょう」

「それは頼《たの》もしい。安心していいのだね」

「大丈夫です。こういった危機会議で百パーセントという言葉は使うべきではありませんが、しかし百パーセント御安心なさって下さい」

「たとえば、その情報ルートの構成員に、訓練不足な背広組（文官）が、でしゃばって食い込んだりはしていないだろうね。全て、ベテランの制服組（武官）ですな」

「あ。は、はい……」

「どうしました。歯切れが悪いですね」

「だ、大丈夫です。ご心配ありません。大丈夫ですから」

「本当に大丈夫ですね」

「ええ……大丈夫です」

「そうですか。了解しました」

綿路首相はようやく表情を緩《ゆる》めると、天井《てんじょう》を仰《あお》いで、また大きく息を吸い込んだ。

防衛大臣の表情が、少しばかり陰《かげ》りを見せた。**文官である背広組**が大事な局面へ出しゃばって入り込み、事態への対処を遅らせたりはしないか……と。

第九章

一

隊長・西尾要介一等海佐（海軍大佐相当）ほか数十名の海自特警隊員を乗せた陸自のCH・47JA大型輸送ヘリコプター一機は、強力なエンジンを轟々《ごうごう》と唸《うな》らせ暗い海面スレスレに対馬へ向け全速力で飛行していた。

このクラスのビッグヘリコプターになると、海面に近い超低空飛行は極めて危険であったが、それを可能にしているのは、パイロット、コ・パイロット、機上整備士ら搭乗員たちの弛《たゆ》まぬ訓練だった。

陸自ヘリ部隊は、国防のみならず大災害現場への派遣が多い事もあって、様々な悪状況下・悪環境下での飛行訓練が絶やすことなく実施されている。

その厳しい訓練が今、生きていた。

対馬の何処《どこ》へファストロープ降下するかは、もう決まっている。

ビッグヘリの左側には**戦闘ヘリコプターAH・64Dアパッチ・ロングボウ**が、右側には**対戦車ヘリコプターAH・1Sコブラ**が、護衛のためそれぞれ一機張り付いていた。

和蔵半島沖合から対馬へ急転中のイージス艦らいちょう、に向けてこれら三機のヘリが飛び立ったのは、陸上自衛隊目達原《めたばる》駐屯地（佐賀県神埼郡吉野ヶ里）からであった。飛行場を持つこの陸自目達原駐屯地には、西部方面ヘリコプター隊、西部方面航空隊第三対戦車ヘリコプター隊などが配置されている。

対馬沈黙に対処のため海自特警隊の他に、陸自中央即応集団（公表司令部・練馬）隷下の特殊作戦群（千葉県船橋、戦闘構成員二百名）及び第一ヘリコプター団（千葉県木更津）が起用されていた。

はじめ海自特警隊は、第一ヘリコプター団のビッグヘリに〝便乗〟させて貰うことで話が進んでいたが、双方の作戦様態が異なる上、千葉から和蔵半島沖合のイージス艦らいちょう、までは距離があり過ぎるため、結局、佐賀県目達原駐屯地を飛び立ったヘリ三機が、対馬へ急転中のイージス艦らいちょう、と合流し、ヘリ燃料の補給を受けて海自特警隊を運ぶことになったのだ。

これにより、イージス艦らいちょう、は和蔵半島厳戒のため引き返していた。

沈黙中の対馬へは、不用意に大部隊を投入したり、空からの探査・攻撃などは難《むつか》しかった。下手をすれば、強行上陸集団が島民を盾とする危険があるからだ。だいいち何処の何者が強行上陸しているのか、まだ摑み切れていないのだ。いや、もっと慎重な言い方をすれば、突然の対馬沈黙が事案に相当するものかどうかさえも、判っていなかった。

だが、今回の出動命令が、どれほど凄まじい状況と激突する事になるか、海自特警隊も陸自特殊作戦群も間《ま》もなく思い知らされる事になる。

飛行方向左手、最後尾の窓のそばに腰を下ろしていた和蔵芳弘一尉（海軍大尉相当）は、窓に顔を近付けて、チッと舌を小さく打ち鳴らした。

彼方《かなた》の東の空が、うっすらとだが白《しら》み始めていた。

和蔵は飛行方向右手、最前部の窓のそばに位置している西尾隊長の方へ視線をやった。

機内灯の薄明りの中、西尾がこちらを見たので、和蔵が白《しら》み始めた窓の彼方を指差して見せると、西尾は（判っている……）とでも言う風に頷いて見せ、シートベルトを解き操縦席へ上体を伸ばし気味にコ・パイロットの背へ何やら声を掛けた。

コ・パイロットが、ちょっと振り向くようにして西尾に応じる。

西尾が和蔵へ視線を戻し、左右の手指を使って10を示して見せた。

ファストロープ降下地点まで、あと十分、であった。

和蔵は「フェイスマスクを……」と、ヘッドセットを通じ物静かな声で皆に命じた。

「楽にしてよし」を言われていた隊員たちが、素早く黒のバラクラバ（フェイスマスクのこと）を鼻柱まで引き上げる。

「次に装備確認。実弾装填《そうてん》」

カシャ、ガチンと鋼《はがね》のこすれ合う特有の音がして、隊員たちの銃弾倉《ガンマガジン》から機関部へ最初の一発が送り込まれ、直ぐに頭上のエンジン音だけに戻った。

「あと十分ほどで降下地点だ。不幸な事に、お前達は我が国の**実戦海兵隊第一期生**となるかも知れない。怖ければ小便でも糞《くそ》でも垂《た》れ流してよし。俺も怖い。膝《ひざ》が震えている」

隊員達は誰も、そう言う和蔵を見ようとはしなかった。自分の膝のあたり、銃を持つ手の甲、天井などを見て身じろぎ一つしない。

不意にドスンと大きな音がして、ビッグヘリが水平状態のまま、どれ程か降下した。隊員たちが反射的に肩を窄《すぼ》める。

だが、操縦席の搭乗員たちは平気なものであった。馴《な》れているのであろう。

実戦海兵隊という形容を用いた和蔵は、自分のその言葉で不快な気分、自己嫌悪に陥っていた。

確かに〝海兵〟の性格を無理にでも当て嵌《は》めようとする部隊を探《さが》すとなると、日本には海自特警隊しか見当たらない。しかも、その戦闘構成員は、隊長、副隊長を除けば今のところ正規で僅《わず》かに数十名。

だが、朝鮮海峡を挟んで対馬と向き合っている韓国の海兵隊は、約二万八千名。しかも優秀な勇猛部隊、と評価されている。

因《ちなみ》に、与那国島に間近い台湾の海兵隊は、約一万五千名。懸念すべきは、この台湾が中国と「一つ」となる事を選んで、台湾海兵隊が中国海兵隊に生まれ変わった時であろう。

「統括……」

すぐ隣にいる海自特警隊最年少の、小谷年穂《としほ》海士長（海軍上等兵相当）に小声を掛けられ、和蔵は「ん？」と彼に顔を近付けた。

気のせいか、頭上のエンジン音が、やや甲高《かんだか》くなったような感じがあった。

「対空砲火、あるのでしょうか」

分隊支給火器ＭＩ《ミ》ＮＩ《ニ》ＭＩ《ミ》軽量軽機銃を手にする小谷海士長が、不安そうに口にした。

ヘッドセットのスイッチをＯＮのままだから、彼の声は全員に届いている。

「判らんが、あると予測しておいた方がいいだろう。怖いか」

「怖いです」

「なら、この場で小便でも糞でもしろ。それで少しは落ち着くだろ」

「統括は先程、膝が震えていると言われましたが……」

「本当だ。触《さ》わってみろよ」

「あ、はい。じゃあ失礼します」

小谷海士長は左の掌《てのひら》を、和蔵の右膝に当てた。

「本当だ。かなり震えていますね」

「当たり前だろ小谷。ドンパチ撃ち合う事になるかも知れんのだ。俺は、もう小便を少しちびっているよ」

隊員たちの低い含み笑いが、骨膜感受式イヤホーンから伝わってきた。

シートベルトを元に戻した西尾隊長が、じっと和蔵を見つめながら、苦笑を漏らしている。

西尾隊長だけは、それがルールという訳でもなかったが、バラクラバを用いていなかった。

「もう一点、訊いて宜《よろ》しいですか統括」

「構わんよ」

「わが国の離島は、約六千八百ほどあるのでしたね」

「そう教えたんだったな」

「そのうち有人島は僅《わず》かに二百、つまり殆どがいつ侵略されてもおかしくない管理放置状態の無人島です」

「うむ。ま、放置状態と言えば、放置状態だろうな」

「それらの島嶼《とうしょ》防衛のための精強部隊として、西部方面隊に確か六百六十名から成る方面隊直轄の専門部隊が存在していますでしょ」

「ああ、西普連《せいふれん》（長崎県佐世保）という強いのが存在している。だが今回は、大きな部隊は動けんのだ。もし動いて島内で力対力の激戦状態になると、島民が盾《たて》にされる恐れがある。だから陸自対馬警備隊**ヤマネコ**の親部隊である第四師団（司令部・福岡県春日市）も、動きたいのを抑《おさ》えているんだ。これは官邸の強い考えでもあってな」

「では対馬に対処するのは、海自特警隊数十名と陸自特殊作戦群二百名の二百数十名だけですか」

「今のところは、そうだ。不満か。それとも心細いか」

「………」

「陸自の特殊作戦群は我々より遥《はる》かに強いぞ小谷。出来れば共に行動して、吸収すべき点は吸収したいのだがな」

「海自特警隊だって、猛訓練という点では負けてはいませんよ」

小谷がそう言ったとき突然、機内灯が消え闇が隊員達を見舞った。

ビッグヘリが、左右に少し揺れる。

和蔵は窓の外を見た。並んで飛行していたAH・64Dアパッチ・ロングボウが矢張り、機外の赤色フラッシュ・ランプなどを消し闇に同化している。

このアパッチ・ロングボウ、メーンローター上のロングボウレーダーなどにより地上の百を超える標的を同時に探知し凄まじい反撃を加える事のできる世界最強の戦闘ヘリと言われていた。目標自動追尾式ヘルファイアミサイル、赤外線誘導空対空ミサイルスティンガー、七〇ミリロケット弾、三〇ミリ機関砲などを備えた重武装ヘリで、わが国の長大な海岸線防衛に内陸《ないりく》側から飛翔反撃する「移動兵装」としては最適である。しかし、若干《じゃっかん》機を調達した時点で、**国防音痴《おんち》の財務省**から「高すぎる」と既《すで》に調達予算を打ち切られていた。余りにも豪華《ごうか》すぎる国会議員宿舎や、怪しい安価入札《あんかにゅうさつ》で売却処分しようとしている〝かんぽの宿〟や、利用度の低い変な施設の建設には一兆円や二兆円の無駄《むだ》な投資を惜《お》しみもしないというのに。

財務省の「高すぎる」は、専守国防思想に対する変な罪悪感を引き摺《ず》っての「**兵器チョビチョビ発注**」**(少量生産思想)**に原因がある事は、はっきりしていた。だからこの姿勢を先ず改革しない限り「高すぎる」の改善は訪れない。

「ロープダウン用意……」

暗い窓の外を見つめていた和蔵一尉が、ようやく厳しい口調になって隊員たちに告げた。

並んで飛んでいたアパッチの〝黒い機影〟は前方へ移って消えていた。

代わって黒々とした山肌がビッグヘリの間近に迫ってくる。

三機のヘリは轟々たる爆音を発しながら、対馬のＶ字型渓谷《けいこく》に縦列編隊で進入しつつあった。

先頭は百の反撃目標を同時探知できるアパッチ・ロングボウ。

そして縦列後尾の護衛は、対戦車ミサイルTOW《トウ》、七〇ミリロケット弾、三銃身二〇ミリ機関砲を装備したAH・1Sコブラ。

対馬の背骨となって北から南へと連なる緑豊かな対馬連峰は、対馬北部で標高三百メートルから四百メートル、対馬中部で標高二百メートルから三百メートル、対馬南部に入ると標高五百メートルから六百メートルと高さを増して、最高峰は矢立山《やたて》の標高六百四十九メートルである。

これは東京都の紅葉の名所高尾山《たかおさん》(標高五百九十九メートル)よりも、まだ高い。

対馬の海、山、川、海岸線、湾内に浮かぶ無数の小島、の息をのむ美しさは筆舌《ひつぜつ》に尽《つ》くし難《がた》い。棲息《せいそく》する動物、豊かな森には稀少《きしょう》なものが見られ、とり分け天然記念物の野生のツシマヤマネコは絶滅寸前《ぜつめつすんぜん》だ。東京の中央政府は天下り官僚を厚く厚く保護してきたが、地球上貴重なツシマヤマネコの本格的保護には関心も熱心さも希薄《きはく》であった。鼻糞を丸めて投げ与える予算程度のことしか、やっていない。

「ツシマヤマネコを護《まも》るための発砲を意識せよ」

発砲について、海自特警隊へは出発前に統幕長・江藤竜平海将から、そう異例の厳命が出されている。これは非常に難しい命令であった。つまり、ツシマヤマネコが棲息すると思われる原生林内での面撃ち射撃(いわゆる乱射)には慎重を期し、標的射撃に徹せよ、という事であった。要するに攻撃してくる不法上陸集団のみに危害射撃を選択すべし、という意味だ。

ただ、幸いなのは、神経質で敏捷《びんしょう》な野生のツシマヤマネコは、不法上陸集団からいち早く遠い位置へ逃げ去っているだろう、と思われることだった。

機内ブザーが三度鳴った。ロープダウン（ファストロープ降下）一分前の合図だった。海自特警隊を無事にロープダウンさせ終えたなら、三機のヘリは対馬海峡を約五十キロ南へ下がった壱岐《いき》島北端の海上自衛隊若宮島《わかみやじま》基地（海自壱岐警備所）で待機することになっていた。対馬島内で待機していて、もし不法上陸集団に三機のヘリが奪取されたなら、相手の強力な兵器となってしまうからだ。

万が一、海自特警隊からのＳＯＳを受信した場合でも、海自壱岐警備所からだと三機とも十一、二分で対馬へ向かえる飛行速度を有している。

降下口が開いたのか、ビッグヘリの機内へ風が吹き込んできた。

ヘリが、ホバリングに入った。

「降下っ」

西尾隊長の鋭い声が飛んで、訓練に訓練を積み上げてきた〝海のコマンド〟たちが次々と暗い大地へ降り始めた。

早い。これが猛訓練の結果というものなのであろうか。まるで暗い大地に激突せんばかりのスピードで、切れることなくビッグヘリの外へと消えてゆく。

アパッチ・ロングボウとコブラの二機の重武装ヘリが、可能な限りエンジン音を絞り込んで、ビッグヘリの周囲を旋回した。

それでも二機のエンジン音は、深いV字型渓谷に響きわたった。

最後に降下したのは、大量の弾薬と、折り曲げ銃床型の八九式五・五六ミリ小銃を下ろし終えた第一小隊第一分隊の八名だった。

遠距離命中精度に優れる八九式五・五六ミリ小銃は、「面撃ち射撃に慎重を期し、標的射撃に徹せよ」という江藤統幕長命令が出たため、急遽《きゅうきょ》、追加された予備の装備だった。

防衛省技術研究本部が開発したこの小銃は、部品点数が少ないため分解結合が容易であり且《か》つ、かなりの軽量化に成功している。

単発射撃、連発射撃、スリー・ショット・バースト（三点制限射撃）が可能で、NATO軍（北大西洋条約機構軍）の第二標準弾五・五六ミリを採用していた。

しかし彼等の主要武器は矢張り、狭い場所や枝々が重なり合った原生林の中などで動き易い、MP5サブマシンガンだった。なぜなら、彼等は近接戦闘のスペシャリティなのだ。

コマンド（特殊訓練を受けた奇襲要員）なのである。

三機のヘリが彼等の頭上を壱岐へ向かって飛び去り、V字型渓谷に静寂が訪れた。

隊長西尾の周囲《まわり》に、和蔵統括指揮官及び各小隊長が集まって腰を下ろした。

他の隊員たちの気配は、完全に消えていた。すでに原生林の中に沈み込むようにして四方を警戒し、隊長や統括指揮官、小隊長たちを守っているのだ。

西尾が戦闘服のポケットからペンシルライトと地図を取り出し、折り畳んだ地図を足元に広げて、暗視ゴーグルを額に押し上げた。

士官たちも、それを見習って暗視ゴーグルを額にやった。

西尾がペンシルライトの明りを、地図に当てる。

そして人差し指の先が迷うことなく、地図上の渓谷の一点を押さえ、そのあと軽くトントンと二度突ついた。「いま此処だ」の意味であり、そうと判っている和蔵ほか士官たちは黙って頷いた。

次に西尾隊長の指先が地図の上を滑って押さえたのは、大海原《おおうなばら》を前に置いて厳原《いづはら》町安神《あがみ》竜《たつ》ノ崎の頂《いただき》に位置する、海上自衛隊下対馬警備所だった。壱岐警備所と連携して、対馬海峡を通過する水上艦船や潜水艦に対し二十四時間、目を光らせている。

そもそも「下対馬警備所が変……連絡とれず」と、最初に不審を抱いて海自佐世保地方総監部へ通報したのは、壱岐警備所だった。

西尾隊長が言った。

「先ず、この下対馬警備所の現状を確認する。もし不法上陸集団に制圧されていたなら、総力をあげて解放してやらねばならない」

「**ヤマネコ**の駐屯地まではどれくらいです？」と、第一小隊長の小塚哲夫三等海尉（海軍少尉相当）が訊ねた。口調が固い。語尾に少し震えがあった。

「**ヤマネコ**はここ……厳原町桟原《さじきばら》だ」と、隊長の指先が移動した。

「海自下対馬警備所からは凡《およ》そ八、九キロ。対馬市街地に駐屯する**ヤマネコ**へは陸自特殊作戦群が向かうが、下手をすると激しい市街地戦になるかも知れないな」

「島民が心配ですね」と、和蔵が沈んだ声で言った。

「うむ。市街地だけに陸自特殊作戦群は難しい選択を迫られるだろう。それに比べ海自下対馬警備所は竜ノ崎の先端に位置しているので、我々は、まだしも対応しやすい」

が、隊長西尾は、自分のその言葉が如何《いか》に迂闊《うかつ》なものであったか、やがて思い知らされる事になる。

隊長西尾は続けた。

「よし。竜ノ崎へ急ごう。和蔵、指揮《しき》をとれ」

「了解」

暗視ゴーグルを額《ひたい》から下げた和蔵一尉が、小隊長たちに向かって素早く指信号《サイン》で命令を放ち、最後にゴーの意味でパチンと指を鳴らす。

小隊長たちが頷いて立ち上がった。

二

午前六時二十八分、快晴。

厳原町安神竜ノ崎の上空には、雲一つなかった。海自特警隊には、もはや暗視ゴーグルの必要性は無い。

険しい渓谷、峠、そして隧道《すいどう》などをクリアーして、彼等は今、『自衛隊入口』の小さな高札がある周辺の樹木の陰《かげ》に、散開していた。

見通しは極めて悪かった。が、木立の間から彼方に辛《かろ》うじて認められる下対馬警備所の通信鉄塔《アンテナ》に、和蔵は双眼鏡を向けてみた。

焦点を慎重に合わせる。

「どうだ?」と、隊長西尾は囁いた。

「どうやら鉄塔に見張りが登っている様子はありませんね」

「うむ」

和蔵は双眼鏡を下ろすと、ヘッドセットを通じ各小隊長に命じた。

「前進する。各小隊長及び班長《はんちょう》は手元の地図を、常に取り出せるようにしておけ」

和蔵は言ってから、隊長西尾の「よしっ」の頷きを確認し、右腕を前方に向けて大きく振った。前進だ。

和蔵を先頭として、小塚哲夫三尉率《ひき》いる第一小隊から歩み出した。

山沿いの道を左手方向へ用心深く少し下った地点で、和蔵は「止まれ」を命じた。

前方の木立深い中に警備所へリポートの入口が見えていた。

和蔵が双眼鏡を覗き込む。しかし人の姿を認めることは出来なかった。

和蔵は、考えた。(自分が侵略集団の指揮官なら、味方のヘリを呼ぶためにも、敵のヘリを来させないためにも、ヘリポートは絶対に確保する……)と。

「小塚」

「はい」

和蔵は右後方に控えていた第一小隊長の小塚哲夫三尉を横へ呼びつけた。

「一班を暫く借りるぞ。少し進んでみる」

「判りました」

「他はこの位置に目立たぬよう潜伏し、油断なくヘリポート入口を見張れ」

「了解」

和蔵は左後方を振り返り、第二小隊のそばにいる隊長西尾の頷きを確認してから、第一小隊第一班を率《ひき》いてその場を離れた。

その主要メンバーは……

班長 戦闘員　宇崎高秋　海曹長（海軍曹長相当）　妻帯者（子一人）
副班長 戦闘員　尾旗真吾　一等海曹（海軍軍曹相当）　独身
戦闘員　山根広志　二等海曹（海軍伍長相当）　独身
戦闘員 狙撃手　徳野弥助　三等海曹（海軍兵長相当）　独身
戦闘員 軽機銃手　小谷年穂　海士長（海軍上等兵相当）　独身（母一人子一人）
戦闘員　岡内　剛　海士長（　〃　）　独身
戦闘員　兼房四郎　海士長（　〃　）　独身
戦闘員 通信士　岸山直彦　海士長（　〃　）　独身

たちであった。過酷《かこく》な猛訓練を耐え抜いてきた〝海の一騎当千〟である。

和蔵一尉と彼らは、鬱蒼《うっそう》たる木立の中の道を用心深く進んだ。

凡《およ》そ百メートルばかり進んだところで、先頭の和蔵が（待て……）と左手を上げる。頭の中にしっかりと地図を叩き込んでいる彼は、どの辺りが特に気を抜けないか読み込んでいた。

彼は、そろりと、一人進んだ。彼が手にしているのは、フォアグリップ付の八九式五・五六ミリ小銃。

いつも肩から下げている指揮官用の小火器九ミリ機関拳銃（国産、二五発装塡、有効射程一〇〇メートル）は、このとき背中に回っていた。

木立が切れ、視界が開けた。人一人が通れそうな大きな裂《さ》け目があるフェンスの向こうに、ヘリポートの広がりを確認出来た。

木の陰からスウッと顔半分を出した和蔵が、直ぐに引っ込める。

いた。広々とした警備所ヘリポート（約一三〇〇〇平方メートル）の、着陸点を示す白いⒽマークを取り囲むようにして、銃を手にした何人かがいた。

服装は、ばらばらだった。統一のとれた軍隊服、戦闘服などではなかった。

「ヘリポートに武装した数名の不審者発見」

彼は、小声で告げた。自分の声が、震え気味なのが判った。

「できる限り正確に、武器、人数、通信装置の有無を確認せよ」

すぐに隊長の声が、返ってきた。さすがに強張《こわば》った声の響きだった。

和蔵は「了解」と小声で返し、再び木立の陰から顔半分を出した。

不審者は全員が、少し向こうへ遠ざかっていた。

様子を窺《うかが》う和蔵には有《あ》り難《がた》かった。

「人員は九名、顔つきは日本人と見分けつかず。所有武器は明らかにＡＫ・４７突撃小銃、一名が三〇センチ程のアンテナを持つ携帯通信装置を肩から下げています」

「ＡＫ・４７カラシニコフか。中国軍でないとすれば何処《どこ》の国か、もう決まりだな」

「着ているのは中国軍の旧《ふる》い六五式解放服（一九七〇年代までの人民解放軍着用）でもなければ、

その後の八一式や九九式戦闘服でもありません。統一がとれていない、ばらばらの服装です。まるで民間人の普段着《ふだんぎ》のような」

「判った。直ちに自衛艦隊司令部へ報告する」

「おっと……」

「どうした。気付かれたか」

「いや、一人がこちらへ顔を向けたので。が、大丈夫です。先制制圧命令を出して下さい隊長。このままだと、こちらが危ない」

「ちょっと待て。総理は我々の動きに全責任を持つと仰《おつしや》ったようだが、法という煩《うるさ》いものがあるんだ。全責任を持つ、という言葉一つで片付く問題じゃない」

「ですが……」

「二分待て。**これ**を排除する適当な手段がない場合とか、**合理的に必要と判断される限度**でとか、**已《や》むを得《え》ない必要があると認める相当の理由**、といった武器使用の難解な条文について二分で考えてみる」

「急いで下さい」

「無論だ」

交信を終えて、和蔵一尉はガックリと肩を落とした。この国は一体何なんだ、と思った。敗戦後八十年近くも経《た》って、未《いま》だこのレベルかと悲しかった。『いま此処《ここ》にある危機』の面前に与野党全ての政治家の雁首《がんくび》を揃えたいとも思った。法規条文の考案者、を直ちにこの場へ招待したかった。

話し声が次第にこちらへ近付いてきたので、和蔵の指が小銃の引金にかかった。

（こ、これは……）

彼は、わが耳を疑った。聞こえてきたのは日本語だった。

次第に近付いてくる。ゆっくりと。

（まずい……）と、和蔵は感じた。

「宇崎……」と、彼は班長の宇崎高秋海曹長を、そばに呼んだ。

「聞こえるか、日本語だ」

「あ、本当ですね。驚きだ」と、宇崎海曹長が目を大きく見開く。

ここで和蔵はヘッドセットの送信スイッチをＯＦＦにし、自分の手で宇崎班長のスイッチも切った。

「もう、一刻の猶予も許されない」と、和蔵は囁いた。

「どうするのです？　隊長の指示は、二分待て、でしたが」

「**正当防衛でいく**」

「え？……まさか統括」

「連中が俺に発砲したら、木陰から**正当防衛の一斉射撃で反撃**しろ。いいな」

「無茶です。やめて下さい」

「これは統括指揮官としての命令だ。それに俺達には、国土を守る責任がある」

「………」

「発砲する場合は先ず相手の通信機を叩け。徳野に狙撃させろ。いいな」

「は、はい」

和蔵は班長と自分のヘッドセットのスイッチをONに戻すと、八九式小銃を彼に手渡し、背に回っていた九ミリ機関拳銃を両手で持った。

宇崎は覚悟したのか翻《ひるがえ》るように部下たちのそばへ戻り、巧みに素早く手指暗号を使った。

隊員たちが驚きの表情を、和蔵へ向ける。

（構えっ）と、和蔵が手指暗号で命じると、隊員たちはその場に伏して銃口を木立の中へ突っ込んだ。

和蔵は大きく一つ息を吸い込んでから、フェンスの大きな裂け目からヘリポート内へ入った。

足音を立てぬよう相手に近付いてゆく。

九名の不審者たちは向こう向きになっていて、うち二人が煙草を吸っていた。

和蔵は右手すぐの所に、ドラム缶二つを認めた。雨水なのであろうか、口いっぱいまで水が溜まっている。

頭の中が急激に白くなっていく自分が、和蔵にはよく見えていた。凄まじい恐怖だった。

「動くなっ」

和蔵は九名の背中に向かって、声を発した。フェンスの大きな裂け目から、十四、五メートルの位置。

だが彼等は、「動くなっ」と言われて硬直してしまうような相手ではなかった。和蔵が見たのは、まるで動物的な敵の散開動作と反転動作であった。

この時にはもう、激しい銃声が和蔵に襲いかかっていた。

彼はドラム缶の陰へダイビングしながら「しまった」と感じた。

左肩に、焼き鏝《ごて》を押し当てられたような熱痛が、一気に広がる。

被弾したドラム缶が、ガンガンガンと鳴動し、和蔵は反撃も出来ずに全身をエビのように縮めた。絶望的な恐怖が背中を走り回った。

このとき左後方の木陰で、一斉射撃が生じた。小谷海士長のMINIMI軽機銃がバババババンッと連射している。そして宇崎班長が使用しているのが八九式小銃、さらに徳野三曹のMSGセミオートマチック狙撃銃、MP5サブマシンガン、和蔵にはそれらの銃声の違いが真っ白になった頭ではっきりと聞き分けられた。不思議であった。

「どうした。何があった和蔵っ」

イヤホーンの向こうで隊長西尾が怒鳴った。その大声で和蔵の真っ白な頭は色を取り戻した。

「第一小隊第一班、実戦に遭遇」

それは海自特警隊、初の猛烈な実弾戦闘だった。

「大丈夫か」

「左肩をやられました」

「直ぐに行く。頑張れ」

和蔵はドラム缶の陰から九ミリ機関拳銃の銃口だけを覗かせてパパパパンッと一連射してから、胸ポケットの小さなミラーを取り出した。

それを用いてドラム缶の向こうを映し見た和蔵は、衝撃を受けた。

ヘリの離発着点マークⒽの向こう――アンテナ鉄塔側方向――に広がる鬱蒼《うっそう》たる木立の中から、次々と頭が現われて猛烈に撃ってくる。

双方の銃声は、まるで雷鳴だった。

カラシニコフを手にした九名は、すでに其処此処《そこここ》に倒れ、赤黒い血の広がりが認められた。

ミラーをポケットにしまって、和蔵は下唇を噛んだ。何《なん》で他人の家へ土足《どそく》で踏《ふ》み込むのか、死ぬためか、と叱《しか》り飛ばしたかった。

「撃ち方やめ」

和蔵が発砲をやめさせると、彼方の木立の中も鎮まった。

「統括、宇崎です。そっちへ行きましょうか」

「いや、その場にいろ」

「傷の具合を教えて下さい」

「傷か……」

和蔵は、ようやく左肩を見た。丈夫な戦闘服の一部が破れ、その下に覗いている皮膚《ひふ》が火傷《やけど》したように赤くなっている。

「やや中程度に近い擦過傷《さっかしょう》というところかな。薄皮一枚が綺麗にめくれている。痛みはかなりだが大事ない」

「よかった。安心しました」

「すまん。心配かけた。そっちに異常はないな」

「ありません。驚いたことに皆、意外に落ち着いています」

「そうか。彼方の木立の中に何人ほどいるのか、その位置から見えるか」

「ライフルスコープで十三人までは確認できています」

「十三人ねえ……まったく」と、和蔵は舌打ちした。

「あ、ただいま西尾隊長と、第一小隊全員が揃いました」

「和蔵、西尾だ。こっちへ戻ってきてくれ。バックアップする」

「了解」

小谷海士長のＭＩＮＩＭＩ軽機銃が先ずズババンッ、ズババンッ、ズババンッと三連射をし、ひと呼吸して第一小隊総員の一斉射《いっせいしゃ》が彼方の木立へ襲いかかった。

相手の反撃も、炎《ひ》を噴《ふ》いた。

和蔵は地を蹴ってドラム缶の陰から飛び出し、フェンスの裂け目めざして走った。

待ち構えていたように、敵の着弾線が土を跳《は》ね上げ、一直線に和蔵の足元へ迫る。

小谷海士長のＭＩＮＩＭＩが、その着弾線の彼方を狙って息もつかせぬ猛烈な制圧射撃を展開した。

三

「和蔵、私の命令が無い内に、なぜ衝突の事態になったのか、なぜ君がフェンス内のドラム缶の陰にいたのか、については後《のち》ほど説明を聞こう」

「はい」

「肩は大丈夫だな」

「大丈夫です」

「あとで抗菌剤を塗り込んでおけ」

「そうします」

「このヘリポートは私と第一小隊で何とかする。君は……」

そこで言葉を切った隊長西尾は、胸ポケットから地図を取り出して開き、地図上の一点を指先で示した。

其処《そこ》はすでに西尾と和蔵の間で、二度に亘《わた》り念入りな打ち合せを済ませてある場所であった。

「この施設には、かなりの不法上陸者が潜伏していると考えられる。第二小隊、第三小隊を率《ひき》いて向かってくれ」

「武器使用の難解なあの条文……」

「それはもういい。掃討せよ、との国家命令だ。政府の意思はどうやら統一されている。私の命令を待たずにドンパチ先走りしておいて、今さら何を言うか和蔵」

「すみません」

「いくら自分の命だからと言って、正当防衛の看板立てて安売りなどしないでくれ。大事にしろ」

「はい」

「まったく……」

「反省します」

八九式小銃を手にしている第一小隊長小塚と第一小隊第一班の班長宇崎が、ほんの少し離れた位置で顔を見合わせ、小さく肩を窄《すぼ》めて苦笑《にがわら》いしている。

衝突は、小休止に入った状態だった。

第一小隊は緊迫した中、妙に落ち着いた雰囲気の中にあった。日頃の猛訓練のせいなのであろうか。ただ、全員が銃を構えて引金に指先を触れ、身じろぎ一つしない。

「では、頼んだぞ」

「判りました」

和蔵一尉は、宇崎班長から八九式小銃を受け取ると、弾倉《マガジン》を確かめて第一小隊から足早に離れていった。

彼がヘリポートの入口まで戻ってみると、八九式小銃を手にした第二小隊長の春野重久《はるのしげひさ》三等海尉と第三小隊長の今江雄次《いまえゆうじ》准海尉（海軍准尉相当・少尉の一階級下）の他は、誰一人見当たらなかった。

皆おそらく灌木《かんぼく》の中へ潜り込んでいるのであろう。

「B地点だ」と、和蔵は二人の小隊長に告げた。

「了解」と、春野、今江が応じる。B地点の意味が、二人には判っていた。

小隊長命令で、其処此処の灌木の繁みの中から現われた隊員たちが、和蔵を先頭にして進み出した。総員三十数名。

和蔵は危険な先頭に部下を立たせることは、訓練の際でも余りしなかった。指揮官は危険がはっきりと見えないことには、部隊を適切に指揮できない、という考えがあった。もっとも自分が先頭に立つという事に対して、意固地さにとらわれている訳ではない。自分にもしもの事があった場合、隊がコントロールを失う危険があることは充分に心得ている。

だから第一小隊長・小塚哲夫三尉をはじめとする小隊長たちとは、指揮権移動の訓練を積み重ねてきてもいる。

「止まれ」

どれ程か進んだところで、和蔵は小声で告げつつ左手を上にあげ、腰を下げた。

隊列が地面に向かって、スウッと下がる。

繁茂する木立の向こうに、建物が見えていた。

「小隊長と各班長は先頭まで。他は周囲を厳戒。油断するな」

小声で命じながら、和蔵は双眼鏡を手にして覗き込んだ。

春野三尉、今江准尉が和蔵の左右に、班長四名が背後にしゃがんだ。せまい道だけに敵に気付かれ、一斉射されたなら一《ひと》たまりも無い。

小隊長、班長たちも自分の双眼鏡を覗き込む。

有刺フェンスに囲まれて、五階建の白い鉄筋コンクリートの建物と、プレハブ二階建の建物などが見えていた。

「猛犬に注意、の警告板が有刺フェンスに張り付けられていますよ」

　春野三尉が囁いた。

「不法上陸者たちには、効果がなかったのかもな」と、和蔵一尉。

それらの建造物が、官舎《かんしゃ》及び事務用施設、屋内運動施設、倉庫、などであることを既に把握している彼等であった。

　約二年に一度の割合で、尉官以上の幹部自衛官は〝多体験目的〟あるいは昇進などにともなう転属がある。特に多体験目的は重要とされている。

　そのためには「官舎」は欠かせなかった。ただ、曹長以下は原則として基地・駐屯地内の「営舎《えいしゃ》」に居住することとなっており、准尉を含む尉官以上には営舎外の宿舎、いわゆる「官舎」が充《あ》てられる。

　春野が囁いた。

「妙にひっそりとしていますね統括。まるで人の気配が感じられません」

「うむ……と、いうことは、いるな。かなりの数」

「待ち構えていますかね」

「あの激しい銃声は当然、ここまで届いている。窓という窓の下に、息を殺して待ち構えていると考えた方がいい」

「夜を待ちますか」

「朝になったばかりだぞ。そんなに待てるか」

「すみません」

「いや、相手さんは案外に、夜かも知れない、と思っているかもな」

　和蔵が双眼鏡を下ろして地図を取り出すと、小隊長、班長たちは頭がぶつかり合うように丸く集まった。

　ＭＩＮＩＭＩ軽機銃を手にした隊員が、ガードするため士官・下士官（班長）たちの前へ素早く回り込み、地に片膝ついて有刺フェンスに銃口を向けた。

　和蔵の指先が、地図の上に下りた。

「現在の位置は此処だから、第三小隊はこの山道を左側へ回り込め」

「判りました」と、今江准尉が頷く。

「春野は第二小隊第一班を率いて、この山道を右側へ回るかたちで、五階建の背後へ回って待機。第二班は俺が預かる」

「了解」

「アンテナ鉄塔がある岬の頂《いただき》の警備所までは、此処から約二キロ。有刺フェンスを突き破ってでもあの官舎を押さえないことには岬へは行けない。敵の通信員や指揮官らしいのに気付いたら、優先的に叩け」

「承知」

和蔵は、ゴーの指暗号を放った。

第三小隊が今江准尉の命令で、少し戻り始めた。

春野の第二小隊第一班が、すぐ其処《そこ》から木立の中へと踏み込んでゆく。

このとき和蔵の表情が「ん？」となった。

彼は耳を澄ました。かすかにだがドーン、ドーンという音が聞こえてくる。

小銃や機銃の射撃音とは、明らかに違っていた。

（砲弾の弾着音だ……）

和蔵には、そうと判った。陸自最強の特殊作戦群が向かった筈の厳原栈原・宮谷《みやだに》地区で、市街戦が激化した可能性があった。

（特殊作戦群は、敏捷な動きの邪魔になる砲などは所持していない。となると……）

ヤマネコ駐屯地を押さえた不法上陸集団が、特殊作戦群に向かって駐屯地に備えの砲を撃っている恐れがある、と思った。

それは和蔵が、一番心配していたことだった。幸いと言うべきか幸いでないと言うべきか、海自の警備所には、砲のような重武器の備えはない。

「統括、厳原地区での市街戦が激化したようですね」

班長の栃木義男《とちぎよしお》海曹長も弾着音に気付いたのか不安そうな口調で囁いた。

「島民が心配だな」

「はい」

「我々は、あの有刺フェンスを断ち割って敷地内へ侵入する。急ごう」

「では、侵入に適した箇所を探してきましょう」

「気を付けてくれよ」

「任せて下さい。侵入訓練は、飽きるほどやってきましたから」

栃木はそう言うと、和蔵から離れ雑木林の中へ入っていった。

和蔵はMINIMI軽機銃を手にした中山雅信《なかやままさのぶ》海士長に、（行けっ）と目配せした。

中山海士長が頷いて、栃木班長のあとから雑木林に踏み込んだ。

「第一小隊小谷海士長、聞こえるか。和蔵だ」

「聞こえています」

「隊長に張りついて、MINIMIでしっかりガードを頼む。離れるなよ」

「了解」

「和蔵、こっちの心配は不要だ。自分の任務に集中しろ」

西尾隊長の強い口調が、割って入った。

和蔵が少し口調を早めて言う。

「隊長。ヘッドセットの通信モードを、第二第三小隊に集中させます。承知下さい」

「判った。以後の指示は通信士に出そう」

和蔵は第二第三小隊の全員に、その旨《むね》を指示したあと、また耳を澄ます顔つきとなって眉間に皺《しわ》を刻んだ。

砲弾の弾着音が、やや大きくかなり矢継ぎ早となっていた。

（まずいぞ。特殊作戦群……）

和蔵は勇猛で知られている特殊作戦群の、無事を祈った。

ヤマネコ部隊に配備されている装備は、各種トラック、固有の搭載火器の無い軽装甲機動車や高機動車（五・五六ミリ機銃の車載射撃は可能）、八四ミリ無反動砲（通称カール・グスタフ、有効射程七〇〇メートル～一〇〇〇メートル）、〇一式軽対戦車誘導弾、八一ミリ迫撃砲（最大射程五六〇〇メートル）、一二〇ミリ迫撃砲（最大射程八一〇〇メートル及び一三〇〇〇メートルの二種砲弾）、そして普通科部隊へ配備される小銃、狙撃銃、ＭＩＮＩＭＩ軽機銃などの標準装備が、これに加わる。

もっとも海自の和蔵一尉は、陸自**ヤマネコ**の現有装備を、そこまで詳しく知ってはいない。

ヤマネコは確かに普通科部隊（歩兵のこと）だったが、「特殊部隊」に当《あ》て嵌《は》めてよい優れた精強部隊だった。だが彼等の訓練実態は、島内・美津島町の上見坂《かみざか》演習場（約三六七〇〇〇平方メートル）で年間僅《わず》か三十日、鶏知《けち》にある対馬基本射撃場（約四七〇〇〇〇平方メートル）で年間僅《わず》か五十日、郷崎《ごうさき》沿岸監視訓練所（約九六〇〇〇平方メートル）で年間僅《わず》か二十日、比田勝《ひたかつ》沿岸監視訓練所（約一三〇〇〇平方メートル）で年間実《じつ》に八日、といった実態である。陸自の演習・訓練場としてはどれもかなり手狭《てぜま》であり、また朝鮮海峡の対岸に韓国・北朝鮮・中国といった反日的国家を見る対馬防備部隊としては極めて軽装備だった。演習日数も驚くほど短く重要島嶼《とうしょ》守備の猛烈さが窺《うかが》えない。

原因は東京の中央政府から予算を貰えないことによる深刻な、装備不足、弾薬不足そして要員不足にあった。**ヤマネコ部隊に責任はないのだ。あくまで政治責任である。**

そういった**東京中央政府の対馬への関心の薄さを見据《す》えてか見越してか、**二〇〇八年七月二十二日、韓国与野党国会議員団五十名が突然、「対馬の大韓民国領土確認及び返還要求決議案」を韓国国会へ提出した。その内容は……

一、大韓民国国会は、対馬が韓国固有の領土であることを韓国内外に対し明確にし、領有権確保に努力するよう求める。

一、大韓民国国会は、日本が違法に強制占領している対馬を速《すみや》かに返還するよう求める。

一、大韓民国国会は、官民学合同の「対馬返還対策機構」を設け、対馬返還に向けた方策を講ずるよう求める。

一、大韓民国国会は、慶尚南道馬山市が設けている「対馬島の日」を国定の日に昇格させるよう求める。

といったものであった。決して笑い話ではない。実際に海の向こう韓国で起こった事である。

雑木林から、こちらへ近付いてくる人の気配が伝わってきた。

特警隊員数名の銃口がその方角へ一斉《いっせい》に向く。

「誤射するなよ」と、物静かな口調で和蔵一尉が告げた。

「統括、栃木、中山です。そちらへ向かっています」

「了解」

和蔵は応じたが、それでも数名の隊員は油断せず構えを解かなかった。

栃木海曹長と中山海士長が姿を現わした。

二人とも頭から水をかぶったように、フェイスマスクや戦闘服の首まわりを汗でびっしょりと濡らしていた。フェイスマスクの下端には、二つ三つ水滴さえ付けている。

「どうだった？」と、和蔵は栃木海曹長の目を見て訊ねた。

「建物から死角となる位置に、フェンスの裂け目を一つ見つけましたが、人ひとりがどうにか潜れるかどうかです」

「うむ……」

「それにしても、建物は、いやにひっそりと静まり返っていました」

「いや、いる。必ずいる」

「だとすれば、フェンスの裂け目から我々が侵入するのは、かなりの覚悟がいります」

「死角、と言ったな」

「はい。ですが気付かれて相手が建物から飛び出してくる恐れを、確実に否定は出来ませんから」

「判った。ともかく其の位置の手前まで行ってみよう。先導してくれ」

「了解」

「大町《おおまち》に笹平《ささひら》……」

と和蔵は振り返り、「班長をバックアップしろ」と付け加えた。

MP5サブマシンガンを背中へ回し、弾倉に三〇発装填の八九式小銃を手にした大町海士長、笹平海士長の二人が、「はい」と班長の左右の位置に付く。

この二人、狙撃手に起用できるほど、射撃の腕も反射的動作も優れていた。

雑木林の中を、第二小隊第二班と和蔵を含む数名は、散開して進んだ。

栃木海曹長、大町、笹平の三人が先導役として、二十メートルばかり先を行く。

海上戦闘が主体となる海自特警隊にとって、渓谷《けいこく》や原生林を進むことは苦手《にがて》と思われがちだが、実は違った。彼等は、面積約二十平方キロメートルの峯の親島と、面積約六平方キロメートルの峯の子島の険《けわ》しい地勢を巧みに活用して、地上戦闘、奇襲上陸戦闘及び夜間戦闘の訓練を積み重ねてきた。

親島・子島の面積を合わせると、瀬戸内・小豆島《しょうどしま》の約六分の一見当になるだろうか。

不意に隊員たちの足が止まり、同時に彼等は雑草の中へ体を沈めていた。

ヘリポート方向から激しい銃声が聞こえ出したのだ。

「はじまったか……少しまずいな」

和蔵は呟いて、下唇を噛んだ。

これから侵入しようとしている官舎の内外に、潜んでいるかも知れない不法分子の緊張感、警戒心が、再開した銃撃戦で一気に高まる恐れがある。

和蔵は、こちらを見た班長に「行けっ」の合図を送った。

隊員たちが、再び動き出した。

やがて雑木林が切れ班長が和蔵のそばにやって来た。何の建物なのか、先ほど双眼鏡では捉えられなかった鉄筋コンクリート二階建の建物を、和蔵は左手方向に認めた。相当に古いと見えて、コンクリートのあちらこちらが赤錆《あかさび》たようになっており、罅割《ひびわ》れがひどい。

「フェンスの裂け目は、あそこです」

と班長が囁いて指差したところを見て、和蔵は「なるほど」と頷いた。

確かに人ひとりなら、なんとか潜り込める程度の裂け目だった。

「それにしても、あの薄汚ない建物は何だ。窓が一つもないな」

「いいえ、反対側に大きな窓が幾つもあります」

「そうか。それで死角か」

和蔵は答えながら、ヘリポートの方角から伝わってくる、ひときわ凄まじい連射の銃声が気になっていた。小谷海士長のＭＩＮＩＭＩ軽機銃であった。

機銃によって弾幕を張られた相手は、先ず機銃手を叩こうと集中射撃を加えかねない。

母一人子一人の小谷海士長を、何としても無事に峯の親島基地へ戻してやりたいと思っている和蔵だった。しかし指揮官として、特定の部下の事だけを心配することは許されなかった。部下の中には、家庭を持つ者、最初の子供が生まれたばかりの者、子を残して妻が先立ってしまった者、と色々いるのだ。

「海曹長」

「はい」

「工具ケースからチェーンカッターを出してくれ」

「カッターって……まさか統括」

「俺がフェンスの裂け目を広げてくる」

「無茶です。やめて下さい。パチンッとかなりの切断音がします」

「静かに力を加えれば、切断音はしない。大丈夫だ。俺の握力は、それなりに強い」

「それは知っておりますが」

「時間が無駄になる。急いでくれ」

「は、はい」

和蔵は、部下を危険な目に遭《あ》わせたくないとするこの命令が、重大な事態の幕開けとなることを、予想だにしていなかった。

彼は精緻《せいち》なレンズを嵌《は》めた双眼鏡で有刺フェンスの裂け目を確かめ、古汚《ふるよご》れた鉄筋コンクリートの建物にレンズを這《は》わせて丹念に嘗《な》めると、またフェンスの裂け目にレンズを戻した。

その瞬間。

大衝撃が和蔵を見舞った。

双眼鏡のレンズの中を、腰を低くした誰かが有刺フェンス目掛《めが》けて走ってゆく。

チェーンカッターを右手に、八九式小銃を左手にした班長・栃木海曹長であった。

「何をするか栃木。戻れっ」

和蔵が押し殺した声を無線で流した直後、レンズの中、建物の向こう角にカラシニコフを手にした二人がいきなり現われた。

ハッとして身構えようとする栃木よりも先に、二人の内の一人がカラシニコフをバンバンッと発砲。栃木が鉄拳を下顎《あご》に食らったかのように、カッターと銃を手放し仰向《あおむ》けに地面に叩きつけられた。

レンズの中で、コンマ一秒を要さぬ内に生じたその事態に、和蔵の隣で中山海士長のM

INIMI軽機銃が殆ど同時にドンドンドンドンッと連射の火を噴いた。

弾き飛ばされた薬莢《やっきょう》が和蔵の体に当たり、この時にはもう彼は木立の中から走り出していた。続いて大町海士長。

五・五六ミリ機銃弾を浴びたカラシニコフの二人が、これも仰向けに地面に叩きつけられる。

時間差がない一瞬と言ってもいい間に生じた彼我《ひが》同時の光景だった。

「栃木っ」

栃木海曹長を抱き起こそうとする和蔵の後ろで、チェーンカッターを拾い上げた大町海士長が有刺フェンスを切断していく。

「駄目だ」

今にも泣き出しそうになって和蔵は呻《うめ》いた。フェイスマスクを取り除いてやると栃木は顔面血まみれだった。

有刺フェンスを充分に切断した大町海士長が敷地内へ踏み込み、木立の中に潜んでいる隊員たちに向かって「来いっ」と左腕を大きく振り上げる。

隊員たちが次々と木立から駆け出す中、MINIMIを構えて中山海士長は動かなかった。軽量軽機銃とは言っても重量約七キログラム。それに二〇〇発装塡の箱形弾倉を取り付けてある。

この重さに耐えるためベンチプレスで腕を丸太ん棒のようにしてきた中山だった。二〇〇発を撃ち切れば、口径共通である八九式小銃の五・五六ミリ三〇発装填弾倉も使える。

だが箱形弾倉は、数にまだ余裕があった。

隊員たちが、古汚れた建物の壁に一人また一人と張り付いてゆく。

木立の中でＭＩＮＩＭＩを構える中山は、膝頭を震わせていた。

訓練とは、まるで違った。耐え難い怖さが襲いかかってくる。

（くそっ。弱虫めが……）

彼は自分を叱咤《しった》した。すると今度は、歯が震えてうるさく嚙み鳴った。

和蔵がすぐ傍《そば》の巨木の陰へ栃木を横たえ、フェンスの中へ駆け込むのを中山は見守った。

（死んだのか……栃木海曹長）

そう思うと、体全体に震えが始まった。止められなかった。

と、壁に張り付いている和蔵一尉ほか隊員たちの背後へ回り込むようにして、建物の手前角にバラバラとカラシニコフの五人が現われた。

「後ろっ」

叫びざま木立の中で中山海士長はＭＩＮＩＭＩの引金を絞った。

相手の反射動作も早かった。中山が「後ろ」の「うし……」を口に出した直後、飛び込むように地に伏せフェンスの向こうから反撃してきた。

中山より、ひと呼吸先《さき》。

ＭＩＮＩＭＩの銃口がドンドンドンドンッと唸る唸る。機関部が高速でピストン運動を反復し、五・五六ミリ機銃弾の空薬莢《からやっきょう》を宙に舞い上げた。

地上実戦用のＭＩＮＩＭＩである。訓練時のように、排薬莢口に空薬莢収納ケースなどは取り付けていない。

そのような物を回収しておれば、手に重量負荷が掛かるばかり。

それでも強烈な連射の反動が、ベンチプレスで鍛えた中山の肩を打った打った打った。

鈍い音を発して肉体が、ワナワナとぶるう。

相手の反撃弾が、木立で体を隠す中山の身近に集中し出した。

被弾して木立が鳴る。木屑《きくず》が飛ぶ。砂利《じゃり》が跳ねる。

「あっ」

中山がＭＩＮＩＭＩを投げ出して、頰を張られたように横転した。

骨膜感受式イヤホーンから、叫び声が聞こえてきたが、誰が何を叫んでいるのか解らなかった。意識がスウッと遠のくのが判った。

中山は夢中で頭を振った。死への恐怖が、そうさせた。

（おかあさんっ……）

彼は、そう叫んだような気がした。尚も懸命に頭を振った。

目の前が明るくなった。ＭＩＮＩＭＩが脇に転がっている。

ほんの一、二秒のことであったが、中山には何日もの長さに感じられた。

木立の向こうで、壁に張り付いて動けない和蔵一尉たち六名へ、地面から立ち上がったカラシニコフの五名が突撃態勢を取った。

今まさに、だった。

中山はＭＩＮＩＭＩを手に木立から走り出た。後ろ首から血が噴き出ている。気付いたカラシニコフの五名が、こちらへ一斉に銃口を振った。

中山は引金を引いた。相手も撃った。ＭＩＮＩＭＩの機関部が目にもとまらぬ速さで薬《やく》室《しつ》へ五・五六ミリ弾を吸い込み、銃口からドンドンドンドンッと吐き出す。

カラシニコフの五名が弾けたようにのけぞり倒れ、中山海士長も顔を歪《ゆが》め前のめりに地へ沈んだ。

「第三小隊応戦……」

「第二小隊第一班官舎へ突入……」

中山はようやく骨膜感受式イヤホーンが何を喋《しゃべ》っているのか理解した。

「どうした中山。大丈夫か」と、統括の声も聞こえてくる。

「平気です」

「早くこっちへ来い。そこは危ない」

「はい」

中山は歯を食いしばって立ち上がろうとした。すると脇腹からポットが沸騰するような音を立てて血の玉が垂れ流れた。戦闘服に穴があいているのが、判った。

その現実に、中山海士長は絶望的になった。もう駄目だ、と思った。

四

それより二、三十分前。

県警中湊《なかみなと》警察署七階建ビルの屋上《おくじょう》に着陸した鮮《あざ》やかなブルーの機体の警視庁ヘリコプター「はやぶさ」から、二人の刑事が険《けわ》しい表情で降り立った。

一人はドーベルマンを思わせるようないかつい風貌《ふうぼう》の警視庁捜査一課特殊強行犯捜査係長・本郷幸介《ほんごうこうすけ》警部。

もう一人は警視庁公安部外事《がいじ》二課長代理・笠原拡志《かさはらひろし》警視であった。

二人は、出迎《でむか》えた県警や中湊警察署幹部たちと、まだ回転しているローターの下で言葉短く話を交わすと、固い表情で屋上出入口へ急いだ。

出入口を入ったところは二基あるエレベーターの乗降ホールとなっている。

彼等はエレベーターで、地階へ直行した。

彼等が対面したのは、遺体安置室で安らかな表情で永遠の眠りについている、後藤夏彦警部と古河敏文警部補の遺体だった。

「お前ら。なぜ死んだ」

ふりしぼるような声を出して、笠原警視が肩を震わせた。

所属の違う本郷警部が、ハラハラと涙をこぼす。

「俺は……満江《みつえ》さんに……どう言えばいいんだ馬鹿野郎」

本郷警部は大きな体をねじって、安置ベッドの脇《わき》で両膝を折ってしまった。

満江《みつえ》とは、後藤警部の愛妻の名であった。所属は違っても、交流のあった本郷警部と後藤警部だった。酒仲間であり、武道仲間でもあった。一度だけだが、警察柔道大会で、二人肩を並べて準々決勝ラインまでいった事がある。

「本……本郷君……こいつは、この春……赤ん坊が出来たばかりなんだ」

笠原警視が震える指先を古河敏文警部補へ向けたが、本郷は顔を上げられなかった。

だが笠原警視も本郷警部も、この場で泣き崩れている訳にはいかなかった。

中湊警察署の岸和田《きしわだ》署長が、後ろから遠慮がちに笠原警視の肩に手を触れた。

「はい。判っています。すみません」と、笠原は頷いた。

岸和田署長に促されるようにして、笠原と本郷は死体安置室を出た。部下と盟友を失った二人の目は、真っ赤だった。

彼等はエレベーターで三階へ上がり、「小会議室」の表示がある部屋に案内された。中ではすでに、三、四人がテーブルの上に広げた地図を立ったまま囲んでいた。鑑識班だった。

笠原と本郷は、鑑識班と初対面の簡単な挨拶《あいさつ》を交わした。県警幹部と目を合わせ頷き合ったあとで岸和田署長が口を開いた。

「遺体の靴の中には、この浜特有の砂が、かなり入っていました」

そう言いつつ岸和田署長が指先で押さえた地図上の一点に、笠原と本郷は上体を折って顔を近付けた。

笠原警視の顔つきが、すぐに変わった。

「あ、その浜からさほど離れていない町に、海上自衛隊の基地がありますね」

「ええ。イージス艦やヘリ搭載型護衛艦などを揃えた、**対日本海基地**としては海自最大のものです」

「最大……ですか」

「それにこの島……」と、岸和田署長の指先が地図上を滑って海を渡り、二つの小島を示した。

「この地図には峯の親島、峯の子島としか記されていませんが、大きい方の島には海上自衛隊の対テロ・ゲリラ専門部隊の基地があります」

「ほう……問題の浜と向き合う位置に浮かんでいますね」

「はい。峯の子島も部隊の訓練で使われており、二島とも関係者以外は立入禁止になっています。民間のヘリは、事前の許可がない限り島の上空へは原則として近付けません」

「問題の浜からは、双眼鏡などで二島の様子は鮮明に見えるのですか」

「島自体は鮮明に見えても、親島の基地施設は森や谷にうまく隠されて造られています。小さな島とは言っても、親島は面積二十平方キロメートル以上ある原生林に覆われた島ですから」

「なるほど……」

「また遺体のスーツの胸ポケットからは、問題の浜に繁茂している灌木の葉も二枚だけですが見つかっています」

「では、後藤も古河も、問題の浜の何処かで撃たれた可能性が濃いですね」

「そう考えていいと思います。遺体が警視庁公安所属と判った時点で、我々は犯人側に気付かれる事を避ける目的で、動くのを止めています。これは只事でない、と判断しましたから」

「ご配慮、感謝します」

「こちらとしては協力できる態勢は整っています。すぐに問題の浜へ動かれますか」

「ええ。すぐに動くべき、だと思っていますが」

「では、ヘリではなく車で行きましょうか。ヘリは目立ち過ぎますので」

「そうですね」

合意した彼等の動きは早かった。

二台のライトバンが署の前を発《た》ったのは、それから十分もせぬ内だった。

署の車ではなく、「わ」ナンバーのレンタカーが用意されていた。

笠原と本郷は二台目の後部座席に二人だけで、運転席には署の若手刑事・前崎《まえさき》等《ひとし》巡査部長、助手席には県警警備部外事課の飯田隆夫《いいだたかお》警部補が座った。

笠原も本郷も、それぞれ窓の外を見て無言だった。

二人とも考えている事は同じだった。殉職した二人の家族に対し、一体どのように言えばよいのか、と。

「わナンバーは、かえって気付かれ易いのでは、と言ったんですがね」

飯田隆夫警部補が不意に言った。車内の重苦しい雰囲気を何とかしなければ、と気遣ったのかも知れなかった。

「え?……ああ」と、笠原が少し戸惑い気味に応じる。

口をへの字に結んで無言の本郷は、腋《わき》に下げたホルスターからシグ・ザウエル社（スイス・ドイツ）製の日本警察対応型P230JP自動拳銃を抜き取り、32ACP弾七発を装填する弾倉を確かめた。二重ロックの手動安全装置を備えているこれは、「発射」という事に非常に慎重な日本の精神文化を象徴している拳銃と言えた。性能は極めて優れている。が、いわゆる早撃ちには余り適していない。

笠原はチラリと本郷の手元に視線を流したが、何も言わなかった。

本郷が過去の事案で、二度に亘《わた》り、銃撃されて瀕死《ひんし》の重傷を負った事を、笠原はよく知っている。

二度も死の淵《ふち》をさまよったそのような本郷に、「銃は慎重にな」といった言葉を告げることなど馬鹿《ばか》気《げ》ている、と思っている笠原だった。

本郷がP230JPを、ホルスターにしまった。

二台のライトバンは走り続けた。合せて九名の捜査員が乗っていたが、この日は全員が拳銃を所持していた。

どれくらい走ったとき、ハンドルを握っている前崎等巡査部長がバックミラーを見て、「間《ま》も無《な》く海上自衛隊の基地が、右手に見えてきます」と言った。

右手に、とは本郷が座っている窓側だったが、彼は黙っていた。

彼の頭からは、時間の観念は失《う》せていた。車がどれくらいの時間走行したのか、殆ど感じていなかった。

彼等警察官は、この時刻、長崎県対馬で「陸自特殊作戦群及び海自特警隊」と「不法上陸集団」の間で悲壮な銃撃戦が展開していることを知らなかった。「テロに備え滞日外国人の動静に厳重注意すべし」とそれぞれの警察上層部から厳命されているだけである。考えてみれば、曖昧《あいまい》な厳命だった。

いや、警視庁外事二課の課長代理である笠原警視だけはさすがに、「何か非常に重大な事が、いま日本の何処かで生じている」と、感じていた。ベテラン公安刑事の直感であった。

「基地が見えてきました」

前崎等巡査部長が言った。

笠原警視は少し首を下げるかたちで本郷側の窓を見たが、本郷は口を固く結んだまま無言だった。

「今日は護衛艦が一隻もいませんねえ。この基地には、らいちょう、あらなみ、という二隻の最新鋭の大型イージス艦ほか多数が配備されているのですが」

若い前崎は、東京から来た笠原と本郷に、大型イージス艦が見て貰えないことを残念そうに言った。

(まさか防衛出動が発令されたのでは……)

と笠原警視は思ったが、口には出さなかった。

「防衛出動」とは、自衛隊法に定められた第七十六条「**内閣総理大臣**は、わが国に対する外部からの武力攻撃が発生した事態又は武力攻撃が発生する明白な危険が切迫していると認められるに至った事態に対して、わが国を防衛するため必要があると認める場合には、自衛隊の全部又は一部の出動を命ずることができる」を指《さ》していう。

この条文でいう「わが国」とは、領土、領海、領空の全てを指し、それらの中で生活し活動する国民をも当然指す。当たり前のことだが、我が国の有人無人の島嶼《とうしょ》も含まれている。

こうしたことを考えると、**内閣総理大臣とは、半端《はんぱ》な精神力・気力・能力しか有さない軽量な政治家が決して就《つ》いてはならない大変な地位**であることが判る。

「大変な」地位なのだ。**総理の地位とは「国土国民の生命線」である。**

ただ、この防衛出動であってさえ、武器使用については八十八条で「……事態に応じ合理的に必要と判断される限度をこえてはならない……」とブレーキが掛けられている。このブレーキ条文の真の意味はどこにあるのかというと、「まず先に撃たれなさい。そうすれば、事態に応じ合理的に必要と判断される限度、が自《おの》ずと見えてくる」という**アホみたいな事**なのだ。**全く本当にアホみたいな条文なのだ。**

県警外事課の飯田警部補がボソッと言った。

「護衛艦など何隻造っても、頭上から戦闘機が襲い掛かってきたら一発でやられますよ。いくら対艦ミサイルの防禦機関砲（ファランクスCIWS）や、目眩《めくら》ましのチャフやフレアを備えていてもねえ……現代海軍は、矢張り空母がなけりゃあ駄目ですわ。我が国にも漸く**空母『かが』と『いずも』**の二隻が出来ましたが余りにも遅過ぎました。日本と言うこの国の政治能力は余りにも精神的に幼いですわ。まったく……」

笠原警視も本郷警部も、それには答えなかった。

二台のライトバンは、基地の町を通り過ぎた。

そろそろかも、という気がして、笠原警視も腋《わき》に下げたホルスターからステンレスモデルの拳銃を抜き取り、弾倉を確認した。

彼の拳銃は、本郷とは違った。九ミリパラベラム弾八発を装填するS＆W・M３９１３である。

それをホルスターに戻して、笠原は深い溜息をついた。

本郷が「ん?」という顔つきで笠原を見、そして静かに言った。

「私が立ちますから」

「え?」

「犯人と対峙する場合、私が先頭に立ちます」

「いや、後藤も古河も私の部下なんだ」

「後藤は私の大切な友人です。それに殺しの事案は、警視よりも私の方がプロだ。ですから同行させて貰ったんです」

「だが……」

「私はこれ迄《まで》に二度、タマを食らっています。撃たれるコツを心得ている。大切な警視庁公安の大幹部を危険に晒《さら》す訳にはいきません」

「………」

「それに多分、私の方が射撃は上手《うま》い。格闘もね」

笠原は苦笑して頷き、それ以上何も言わなかった。この男とはこれから仲良く酒が飲めそうだな、と思った。

「曲《ま》がりました」と、前崎巡査部長が言った。

なるほど前を行くライトバンが右に折れるのを、笠原も本郷も認めた。

そこは、後藤警部を助手席に座らせてハンドルを握る古河警部補が、浜へ向けてクラウンを通過させた交差点だった。

ほんの少し下り気味かな、と感じられる余り広くない道を、二台のライトバンは速度を落としゆっくりと走った。

「漁師町だ」と本郷が呟く。

「うん。魚の匂《にお》いがするな。いや、潮《しお》の匂いと言うべきかな」

笠原が小声で応じた。

道が狭《せば》まって、二台のライトバンは更に速度を落とした。

このとき笠原が不意に「止めてっ」と言った。鋭い声の響きだった。

前崎巡査部長が、ブレーキを踏む。

「少しバックして下さい」

「はい」

前崎がギアーを入れかえて車をバックさせ、笠原の「オーケー」で止まった。

「あった」と笠原が自分側の窓の向こうを指差した。

「あれですか」

「間違いない」

短い言葉を交わして笠原と本郷は背広のポケットから小型双眼鏡を取り出して顔へ持っていった。

漁師長屋を抜けた七、八十メートル先の左手空地に、一台のクラウンがバックで駐車していた。

「公安《うち》のだ。見つけた」と、双眼鏡を覗き込んだまま笠原がやや高ぶり気味に言う。

前崎巡査部長が、即座に前のライトバンへ携帯で報告を入れ始めた。

「この付近に犯人が潜んでいるとすれば、あの車へは迂闊に近付けませんよ警視」

「そうだな。用心しよう。それにしても、この付近の人たちは、品川ナンバーのクラウンが放置されているのを不審に思わなかったのかな。調べたが苦情の届けが警察へ出ている様子はなかったが」

「放置されて、まだ何日も経っている訳でもありませんから」

「うむ」

「それに空地へ、きちんとバックで入っていますしね」

笠原と本郷は、そこで双眼鏡を下ろした。

「行って下さい」と、笠原が前崎巡査部長に告げ、ライトバンはそろりと動き出した。

やがて二台のライトバンは、防波堤に突き当たった。

車の鼻先を防波堤にくっつけるようにして駐車した二台のライトバンから、九名の捜査員たちは降り立った。

打ち寄せる波の音が、高い防波堤の向こう側から聞こえてくる中で、彼等は額を寄せ合った。

「公安《うち》の車が見つかった事で、後藤と古河の二人がこの浜へ来たことは確実であると考えていいと思います」

笠原が低い声で言い、県警と中湊署の捜査員たちは頷いた。

「犯人の目が、その辺りで光っているかも知れませんから、見つかったクラウンに近付くのは慎重になりましょう。ともかく……」

と笠原はスーツのポケットから後藤と古河の写真を取り出し、捜査員たちに手渡した。

「後藤、古河と私との相互の連絡は、中湊の町あたりで切れています。すみませんが、その写真で何軒かの家と用心しつつ接触し、先ず彼等二人がこの浜でどう動いたか、調べてみてくれませんか」

「わかりました。何か掴んだら携帯へ入れましょう」

と県警の飯田警部補が言ったので、笠原は自分の携帯番号を本郷を除く彼等七人に伝え、飯田警部補も、自分の携帯番号を笠原と本郷に教えた。

そして捜査員たちは四方に散った。笠原と本郷があたりを見回す。

と、すぐ前の家から、腰の曲がった白髪頭の老婆が出てきた。

これこそを偶然というのであろうか。それとも後藤と古河の魂が導いたとでも言うのであろうか。

白髪の老婆は、この浜で後藤と古河がはじめて言葉を交わした、あの人であった。

「あのう……」と本郷は、にこやかに近付いていった。なにしろ体格のいいドーベルマンのような風貌《ふうぼう》の彼であったから、老婆は警戒したのか思わず表情を固くして二、三歩玄関の方へ退がり、踏み止《とど》まった。

本郷はスーツのポケットから、後藤と古河の写真を取り出し、老婆の方へ差し出してやわらかな口調で訊ねた。

「この二人なんですがね。最近この辺りで見かけませんでしたでしょうか」

「へ？……」

老婆は、本郷が示す写真を覗き込んだ。

「ああ、この人たち……」

「お、見かけましたか」

「確か……国民年金の調査の人でんな」

「ええ、そうそう」と、さすが警視庁捜査一課の本郷だった。うろたえない。

意思の疎通が成って、老婆の表情がたちまち柔和になる。

「何日前やったかなあ、わたし話しましたよ、このお二人と」

「そうでしたか。で、二人とも熱心に仕事をしているみたいでしたか」

「それはもう、お二人とも真面目そうな感じの人でねえ。あ、でも、どういう訳か、一本裏の通りの空地に、その人たちの乗ってきた車が置き去りになってましてなあ」

「すみません。実はその車を今日引き取りに来たんですよ」

「そうでっか。べつに邪魔にはなってへんので、誰も気にしてまへんけどな」

「ところで最近この付近で、変な事は起こっていませんか。いつもと違うような事が」

「いいえ、べつに……あっと、そういえば一度だけ、パンパンパンと鉄砲を撃つような音がしたことがありましたなあ。けど、そのあとは、この通りひなびた静かな漁師の町ですわ」

「その音、どの方角から聞こえてきたのです？」

「前濱さんの家の辺りから」

そう言って、老婆が指差した、そう遠くない彼方にある一軒の家を見て、本郷の双眸《そうぼう》がギラリと光った。

「お婆ちゃん、あの家、前濱さんというのですか」

「そう。でも今は空家ですわ」

「空家？」

老婆から空家の事情を聞く本郷と笠原の表情が、さり気なさを装うため懸命に笑みをつくった。

笠原警視は、名門中湊海洋水産大学の教職に就いていた前濱健夫が突然、退職届を大学へ送り付けて消息不明になっていることを、既に昨夕突き止めていた。むろん本郷警部も、笠原からそうと聞かされている。

二人は前濱家の玄関、勝手口の位置まで教えてくれた老婆に丁重に礼を言って、その場から離れた。

九名はすぐに集まって車でいったん浜を去り、国道に出て、スーパーマーケットの有料駐車場に二台のライトバンを預けた。

笠原警視、本郷警部、飯田警部補、前崎巡査部長は前濱家の玄関正面から、あとの五名は裏口つまり勝手口から突っ込む事となった。

彼等は二手に分かれて動き出した。

若い前崎巡査部長の顔は、はっきりと蒼白《そうはく》だった。

笠原警視ら四人は、国道口から入って左へゆるくカーブしている未舗装のでこぼこ道を選び、海方向へ用心深く進んだ。

道の右側には、唐澤ひもの生産所と、白いペンキで書かれた煙突がある会社の高い板塀が、ずっと続いていた。

カーブするその塀が邪魔になって、前方は少し見え難《にく》かった。

逆の言い方をすれば、彼等四人の姿を、前濱家方向から見え難くしてもいた。

ひもの生産所は操業を休んでいるのか、物音一つ立てず静かだった。

道の左手は、国道口から三、四十メートルは石材所の塀が続いていたが、それが切れると、雑木と灌木と雑草に覆われた荒れた土地の広がりとなった。

先頭を行く県警外事課の飯田隆夫警部補が、「おっと……」といった感じで、不意に一歩退がった。

左へゆるくカーブし続けていた未舗装のでこぼこ道と、ひもの生産所の塀が、その辺りで真っ直ぐに変わっていた。

飯田警部補は、塀のカーブが終っている角あたりから、そっと片目を出して先を覗いた。

「見えます」

と、彼は後ろの本郷警部と位置を入れ替わった。

本郷は顔半分を用心深く、塀のカーブが終っている角から出した。

見えたのは、まぎれもなく傷《いた》みひどいと判る前濱家であった。しかも長さ七、八十センチのアンテナ様のものが二本、屋根に立っている。

一見すると、先端が二股に割れているそれは、避雷針に見えなくもない。

だが、傷みひどい無人の小さな民家に避雷針は、如何《いか》にも不自然であった。

一番後ろにいた笠原警視が位置を上がって、「どうだ……」と本郷の背に囁きかけた。

「中にいますね。間違いない。玄関の格子戸だけが、部分的に目立って新しいです。修理でもしたのかな」

本郷は笠原と入れ替わり、ホルスターからP230JPを引き抜き、スライドを穏やかに引いて最初の一発を薬室へ送り込んだ。

それを見て、前崎巡査部長は生唾を飲み込んだ。顔色は、いよいよ青い。

「警察官職務執行《しっこう》法第七条。警察官は、犯人の逮捕若《も》しくは逃走の防止、自己若《も》しくは他人に対する防護又は公務執行に対する抵抗の抑止のため**必要であると認める相当な理由の**ある場合においては、その**事態に応じ合理的に必要と判断される限度**において、武器を使用することができる……ふん。暗く困難で物騒な世の中だというのに、こんな軽っぺらな条文で、国家は我々に対し母親から貰った大事な命を張れと言うのでござんすか。一体どなた様が考案しなすったのかねえ、この下手糞《へたくそ》なアホ条文……」

飯田警部補は小声の早口で吐き捨てるように呟きながら、ホルスターから自動拳銃Ｐ230ＪＰを引き抜いた。

本郷は黙って彼の肩に大きな手をのせ、軽く揺すった。

「すみません」と、更に小声になって、飯田が小さく頭を下げる。

本郷が「うん」とだけ応じ、顔色青い前崎巡査部長と視線を合わせた。

「君は一番後ろにいなさい。前に出るなよ」

「は、はい」

「大丈夫、ちゃんと職場へ戻してやる」

このとき笠原の携帯の震動音が、そばにいる本郷の耳にも届いた。

笠原が体を引いて、交信をはじめる。

「五人はいま裏口に張り付いた」

笠原が携帯を耳に当てたまま言った。

「我々が先に玄関から突入するので、その直後に踏み込むよう伝えて下さい」

「わかった。それでいこう」

笠原は頷いて、それを携帯に低い声で伝えた。

前崎巡査部長が、ようやくホルスターから拳銃を取り出した。38口径の国産回転式拳銃のSAKURAだった。五発装弾である。

「先ず私が突っ込みます。それを見届けてから続いて下さい」

本郷はそう言いながら、笠原と位置を入れ替わった。

「気を付けろよ」

言われて本郷は頷き返し、飯田警部補と目を合わせた。

「あの前濱家には、必要であると認める相当な理由及び事態に応じ合理的に必要とされる限度というアホみたいに難解なやつがゴロゴロ詰まっている。保証するよ」

本郷はそこではじめて、不敵にニヤリとした。

「わ、私も一緒に突入させて下さい」

真剣な顔つきの飯田の申し出を聞き流して、本郷は近くの灌木の陰に体を隠した。

そして、灌木伝いに、次第に前濱家へと接近していく。

待機する笠原らの位置から前濱家までは、およそ十五、六メートル。

全力で走れば二秒と要さぬ内に突っ込める距離だった。

その十五、六メートルを本郷は、P230JPを右肩の高さに引き付け、灌木から灌木へと腰低く渡った。

二度タマを食らった経験を持つ彼であったが、それでも額に汗の粒が浮き出していた。

本郷といえども、怖くない筈がない。

が、前濱家まであと三、四メートルの場所まで本郷が迫ったとき、予期せぬ事態が生じた。

前濱家の裏の辺りでパーンと一発の乾いた銃声がしたのだ。本郷が反射的にハッと姿勢を低くした瞬間、今度は家の中でバババババンッと明らかにサブマシンガンと判る連射音がした。

本郷は地を蹴って走った。

頭から玄関の引戸に、彼は激突していった。

グワッシャーンと、ガラスが割れ引戸が壊れる大きな音と共に、本郷が土間に倒れ込む。

彼は見た。居間に仁王立ちになっている男が、勝手口方向へ向けていたサブマシンガンの銃口を、こちらへ半回転させたのを。

横転したまま本郷は指も折れよとばかりに、P230JPの引金を引いた引いた、また引いた。銃口がドンドンドンドンッと吼えて躍り上がり、弾き出された薬莢が抛物線《ほうぶつせん》を描いて壁に当たる。

男が、のけぞった。

本郷が立ち上がろうと片膝を立てたこのとき、笠原らが土間へ雪崩込《なだれこ》んできた。

それが悲劇を生んだ。

勝手口そばの茶箪笥の陰から飛び出した女。

こいつの手にも、サブマシンガンがあった。

女が銃口を左右に振ってバババババンッと乱射し、本郷がドンドンドンッと反撃。

女が仰向けに畳に叩きつけられ、本郷のＰ２３０ＪＰがスライドを後退させた位置でガチンッと止まった。弾丸《たま》切れだ。

彼は空になった弾倉を滑り落とし、素早く左手でスーツのポケットから予備の弾倉を取り出した。

古畳の上に倒れていた女が、苦痛でか凄い形相で、サブマシンガンの銃口を片手で上げる。

笠原警視がＳ＆Ｗ・Ｍ３９１３の引金を絞った。威力ある九ミリパラベラム弾が、ドンドンドンッと銃口を跳ね上げる。

女は九ミリパラベラムを浴びながら白い喉《のど》を反らせ、絶命寸前か絶命直後か判らなかったが、天井に向けババンッと二連射して静かになった。

裏口チームがようやく、勝手口を蹴破って飛び込んできた。彼等は決して突入が遅れた訳ではなかった。そうと取られかねないほど、短い間に生じて終った表口チームの壮絶な銃撃戦だった。

とは言え、勝手口から突入したのは、五名のうち三名だけだった。

土間には、本郷と前崎巡査部長が倒れ、土間に赤黒い血が広がり出していた。

捜査員たちが、言葉を失って、茫然と立ち尽くす。

「見学してる場合か。救急車を呼ばんかい」

本郷が横たわりながら、顔を歪めて言い、捜査員の一人が慌て気味に拳銃をホルスターへ戻して携帯を取り出した。

笠原は下唇を噛みしめて、若い前崎巡査部長のそばに片膝ついた。

前崎は、すでに呼吸を止めていた。ワイシャツの下に着ていた防弾チョッキの二か所を、弾丸《たま》が貫通していることを笠原は確かめた。

「なんてことだ」と、彼は呻いて立ち上がり、少しよろめいた。

「裏口チームの二名はどうしました」

警視笠原は、居間で棒立ち状態の捜査員たちに訊ねた。

「やられました」と答えた捜査員が、うなだれた。

「最初に生じた一発の銃声。あれは何です？」

「私が……不注意で私が暴発させてしまいました。申し訳ありません」

うなだれていた捜査員が、肩を震わせる。

「そうですか……暴発については、私が預りましょう。この私の胸の中にね……」

そう言い終えて警視笠原は、ようやく本郷のそばへ行き腰を下げた。

「前崎巡査部長の防弾チョッキは貫通していたよ」

「えっ……では」

「駄目だった。至近距離からのサブマシンガンには防弾チョッキも役立たなかった」

「くそっ」

「君はどこをやられた。大丈夫か」

「左脚です。大腿部です」

「もう救急車がくる。頑張ってくれ」

「裏口でやられた二名も、見てやって下さい警視。私のことはいいですから」

「そうだな。わかった」

笠原は本郷から離れて居間へ上がると、目を見開いた状態で息絶えている男が、事前把握できている前濱健夫——贋者《にせもの》——の顔だと確認し、勝手口から出た。

遠くから、救急車のサイレンの音が聞こえ出した。

第十章

一

長崎県対馬・安神竜ノ崎。

中山海士長は脇腹の激痛に抗《あらが》い、ＭＩＮＩＭＩ軽機銃を胸に引きつけ、ようやく立ち上がった。足元へ、ボトボトと血玉が垂れた。

このとき「大丈夫か」と背後から、左の腋《わき》へがっしりと腕を通してくれた者があった。

「あ、班長……」と、中山は驚いた。

第二小隊第二班の班長、栃木義男海曹長であった。

顔面血まみれだ。

「か、顔が班長……」

「俺のことより、自分の体を心配しろ。走れるか」

「走ります」

二人はフェンスの裂け目めがけて走り、中山、栃木の順で和蔵一尉にぶつかるように壁に張り付いた。

ほんの一瞬であったが和蔵は「おお……」という表情で空を仰ぎ、深く息を吐いた。

大丈夫そうな部下二人に、安心したのだろう。

中山の脇腹の傷口へ、抗菌剤を詰めるようにして手早く塗り込んだ大町海士長の声が、

「皮膚直下の貫通だ。これなら心配ない」

ホッとしたように明るかった。

栃木海曹長のヘルメットを取って傷を見ようとした笹平海士長の手を、「俺は平気だから」と栃木が軽く払う。

彼等の骨膜感受式イヤホーンが伝えてくるのは、ドラムを叩き合うような激しい銃声ばかりだった。

と、ヘリポートの方角から直接耳に伝わっていた銃声が、不意にやんだ。

同時に、小型通信機を背負っている大町海士長が和蔵のそばにやってきて、「ヘリポートを制圧した旨《むね》、西尾隊長より通信ありました」と、告げた。

栃木が思わず血まみれの顔で「やった……」と、白い歯を覗《のぞ》かせる。

だが、それを打ち消すような報告が、銃声でやかましいイヤホーンに入った。

「こちら第二小隊第一班、長岡《ながおか》。春野小隊長が左肩貫通創。出血ひどし」

「こちら和蔵。長岡海曹長かわって指揮を取れ」

「班長、長岡了解」

「春野三尉、聞こえるか」

「聞こえます」

「意識は、はっきりしているのか」

「むろんです」

「出血状況は」

「大血管を損傷した出血なら、もっとひどい筈です」

「隊長がヘリポートを制圧した。あと少し頑張ってくれ」

「大町海士長の声が、イヤホーンに入ってました。元気が出ます」

「今から大町と笹平を、そっちへ回す」

「了解」

「隊長指揮下の第一小隊が、間もなくこちらへ回って来るだろ。それまで耐えてくれ」

「状況は悪くありません。大丈夫です」

「わかった」

交信を終えた和蔵は、大町海士長と笹平海士長に「行けっ」と命じた。

頷いた二人はフェンスの裂け目から飛び出し、目の前の雑木林に姿を消した。

と思われた次の瞬間、和蔵の頭のすぐ後ろで、中山海士長のMINIMI軽機銃がドンドンドンドンドンッと凄まじい連射を見せた。

銃口は空を仰ぎ、鎖骨直下で支えるMINIMIの連射反動で中山の上体は揺れに揺れて、止まりかけた脇腹の出血が幾つもの血玉を放った。

屋根の上から、四人のカラシニコフが落下。

うち一人の足先が、銃創を負っている和蔵の左肩をしたたか打った。

「うっ」と和蔵は苦痛で顔を歪め、地に片膝をついた。

そこへ、建物の向こう角から、またしてもカラシニコフ四人が飛び出す。

中山が和蔵の前へ回り込むようにして、「くそったれっ」と叫びながらMINIMIの引金を絞り込んだ。

歯を打ち鳴らし、首すじから汗の粒を振りまいて、中山海士長が撃つ、撃つ、撃つ。

四人がカラシニコフで空《くう》を乱射しながら、もんどり打った。

ようやく引金から指を放して息を荒らげる中山海士長の背後で、和蔵は立ち上がった。

彼は中山の肩を二度軽く叩いてから、黙って位置を入れ替わった。

壁に張り付いている人数は、大町と笹平の二人が減って七名。

和蔵は背に回していたMP5サブマシンガンを胸元にやって弾倉を確認し、それまで手にしていた防衛技研開発の八九式小銃を、やはり弾倉を確かめてから背に回した。旧式の六四式小銃に比べ一キロ近くも軽量な八九式の重量は三・五キログラム。鍛え抜いて全身これ筋肉の和蔵にとって、その重さは全く苦にならない。中・遠距離の狙撃性能に優れる八九式小銃は、対人狙撃銃に代わるものとして欠かせないのであった。

有効射程は五〇〇メートル。

中山海士長は、和蔵統括がＭＰ５サブマシンガンを胸元へ回したことで、（弾幕戦に入るな……）と思った。つまり、突入である。

彼等が壁に張り付いている建物内の敵を掃討しないことには、先へ進めないのだ。しかし、建物内にどれ程の不法分子が待ち構えているのか、見当もつかない。海自警備所の隊員が捉われているのか、いないのかについても。

「栃木海曹長……」

「はい」

「傷の痛みは」

「ジンジン頭が鳴っています。体力気力とも平気ですが、痛みは小さくありません」

「富川《とみかわ》一曹……」

「はい」

「三名を率《ひき》いて建物の反対側へ回り、突入に備えよ」

「了解」

「屋根の上にも気を抜くなよ」

「判りました」

負傷した栃木班長への負担を減らすため、栃木の信頼厚い一階級下の富川順平《じゅんぺい》一等海曹（海軍軍曹相当）へ命令を出した和蔵だった。

富川が、てきぱきと三人を選んで、建物の反対側へ回り込む。

残ったのは、和蔵、栃木、中山の負傷組だった。

栃木が、和蔵を見習って八九式小銃を、ＭＰ５サブマシンガンに持ち替える。

彼もまた、和蔵が弾幕戦に入ろうとしていることを理解していた。

「行くぞ」

和蔵が囁《ささや》いて一歩を踏み出そうとしたとき、後ろにいた中山が「統括……」と肩を叩いた。

振り向いた和蔵に、中山が彼方の空を指差した。

栃木海曹長は既に、目を細めてその方角を見ている。

雲一つ無い青空をバックにして、針の先ほどの黒い点が一つ浮かんでいた。

目のいい和蔵には、それがヘリコプターであると見当ついた。

ただ、爆音らしいものは、まだ伝わってこない。なにしろ、骨膜感受式イヤホーンは銃声でうるさい。

「大町海士長」

和蔵は軽量な小型通信機を背負っている大町を小声で呼び出した。

「はい。こちら大町」

「南方の空に、ヘリらしい機影を認む、と西尾隊長に通信頼む」

「了解」

和蔵は、栃木と中山を促して、建物の角を回り込んだ。

やはり窓無しの壁が、十メートルばかり先まで続いている。

骨膜感受式イヤホーンに、大町海士長の声が入った。

「統括、こちら大町」

「和蔵だ」

「ヘリは我々を護衛した陸自のアパッチ・ロングボウ。隊長が奪還したヘリポートにこれより着陸とのこと」

「なにっ、着陸？」

「隊長がヘリポート奪還を自衛艦隊司令部へ報告すると、壱岐警備所で待機中のアパッチで在日米軍司令官付のペリー空軍中尉に対馬へ渡って貰うから受け入れるように、と指示があったそうです」

「在日米軍司令官付空軍中尉が、いつの間に壱岐へ来ていたんだ。どういう意味なんだこれは」

「判りません。隊長はそれだけ言って通信を切られました」

「アパッチのコクピットと連絡とれるか大町」

「ええ、大丈夫です」

「念の為に強く伝えておいてくれ。眼下の各施設に不法分子と思われる集団を発見しても絶対に攻撃しないでくれ、と。施設内には、海自隊員がいるんだ。アパッチの重火器でやられたら、ひとたまりもない」

「判りました。任せて下さい」

「急げっ」

「はい」

和蔵は、壁に張り付いて移動しつつ、建物の角に達した。

彼は用心深く建物の角から顔半分を出し、すぐに引っ込めた。

それを三度ばかり繰り返して、彼は未知の壁面の様式を頭に叩き込んだ。

「富川一曹。和蔵だ」

「こちら富川」

「残っている一面の壁様式は確認済ませたか」

「済ませています。いつでも突入できます」

「閃光《せんこう》でいく。準備しろ」

「判りました。それから大町とアパッチとの交信が指示通り只今完了」

「了解した。二十秒以内に閃光の指示を出す」

「はい」

和蔵が言った閃光とは、フラッシュバン（閃光弾）を意味した。音響手榴弾とも言って、強烈な閃光と耳をつんざく大音響で相手をショック状態に陥《おとしい》れる。

だが、効果は四秒から七秒。その間に突入し制圧する必要があった。

殺傷力は無かったが、対テロ・ゲリラ制圧コマンドにとっては、不可欠な武器であった。

そう、矢張りこいつは武器なのだ。

栃木班長が和蔵に無煙のフラッシュバンを差し出して、握らせた。

「富川一曹」

「はい」

「和蔵だ。窓、ドアとも、そちら角そばに各一、こちら角そばに各一だ。間違いないな」

「ありません。その通りです。窓は腰高の破《わ》れ大窓です」

「俺の合図で破れ大窓からフラッシュバンを叩き込み、ドア及び大窓から突入。いいな」

「了解。突入します」

「敵さんと拘束されているかも知れない海自隊員とを見誤るなよ。日頃のＴＳＳ訓練を生かせ」

「自信あります」

「よし。腕時計を見ろ」

「見ています」

「十秒後に、フラッシュバンを叩き込み、突入する」

和蔵と富川一曹の声低い交信が、それで終った。

秒針が時を刻んでいく。もはや、彼等の耳には、骨膜感受式イヤホーンから伝わってくるうるさい銃声など、全く聞こえなくなっていた。

和蔵が口にしたＴＳＳ訓練とは、ターゲット セレクト シューティング（標的選択射撃）を意味した。つまり一瞬のうちに敵味方を識別して撃ち倒す訓練のことである。

秒針が十秒を刻み終えた。

和蔵、栃木、中山が一体となって、前傾姿勢で建物の角から飛び出す。

向こう角からも、富川一曹らが飛び出した。

フラッシュバンを大窓に叩きつけた和蔵が、先頭切って突っ込んだ。

三段のコンクリート階段を跳ねるようにして一気に上がる。

フラッシュバンが大音響を発し、破れ大窓の残りガラスというガラスが破裂して閃光が建物外にまで噴出した。効果は四秒から七秒。

和蔵の全身が、ドアに激突。

その寸前、中山海士長が「あっ、統括……」と悲鳴に近い叫びを上げ、MINIMI軽機銃を屋根に向けてドンドンドンドンッと乱射。

栃木も直後にMP5サブマシンガンを上に向け、バババババンッと銃口を震わせた。

被弾した庇《ひさし》が鈍い音を連続させて、砕けたコンクリートが弾け散る。

庇《ひさし》から覗いていた三丁のカラシニコフの銃口もバラララランッと火を噴いた。

双方ほとんど同時乱射。

和蔵が声もなくコンクリート階段の上から仰向《あおむ》けに芝生の上へ落下。

その脇へ、三人の敵が落ちてドスンッと鈍い音を立て、続いて彼等の顔面、腹、脚上に三丁のカラシニコフが、ぶち当たった。

「統括ッ」

栃木が絶叫して和蔵に駆け寄る脇から滑り込むように、形相百鬼の中山海士長が「おんのれがあッ」と建物内へ突入。MINIMIの機関部が高速ピストン運動で、排莢口から矢継ぎ早に五・五六ミリの薬莢を吐き飛ばした。

「俺は大丈夫だ。いけっ。いけっ」

和蔵の叫びが飛んだ。

二

日本海。

最深部約三七〇〇メートル、平均水深一三五〇メートル、表面積一〇〇万超平方キロ、のこの海に今、対馬に次ぐ大きな緊張が満ち広がっていた。

東経百三十二度と北緯三十九度が交差する辺りの広大な海域に、横須賀を基地とするアメリカ海軍太平洋艦隊（司令部・ハワイ。日本への移設を調整中）隷下《れいか》の**第七艦隊**旗艦**ブルーリッジ**（揚陸指揮艦）、イージスBMD搭載タイコンデロガ級巡洋艦**カウペンス**及び**シャイロー**、同じくイージスBMD搭載アーレイバーク級駆逐艦**カーティス・ウィルバー**及び**ジョン・S・マケイン**、そして第五空母打撃群ニミッツ級**巨大原子力空母ジョージ・ワシントン**など強力な艦船が散開していた。

イージスBMDとは、イージスシステムに組み込まれた弾道ミサイル防衛システム（反撃システム）を意味し、BMDは、Ballistic Missile Defenseを略している。

また強い反対声明ある中、二〇〇八年九月二十五日付で横須賀を事実上の基地とすることになった空母ジョージ・ワシントンは、本国アメリカの外に母港を持つ初の原子力空母となった。幸と言うべきか不幸と言うべきか……日本が初めてなのだ。

その巨大空母を核として展開するアメリカ艦隊から、**北北東へおよそ二五〇キロ離れた海域に**、海上自衛隊日本海中央基幹基地に所属するイージスＢＭＤ搭載護衛艦いなずま、すいせいの二隻に加え、ヘリコプター三機搭載型護衛艦二隻、二機搭載型護衛艦二隻、**上部構造物アルミ合金製**のＤＤ級護衛艦二隻の計八艦が散開していた。

旗艦は、イージスＢＭＤ搭載護衛艦いなずま。

艦橋《ブリッジ》右舷側に設けられている赤いシートの艦長席に、口元を引き締め身じろぎもせず座り込んで、前方を見つめる艦長で艦隊司令の坂口仁市《さかぐちじんいち》一等海佐（海軍大佐相当）は、これまで味わったことのない恐怖の中に、自分を置いていた。

戦いに対する恐怖ではなかった。戦いによって部下が死ぬかも知れないことに対する恐怖だった。自分が死ぬかも知れないことに対する恐れなどは、ほとんど無かった。

「今ある平和の中に向かって、なぜ弾道ミサイルなどを発射しようとするのか……愚《おろ》かな」

艦長坂口は小声で言ったあと、カリッと一度だけ歯を噛《か》み鳴らした。

かの国の長距離弾道ミサイル、中距離弾道ミサイルの発射準備が最終段階の、しかも最後の過程に入ったとする衛星情報が、ほんの二、三分前、日・米双方の情報筋から艦隊に齎《もたら》されたばかりであった。

「まったく……愚《おろ》かです」

二、三十秒も経ってから、艦長坂口の脇に直立する副長の田宮清次《たみやせいじ》二等海佐（海軍中佐相当）が、やはり小声で穏やかに相槌《あいづち》を打った。

坂口よりも三歳年上であったが、武士道精神あふれた熱血的人物でありながら、謙虚・控え目でよく坂口を支えていた。

艦隊司令坂口にとっては、欠くべからざる右腕だった。

艦隊職員服務規定第三章「副長」の、第百三十六条にこう述べられている。

「副長は艦長の分身にして艦務百般のことに関し艦長を補佐し常に艦長の意図希望を体認して……」

さらに第百三十八条には、

「副長は艦長事故ありて其の職務を執ること能《あた》わざるときは直《ただ》ちに之《これ》に代わりて艦務一切を統理すべし……」

とあった。

「それにしても田宮副長……次は『かが』や『いずも』より大型の本格空母が欲しいですなあ」

「欲しいですねえ。最新鋭のF35・Bステルス戦闘機を十七、八機積む空母を二隻、長い長い年月を要して何《なん》とか手に入れた。しかし数十機の戦闘機を艦載できる本格大型空母がなんとしても欲しい」

「二〇〇八年九月二十五日、巨大原子力空母ジョージ・ワシントンがついに、横須賀を空母基地にしてしまった」

「はい。市民の反対声明を押し切るかたちで……」

「日本政府はアメリカ原子力空母にこれほど寛大に優しくなれるのですな。だったら、わが海上自衛隊にも本格的大型空母を持たせてやる事くらい出来ないものですかなあ。つくづく淋しいよ」

「ええ、本当に淋しいです」

「日本の科学技術が総力を結集すれば、本格的大型空母など、直ぐにも出来ると思うのだが……実現すれば、領海防衛、艦隊防衛は完璧に近くなる」

「ですが……私の本心は、**馬鹿でかい空母の時代は、まもなく過去形になる**のでは……と思っております」

「実は、同感です。**海岸線が複雑な日本は、『かが』や『いずも』クラスの空母の数を増やす方が、適している**のかも知れない。それと、海自にはもっと若い隊員を増やしたいね。近未来に備えてね。隊員の数は、余裕を持たせなきゃあ駄目だ。**募集方法をもっと魅力的に改革**すれば、若い者《の》は集まると思うんだが……」

「若い隊員の教育には時間が掛かるのですから定員より多過ぎるくらいでないと駄目です」

「うむ。その通り。予算を将棋《しょうぎ》の駒《こま》みたいに、右へ左へ上へ下へと、いじくっている場合じゃない」

「自衛隊構成員の現在の逆ピラミッド型組織を一刻も早く、正常なピラミッド型組織に改善しませんと大変な事になります」

「が、政府はそこの所を理解してくれない……」

「対馬……大丈夫でしょうか」

副長田宮の声が更に低くなった。艦橋には、操舵、機関、航海などの艦務に就いている士官、下士官たちが大勢詰めているのだ。全員がいま息を殺すようにして。

「たぶん……大変な激戦になっているだろう」

「対馬へ渡った**海自特警隊**や**陸自特殊作戦群**が心配です」

「陸・海の粒より揃《そろ》っていますが、島民がいるので動き難《にく》いでしょうな。特に陸自特殊作戦群は対馬警備隊**ヤマネコ**が駐屯する内陸部市街地を目指しただろうから、苦しい市街戦に陥っているかも知れない」

「確か……海自特警隊には、伝説的な一尉がいるとか聞いています」

「よく知っています。和蔵という一尉です。射撃も格闘もとにかくズバ抜けて凄《すご》い男でね」

「艦長は彼の上官になったことが？」

「特警隊からの訓練出向士官として六か月間、私が預かったことがある。随分と昔だが」

「ほう……」

「今の彼なら、このイージス艦だって動かせますよ」

「思い切って引き抜きませんか」

「無理だな……無理だ」

艦長坂口が、頭《かぶり》を振ったとき、「艦長、こちらCIC」と鋭い声が壁面のスピーカーからいきなり飛び込んできた。艦橋下方の第二甲板内舷に位置する戦闘指揮所（CIC・コンバットインフォメーションセンター）詰めの砲雷長・高畠玄三郎《たかばたけげんざぶろう》三等海佐（海軍少佐相当）の声であると聞き間違う筈もないから、艦長坂口は椅子から素早く立ち上がった。

「どうした砲雷長、艦長だ」

「高速機多数捕捉、国籍不明。方位０９０、高度約四五〇〇フィート、わが艦隊へ接近中」

「識別圏へは」

「まもなく入ります」

「見失なうな。総員対空戦闘態勢をとれ」

命令は他艦へもリアルタイムで流され、艦橋の、いや艦内の緊張感は爆発的に膨らんだ。

艦長坂口はCICに対し「見失なうな」と言ったが、それは「目標を追尾せよ」を意味するものであって、イージス艦のレーダーは標的を見失なう事はない。

イージス艦の合成開口レーダーは上下左右の全角度に電波を飛ばし、アンテナを作動させることなく（首を回転させることなく）**標的を「連続的」に捕捉**し続ける。その**探知半径は約二〇〇キロ**。しかしアンテナが作動回転式の通常型レーダーは、判り易く言えば右方へ探知電波を飛ばす一瞬の間に、左方に未探知エリアを生じさせてしまうことになる。

この首振りの一瞬のスキに、せっかく捉えていた超高速機を見失なってしまう恐れがある訳だ。

艦長坂口の命令を受けて、**対空戦闘の指揮を執る立場にあるCICの砲雷長・高畠玄三郎三等海佐**は今、背中両手に噴き出す汗を感じながら、大型スクリーンに相対するコンソールの一つを睨《にら》みつけていた。

スクリーンが表す状況データーから、対空戦闘に備えた判断を、それこそ秒単位で推移させる必要があった。大変な重圧である。

まだ四十歳になったばかりの高畠であったが、すでに頭髪は真っ白だった。

艦長坂口が、SM・2艦対空ミサイル（全長四・七二メートル、射程三〇キロメートル以上）の発射命令を下すような状況にならないことを、高畠砲雷長は祈った。心からの祈りであった。

接近機がもし空対艦ミサイルを発射すれば、瞬時にミサイル迎撃及び反撃操作の是非を判断せねばならない。

現代海戦の要《かなめ》は「秒」であった。「秒」を失すれば、待ち構えるのは敗北である。

三

国籍不明の高速機多数が急反転したとのＣＩＣからの報告で、張り詰めていた艦橋の空気がようやく緩んだ。

艦長坂口は「対空戦闘態勢」を、それ以下の警戒レベルにまで下げさせ、このときになって自分の背中、腋《わき》に冷たい汗が噴き出しているのを知った。

「ＣＩＣの状況データーから考えて、どうも中国機のようでしたね」

副長田宮の囁きに、艦長は「私もそう思います」と小声で頷いた。

「我々が緊張の中にあることを承知で、編隊を組んで接近してきたということは艦長……」

「かゝかの国の肩を持つ意味での揺さぶりでしょ……卑劣な」

「かゝかの国が、我が国の航空自衛隊戦闘機相手になんとか繰り出せるのは、**ミグ２３、ミグ２９、スホーイ２５**など百機から百五十機程度……」

「あ、いや、副長。案外に二百機は楽に繰り出せるかも知れませんよ。なにしろかゝかの国の実数は掴《つか》み難《にく》い。それにかの国に対し兵器援助を惜しまぬ国は、一国や二国ではないのですから」

「はあ。でも空自のF15戦闘機なら、機体はいささか古くともトップガンたちが非常に優秀ですから互角以上に充分太刀《たち》打ちできるでしょ」

「どうかな。機体が古いということはちょっと危ないかも知れない。空自も予算を充分に貰えず、重要部品の調達では非常に苦しんでいます。機体の金属疲労などもかなり進んでいる。海自護衛艦搭載ヘリも、飛べるのが不思議なくらい部品の劣化が著しいのに、部品・予備品の調達がほとんど出来ていない。正直なところヘリパイロットたちが、馬鹿馬鹿しくて飛びたくもない、と言い出さないかと不安になってきています」

「それについては、私も同感です」

「一体国は、何を優先順位として、予算という貴重な税金を割り振っているんですかね」

「三千八百億円という巨額の損失を出した厚生労働省所管の閑古鳥施設グリーンピア大規模保養所。毎年何十億円もの大赤字を出すことですっかり有名になってしまった、かんぽの宿。こういった箱物建設には機嫌よくポイと巨額予算を投じるというのに……」

「副長、もう止しましょう。我々は、カネや部品や弾丸《たま》が無くとも、断固として国民を守らなければならない。それが使命なんだ」

「はい。すみません」

これじゃあ、まるで旧日本軍と変わらない、と思いながら副長田宮が小さく頭を下げた時であった。艦橋壁面の艦内通信システムが再び「艦長、ＣＩＣ高畠」と砲雷長の厳しい声を伝えてきた。

「艦長だ」

「レーダー・コンタクト。方位０９０、高度約三五〇フィート、国籍不明の高速機多数接近中」

艦長坂口、副長田宮の顔色が変わった。高度約三五〇フィートと言えば、およそ一〇七メートル。超低空飛来である。それも単機ではない。

「総員対空戦闘態勢をとれ。低空での接近機に攻撃意思ありと見る。総火力で叩く」

その艦長命令は、艦隊司令命令として他艦へもリアルタイムで流された。

最新の電子計器が詰まったイージス艦いなずま、のＣＩＣでは薄暗い照明の中、砲術科の古参海曹で先任伍長の滝川広樹《たきがわひろき》が、高畠砲雷長の指揮を受け、前部甲板上にある五四口径一二七ミリ速射砲を方位０９０へ自動旋回させた。

全自動電気油圧式無人速射砲で、給弾から発射まで完全自動である。一分間に四〇発を発射し、最大射程二四キロメートル、最大有効高度一五キロメートル。

対空近接信管弾で高速飛来機を迎え撃つことが出来、砲弾が命中しなくとも、敵機の至近で爆発し、敵機体をバラバラに破砕できた。

かの国の弾道ミサイル発射を警戒していた海自八隻の艦隊は、それこそ息を殺して接近機の次の展開に備えた。

「艦長、ＣＩＣ高畠」

またしても、高畠三佐の緊迫した声だった。

「艦長坂口。今度は何か」

「最左翼に位置する護衛艦ゆうなみ、の哨戒《しょうかい》飛行中のヘリより国籍不明の水上艦船九隻が接近中との報あり」

「なにいっ」

艦長坂口は思わず下唇を噛んだ。探知エリア内の多数目標を同時に捕捉識別できるイージス艦は優れた対空防禦・反撃能力を有してはいるが、艦対艦など対水上戦能力は概《がい》して高くも低くもなかった。対艦速射砲の備えは数の点で万全ではない。

対水上戦で頼りになるのは、味方艦隊の結束した総合対処能力しかない。そして、**こう言った場合にこそ、『かが』『いずも』などの空母は絶対に、それこそ絶対に必須となってくる。**その二隻の空母、とくにフル稼働が可能な状態にある『かが』は今、何処にいるのか？

「高畠砲雷長、全艦に告げよ。水上戦闘用意」

「了解」

艦橋もＣＩＣも、緊張などという生易しいものではなかった。今にも押し潰されそうな息苦しさに覆われていた。

艦長も副長も、喉仏を鳴らして生唾を飲み下した。

「艦長、ＣＩＣ高畠。高速機多数、識別圏に入る。レーダー波の波長から、ミグ23、ミグ29、スホーイ27の混成編隊。わが艦隊への攻撃進路を低高度で接近中」

「全火器、反撃用意」

命じて艦隊司令坂口は地団太踏《じだんだ》んだ。日本はまず先に撃たれなければ、撃てないのだ。先ず火ダルマとならなければ、反撃できないのだ。まかり間違っても、先制制圧など、できないのだ。警告射撃といった、中途半端な手段が通用する近距離でもない。

「高速飛行編隊、攻撃進路を依然接近中。高度約七〇〇フィートに上昇」

「高畠砲雷長、敵機敵艦のミサイル発射を見逃すな」

「任せて下さい」

副長田宮の両眼は、赤ワインを垂らしたように真っ赤になっていた。

急激に血圧が上がっているのだった。

艦長坂口の心臓も波打っていた。

海自各艦ＣＩＣの敵味方識別装置ＹＰＸ・11は全能力を稼動させていた。レーダーと組み合わされているこの装置は、目標に向け〝質問信号〟を発射し、それを受信した相手艦・相手機に搭載の応答装置が返射する信号を受信識別することにより、位置情報、高度情報、緊急情報などを得るのだった。

イージス艦いなずま、すいせい、では中・長距離弾道ミサイル迎撃用「ブロックⅡAミサイル」の誘導レーダーMk99が、ブロックⅡA発射の瞬間を待ち、他の六艦を含む全八艦の艦対空ミサイル誘導レーダーAN・SPG・51Dも、目標空域を睨みつけていた。

副長田宮が、早口で囁いた。

「艦長。南方およそ二五〇キロの海域に散開している筈の米海軍第七艦隊から、何の連絡もありませんね」

「向こうは向こうさ。日米同盟が実像なのか、張り子の虎なのかは、まもなく判る」

「在日米軍司令官付の有能な若手中尉が急遽《きゅうきょ》、対馬の安神竜ノ崎へ渡ったとの情報が自衛艦隊司令部から入っておりましたが」

「ああ……」

「目的は何なのでしょう」

「だから向こうは向こうさ。たぶん様子見《ようすみ》だろ。**海自特警隊や陸自特殊作戦群**がどれだけ闘えるかの」

「やはり……そう見られますか」

「そう見る」

そこで艦長と副長の小声の対話は終った。

「ＣＩＣ高畠。目標機、目標艦いよいよ接近」

艦長坂口が即座に決断を下した。

「イージス艦すいせい、は一群三隻を率《ひき》い目標艦右方へ、ＤＤＨ（哨戒ヘリ三機搭載護衛艦）しらなみ、は二群三隻で目標艦左方へ全速で回り込め。本艦いなずま、は単艦で目標へ全速直進する」

副長田宮は思わず、艦長坂口の横顔を見た。自分の考えていた事と寸分違わなかったからだ。

イージスシステムは、百近い目標を瞬時に分析・識別し、うち十の目標に対し同時攻撃できる能力を有してはいる。

が、単艦で直進するということは、まもなく高速機編隊と真正面から対峙することになり、また九隻から成る相手艦隊が高速機よりも先に仕掛けてくる恐れも充分にあった。

あるいは空・艦が同時に仕掛けてくるとも考えられる。

艦長坂口が艦隊を四・一・三と大きく左右へ分けたのは、それへの対処のためだった。

「ＣＩＣ高畠。目標艦。本艦へ向け対艦ミサイル発射」

ついに相手が放った。

「続いて第二弾……第三弾……第四弾、連続発射。高速機が対艦ミサイル射程エリアに突入」

高畠砲雷長の叫びに、艦長坂口は迷わず応じた。

「目標艦に向け、艦対艦ＳＳＭ発射。飛来接近ミサイルをＳＭ・２、ＥＳＳＭで迎撃せよ」

「ＣＩＣ了解」

と高畠が答えた時には、砲術科海曹の滝川広樹先任伍長が艦対艦ミサイルＳＳＭハープーンを発射していた。

甲板に轟音がとどろき、白煙が広がった。

続いて第二弾……第三弾……第四弾……第五弾とＳＳＭハープーンが次々イージス艦いなずま、を離れていく。射程は公表九〇キロメートル以上。**実際の有効射程は伏せられている。**

ＳＳＭ発射のあとを、防艦ミサイルＳＭ・２とＥＳＳＭが発射ボタンを待ち構えた。ＳＭは射程三〇キロメートル以上、速度はマッハ２以上。ＥＳＳＭは射程一八キロメートル以上、速度マッハ２以上。

五四口径一二七ミリ速射砲が僅かに作動して、方位と砲撃角度を自動調整した。

「ＣＩＣ高畠、ＳＭ・２発射……」

艦内にゴーンという鈍い音が伝わって、甲板に発射口を開けているＶＬＳ（垂直発射システム）から、ＳＭ・２が連続的に四発、発射された。

ＳＭ・２の火柱と噴煙が宙に向かって激しく立ち上がる。

「ＣＩＣ高畠。高速機急接近」

「撃墜せよ」

「あ、高速機、本艦に向け対艦ミサイル発射」

「短シー・スパロー発射で迎撃。速射砲、砲撃開始せよ」

「ＣＩＣ高畠。ＳＳＭハープーン相手艦に全弾命中」

わあッと歓声を上げる余裕などは無かった。これが現代海戦であった。秒を置かぬミサイル対ミサイルの飽和射撃戦だった。

最大射程二四キロメートルの一二七ミリ速射砲が、ドンッドンッドンッドンッと重量約三二キログラムの砲弾を撃ち出した。一・五秒ごとに一発の全自動射撃速度であった。

艦体が、小刻みに震える。

高速機発射ミサイルを狙って、短シー・スパローが二発、三発と艦を蹴って白煙の尾を引き、高度を上げてゆく。

「ＣＩＣ。ＳＭ・２が敵艦発射ミサイル三発を撃破。一発撃破に失敗。飛来接近中」

「ＥＳＳＭ発射で落とせ」

「ＥＳＳＭ発射了解」

高畠砲雷長が答え切るよりも先に、生き残りミサイルを狙って滝川先任伍長は射程一八キロメートル以上、速度マッハ2以上の艦対空ミサイルESSMを、VLSから発射していた。

一二七ミリ速射砲が砲身をピストン運動させ、砲塔を自動旋回させながら、ドンッドンッドンッと反撃を続ける。

「CIC。短シー・スパロー及び一二七ミリ砲、高速機五機撃墜。高速機発射対艦ミサイル全弾撃破」

「生き残った一発は」

「撃破に失敗。目視距離に接近」

「全火力で叩けっ」

「高速機一機、超低空で飛来接近中」

「く、くそっ」

思わず出してはいけない言葉を口走った艦長坂口だった。

この事態の中、艦橋の前方下部の砲座で沈黙している**対ミサイル近接防禦システム**があった。

CIC高畠は、それを遂に作動させた。

一分間の射撃速度が**最大四五〇〇発**。射程《しゃてい》は最大四五〇〇メートル。目標捜索探知、追尾捕捉射撃までを**全自動**でやる、七六口径二〇ミリ高性能多銃身機関砲（ＣＩＷＳ）。

その銃口が、火を噴いた。火薬炸裂の銃声はなかった。システムが余りにも高速で作動するため、ウイーンという機械音が鳴った。

艦の前方僅かに三百メートルあたりで、敵ミサイルがバーンと大音響を発し幾つもの火の玉となって散る。

「艦長。最後の一発を撃破。超低空で飛来接近中の高速機は反転。僚機と共に遠ざかっていきます」

「目標艦隊の方は？」

「これも反転しました」

「そうか……総員戦闘態勢は別命あるまで維持せよ」

「ＣＩＣ高畠、了解」

艦長坂口は両手で顔を拭《ぬぐ》った。汗びっしょりだった。副長田宮も同様だった。誰も話す者はいなかった。皆が、はじめての実戦だった。

「猛訓練が……役立った」

暫《しばら》くたってから、艦長坂口がポツリと漏らした呟きは、誰にも聞こえなかった。

ふうっ、と副長田宮が何度も溜息をつく。

目は真っ赤だったが、顔色は蒼白だった。

「艦長、CIC高畠報告。第一群DDかいせい、被弾大破、死者二名」

「なにっ」

坂口の顔が、たちまち硬直した。副長田宮が、茫然と背すじを反《そ》らす。

「第二群DDうらなみ、同じく被弾大破、死者一名」

「なんてことだ……」

「DDかいせい、うらなみ、共に自力航行可能、浸水なし」

「兵装は？」

「二艦とも、艦橋及びレーダーマストなど上部構造物、速射砲砲塔に直撃弾。システム戦闘は不能」

「うむむ……」

悪い予感が当たった、と艦長坂口は思った。五四年度艦であるこのDD級二艦は、**上部構造物がアルミ合金製**で耐弾性が脆弱だった。鋼製となって抗堪《こうたん》性向上がはかられたのは、五六年度艦以降である。

死者を三名も出してしまった予想外の被害、犠牲に、坂口はゾッとなって肩を落とした。実戦では、「**先に撃たれなさい。合理的に必要と判断される限度をこえての武器使用はいけません**」などというアホみたいに難解で神がかった条文精神が、糞《くそ》の役にも立たぬ事を身をもって体験させられた艦長、副長であった。

この艦隊を構成するＤＤ級護衛艦とは、基準排水量二九〇〇トン型を意味した。六二口径七六ミリ速射砲、高性能二〇ミリ機関砲ＣＩＷＳ、アスロックランチャー、ＳＳＭハープーン対艦ミサイル、三連装短魚雷発射装置など、その兵装は強力である。

だが、敵味方識別装置、対水上レーダー、対空レーダー、航海レーダーといった「電子の目」が集中するレーダーマストに直撃弾を食らっては、旧海軍のような有視界戦闘艦に陥ってしまう。

艦長坂口は、横須賀の自衛艦隊司令部へ被害報告をするとき、両の目から流れ落ちる涙を止めることが出来なかった。悲しかった。くやしかった。

副長田宮も、艦橋にいる士官、下士官の多くも唇を震わせた。

被弾二艦は犠牲者を出したというのに、なんと任務を継続した。実動艦の絶対数が足りない、という深刻な実情が、そこにはあった。

このような時に強力なイージスシステムを搭載の**空母『かが』**がたとえ一隻でも随伴しておれば……彼等の誰もが、そう思った。何が世界的な経済大国ニッポンじゃ笑わせるな……とも思った。その**『かが』**は実は、四隻の潜水艦に護られ対馬海域に向け全速航行中であった。**艦載の最新鋭ステルス戦闘機Ｆ35・Ｂ**は、全武装の装備を了《お》え対馬へ向け全機発艦態勢に入っていたのだ。

「それにしても……」

ようやく感情を鎮め、副長田宮は艦長の横で呟いた。

「高速機編隊は、かの国のものであったと確信しますが、わが方に対艦ミサイルを発射した艦隊はどう考えても……」

「副長、気持は判るが今それから先を口にするのは止《よ》しましょう。我々は電子の目で捉えて識別したのであって、相手を肉眼で確かめた訳ではない」

「はあ……」

「犠牲となった勇者三名の冥福《めいふく》を心から祈ろう。出来るなら早く陸《おか》へ戻してやりたい」

「そうですね、ええ」

副長田宮が深々と頷いて見せた、その時であった。

「艦長、CIC高畠。わが情報収集衛星が今、かの国の弾道ミサイル発射の大噴煙をキャッチ。情報画像鮮明」

「ついに発射スイッチを押したか」

「一発目の弾道ミサイル、発射塔を離れました。上昇中」

「中射程弾道ミサイルなら、イージス艦すいせい及び本艦で迎撃する」

「只今、自衛艦隊司令部、アメリカ第七艦隊より迎撃ミサイル発射通報あり。一発目は中射程とのこと。第七艦隊は、わが方に第二撃発射準備を要請」

「艦長了解。弾道ミサイル及び第七艦隊の迎撃ミサイルを追尾せよ」

「CIC高畠、了解。本艦迎撃ミサイルブロックⅡA発射準備よし」

　艦橋の誰もが固唾《かたず》を飲んだ。かの国から発射された弾道ミサイルが日本の上空に達する迄《まで》には、約十分という短い時間しかない。

　その十分の間に弾道ミサイルの飛翔コースを正確に捕捉して、迎撃ミサイルを発射・命中させる必要があった。そのための作業に与えられる正味時間は僅かに二分。但し、発射された弾道ミサイルがハワイを捉える程の長射程のミサイルなら、その飛翔**高度は一〇〇〇キロにも達する**ため、自衛隊の迎撃ミサイルでの撃墜は不可能となる。

「艦長、CIC高畠。弾道ミサイル第二弾の発射噴煙キャッチ。続いて第三弾……第四弾、連続して発射」

　さすがの艦長坂口も副長田宮も、恐怖で震えあがった。それらが中射程弾道ミサイルで、たとえ一発でも撃破に失敗すれば、それは間違いなく日本本土に達する。

　もし、核弾頭なら……。

　イージス艦の迎撃を潜り抜け、日本本土へ接近した弾道ミサイルから国民を守るのは、航空自衛隊が入間基地など首都圏の四か所と岐阜基地に配備した地対空ミサイル・ペトリオットPAC・3ミサイルしかない。

　発射装置一基に最大一六発装塡されている全長五メートル、重量一トンのこのPAC・3ミサイルは、高撃墜能力を有する非常に優れた迎撃ミサイルだが、射程が百数十キロメートルと絶望的に短かった。経済大国とうぬぼれてきた日本には、この程度のみすぼらしい首都防空能力しか無い。

「艦長、CIC高畠。第二弾、第三弾、第四弾、中射程と識別……第五弾発射も捉えました」

「全弾、迎撃用意」

「艦長、CIC。アメリカ第七艦隊の迎撃ミサイルが、敵の弾道ミサイル第一弾、第二弾を撃破。第三弾、第四弾、第五弾の撃破に失敗」

高畠砲雷長の緊迫《きんぱく》した声が艦内通信システムから飛び込んできた。

「ブロックⅡA発射せよ」

「ブロックⅡA発射」

ゴーンという音が、艦体に連続して二度伝わった。

(命中してくれ……)

艦長坂口は祈った。ブロックⅡAミサイルの飛び抜けた優秀さを誰もが信じていた。

「艦長、CIC高畠。弾道ミサイル第三弾撃破。続けて第四弾撃破に成功」

「第五弾ミサイルの高度は……」

「ブロックⅡAの限界高度を超え、加速して高度を上げつつ東京方面へ飛翔中」

「方位、間違いないか」

「間違いありません。真っ直ぐに向かっています」

「空自警戒管制部へ連絡」

「情報は既に警戒管制部に達しています」

「念のためだ。迎撃を要請しろ」

「ＣＩＣ、了解」

艦長坂口は、混乱している自分の頭を感じた。**全ての防衛戦闘情報は、リアルタイムで陸・海・空の中枢部へ流れている**のだ。

もし弾道ミサイルの弾頭が核で、空自高射迎撃部隊が迎撃に失敗したら万事休すである。

「艦長、ＣＩＣ高畠。アメリカ第七艦隊より通報あり。東京方面へ飛翔中の弾道ミサイルは、諸情報分析・識別によって通常弾頭と判明の由《よし》。但し**強烈な閃光炸裂弾**の可能性ありとのこと」

「なにっ……**閃光炸裂弾**」

「小松基地より既に空自最新鋭ステルス機Ｆ35・Ａの全機が**長射程ミサイル**（射程１５００キロメートル）を搭載し、高高度で撃破のため迎撃発進しています」

間《ま》に合ってくれ、と艦長坂口は祈った。長射程ミサイルだ必ず間に合う、とも自分に強く言って聞かせた。

けれど、東京が炸裂弾の大閃光に覆われた光景を脳裏に描いて、（神よ……）と彼は膝頭を震わせた。

３ＬＤＫの官舎で留守《るす》を守《まも》っている妻の顔が、目の前に浮かんだ。

まさにこの時、空母『**かが**』の艦載機F35・Bに対しても、対馬へ向けて「**全機発艦せよ**」の内閣総理大臣命令が発せられ、『**かが**』甲板上で最新鋭ステルス戦闘機F35・Bのエンジンが轟轟と唸りを発し始めていた。

（完）

本書は２００９年5月徳間文庫として刊行されたものの新装版です。なお、本作品はフィクションであり実在の個人・団体などとは一切関係がありません。

徳間文庫

続《ぞく》存《そん》亡《ぼう》
〈新装版〉

2024年12月15日 初刷

著者 門《かど》田《た》泰《やす》明《あき》

発行者 小宮英行
発行所 株式会社徳間書店
東京都品川区上大崎三-一-一 〒141-8202
目黒セントラルスクエア
電話 編集〇三(五四〇三)四三四九
販売〇四九(二九三)五五二一
振替 〇〇一四〇-〇-四四三九二
印刷 製本 株式会社広済堂ネクスト

ISBN978-4-19-894981-5